古典文獻研究輯刊

十五編

曾永義 主編

第 1 冊

〈十五編〉總目

編輯部編

文儒演生與文脈傳承
——中古的文學與文化

李 偉 著

國家圖書館出版品預行編目資料

文儒演生與文脈傳承——中古的文學與文化／李偉 著－初版
－新北市：花木蘭文化出版社，2017〔民106〕
目 2+212 面；19×26 公分
（古典文學研究輯刊 十五編；第1冊）
ISBN 978-986-404-893-9（精裝）
1. 中國文學 2. 文學評論
820.8   106000802

ISBN-978-986-404-893-9

9 789864 048939

古典文學研究輯刊
十五編 第一冊   ISBN：978-986-404-893-9

文儒演生與文脈傳承——中古的文學與文化

作 者 李 偉
主 編 曾永義
總 編 輯 杜潔祥
副總編輯 楊嘉樂
編 輯 許郁翎、王筑 美術編輯 陳逸婷
出 版 花木蘭文化出版社
社 長 高小娟
聯絡地址 235 新北市中和區中安街七二號十三樓
         電話：02-2923-1455／傳真：02-2923-1452
網 址 http://www.huamulan.tw 信箱 hml810518@gmail.com
印 刷 普羅文化出版廣告事業
初 版 2017 年 3 月
全書字數 178473 字
定 價 十五編 18 冊（精裝）新台幣 32,000 元

〈十五編〉總目

編輯部　編

《古典文學研究輯刊》十五編　書目

《古典文學研究輯刊》十五編 各書作者簡介‧提要‧目次

第一冊　文儒演生與文脈傳承──中古的文學與文化

作者簡介

　　李偉，（1982～），山東兗州人，2004 年畢業於青島大學文學院，獲文學學士學位，2007 年於陝西師範大學文學院獲文學碩士學位，導師爲傅紹良教授，2011 年於北京大學中文系獲文學博士學位，導師爲葛曉音教授。現爲濟南大學文學院副教授，2015 年 12 月入山東大學文學與新聞傳播學院從事博士後合作研究，合作導師爲李劍鋒教授。主要研究方向爲魏晉南北朝隋唐五代文學史、中國古典詩學、中國古典散文史和古代學術史等。現主持和參與國家社科基金、中國博士後基金、山東省社科規劃項目等 5 項課題，曾在《中華文史論叢》、《山東大學學報》、《中國詩學》、《社會科學評論》、《中國詩歌研究》、《貴州師範大學學報》等核心期刊發表論文近 20 篇，相關論文曾被《高等學校文科學術文摘》等轉載。

提　要

　　本論文集分爲上、下兩編與附錄部分。其中上編集中探討了盛唐「文儒」的前奏，即北朝後期到初唐時期以王通與王勃爲代表的河東王氏家族，其實是當時在文化觀念與文學創作方面具有典型意義的「文儒」型士人代表。本文通過對唐前「文儒」概念的歷史生成與文人型態演進、王通的文

學思想、王勃文學思想及其特殊仕進觀影響下的文學風格等內容的研究，深入闡釋了處於南北文化交流重要時期的初唐時期，王氏家族在文化觀念和文學創作兩個方面通過回顧歷史總結經驗，既整合了南北文學中「辭采」與「氣骨」的創作傳統，合其兩長而摒棄其短，同時以「文儒」這一全新的文人形態預示了未來時代的文化走向，這構成了盛唐時期「文儒」產生的前期理論背景。

下編則為漢唐之間文學演變之關鍵環節的研究，其中包括《史記》、山水田園詩、《文選》、《文心雕龍》、初唐文學、李白、儲光羲、韓愈以及中唐古文革新等諸多問題。《史記》在繼承了前代「個人」意識覺醒的思想史背景基礎上，又融入司馬遷飽含個性人生體驗的深刻感悟，使得「項羽」悲劇英雄的身上深刻浸入了司馬遷與傳主之間「心有靈犀」般的情感交流，這種嶄新的敘事方式決定了《史記》之「究天人之際」超越一般的歷史著作而成為文學史的經典。山水田園詩、《文選》與《文心雕龍》、初唐文學等論文，則集中分析了魏晉六朝到初唐時期文學自身審美特點不斷演進在各個領域和文學載體中的鮮明體現，如離別詩中的山水描寫，《文選》李善注、《文心雕龍》對初唐文學的影響等都展現出本階段的文學審美特徵日益深化之趨勢。而李白的文學觀念、中唐古文革新的文學觀之演進與韓愈詩風的轉型，則說明盛中唐之際的文學發展正在面臨前所未有的轉折，即「以復古為革新」實際包含了對魏晉六朝到初盛唐的文學發展中顯現的問題進行糾偏的嘗試，而這其中既有前代文化觀念的借鑒，也有「子學精神」的滋養，還有地域文化的影響。因此，盛中唐的文學變革實際具有走出「六朝」而復歸「原初傳統」的文化史意義，這種「通變」觀的文學演變與上編中「文儒」在初盛唐的發展後預示了中唐文學復古思潮的濫觴是根本一致的。

因此本論文集雖是單篇論文的探討，但其整體思路是一以貫之的，即從更為宏闊的文化視野內，通過對中國中古時代文學發展關鍵環節的分析，深入審視漢唐間文學發展的基本規律和潛在線索，從而得出更符合歷史實際和文學發展狀態的可靠結論，同時也是從文學史、思想史和觀念史的多重角度探索「唐宋變革論」的嘗試。

目　次
上編：唐代「文儒」專題

第二、三冊　元代陸學與江西文壇——以劉壎、李存爲研究中心

作者簡介

劉建立（1984～），河南太康人。2003 年考入浙江大學中文系，2007 年本科畢業，進入北京師範大學古籍研究所（後更名爲「古籍與傳統文化研究院」），師從魏崇武先生，攻讀碩士學位。2009 年獲得本院碩博連讀資格，師從李軍先生，攻讀博士學位，博士論文《元代陸學與江西文壇》得到「北京師範大學優秀博士論文培育基金」立項資助。2012 年畢業，獲「北京師範大學優秀畢業生」稱號。現爲華中師範大學國際文化交流學院教師，研究方向爲中國傳統文化與對外漢語教學。

提　要

本文以元代陸學與江西文壇的交叉爲切入點，以劉壎與李存爲重點研究對象，在介紹元代前、後期社會思想潮流與江西文壇風氣的基礎上，分析了劉壎與李存的陸學思想，以及在陸學思想影響下的文學理論與詩文創作，力求做到點面結合、文道合一。本文採用個案研究的方式，分劉壎、李存爲上、下兩編。

上編以劉壎爲研究中心，分爲三章。第一章論述元代前期的陸學發展狀況，以及劉壎的陸學思想。第二章論述元代前期的江西文壇，以及劉壎的文章理論與創作。第三章論述元代前期的江西詩壇，以及劉壎的詩歌理論與創作。下編以李存爲研究中心，也分爲三章。第四章論述元代中後期的陸學發展狀況，以及李存的陸學思想。第五章論述元代中後期的江西文壇，以及李存的文章理論與創作。第六章論述元代中後期的江西詩壇，以及李存的詩歌理論與創作。

本文上、下兩編結構相似，總體佈局上呈現出對稱的特徵。正文六章之外，又有緒言、餘論各一章，從更加宏觀的角度呈現元代陸學與江西文壇的風貌。

在元代的學術界，朱學佔據了統治地位，陸學相對式微，當時並沒有著名的學者，今天更缺少相應的研究。本文討論元代陸學，不僅理清了陸學在元代的發展脈絡，更注重探討元代陸學對江西文學的影響，這樣交叉的研究方法，既尊重幾千年來「文道合一」的歷史傳統，更符合元代理學「流而爲文」的客觀現實。

目　次

上　冊

第四、五冊　論元好問對蘇軾的接受與轉化

作者簡介

　　蕭豐庭，民國八十九年就讀成功大學中文系，深受王偉勇老師指導的蘭亭詩社薰陶，在創作吟唱過程中開啓對詩詞的熱愛；民國九十三年入台南大學碩士班，受指導教授王琅老師期許，將詞學視野拓展到金元以後的朝代，自此與元好問結下了不解之緣。民國九十七年，順利考上高雄師範大學國文學系博士班，恩師蘇珊玉老師的指導使其大開眼界，在蘇軾、元好問身上尋找美學存在的永恆意義，在宋金元文學史上發掘文學脈絡的繼往開來。現今任教於長榮女中專任教師，秉持爲天地立心，爲生民立命，爲往聖繼絕學，爲萬世開太平的理念。

提　要

　　金代的元好問與北宋的蘇軾，皆爲當代經典作家，因兩人都有豐厚的創作實績，作品也一再引起不同世代的讀者、批評者，欣賞傳播與詮解評騭。元好問在文學史上具有傳承蘇軾美學的鮮明特點，早已在金元文人的詩話詞評中標誌而出；甚至明清以來更是評論元好問接受蘇學的高峰時期。然而此一明顯的接受影響現象，時至今日仍未有學者論述元好問接受蘇軾詩、詞、

文的深度與反思。

本論文旨在探究元好問坦白面對深受蘇軾這位經典大家影響時,展現出文人的自信與實際的自成一派,樹立元好問兼具創作與批評的特色。本論文透過接受影響的研究視野,以文獻分析、知人論世、平行比對、分析借鑑的多元方式,深入闡釋元好問接受蘇學的現象。本論文共分六章,內容簡述如下:

第一章「緒論」,敘述問題意識、文獻述評,闡釋研究向度、範圍與限制,以及研究的方式,所欲達到的研究目的。

第二章「元好問接受蘇軾文學觀的因緣」,從金元君主朝臣、學者文士接受蘇軾人格美與文藝美的氛圍下,以及元好問恰巧與蘇軾有相似的生命遭遇,相似的生活涵養。在這外緣內因的因素下,實為元好問接受蘇軾美學的立足點。

第三章「元好問、蘇軾文藝觀點的同與異」,兩人都對自身創作有一套完整理論,相同點在於兩人重視學識積累,並透過實際創作,將才識學問與藝術表能力純熟運用,才能從古人法度中自成一家。元好問不同於蘇軾,是對欣賞者有閱讀素養的要求、詩詞一理的實踐、對碑誌銘詩的內容擴充,以及反對金元文人次韻唱和而刻意逞奇鬥巧。

第四章「元好問詩、詞、文對蘇軾作品的取資與鎔裁」,全方面交叉比對元好問、蘇軾作品,一方面論證元好問接受蘇軾的深廣度;另一方面客觀呈現元好問受前人影響中,呈現百態變化的藝術風貌。

第五章「元好問接受蘇學的因革與開拓」,元好問與蘇軾皆有通變精神,從二人面對陶詩的審美接受,與個別不同的再創作,足證元好問企圖另闢蹊徑。

目　次

上　冊

第六、七冊　清代乾嘉時期蘇州閨秀文學活動研究──以結社與唱和爲考察中心

作者簡介

王曉燕：副教授，四川大學文學博士，上海復旦大學中國語言文學系博士後。四川大學錦城學院教師、儒學研究中心主任、成都市高新區「高新公益講壇」專家志願服務團特聘專家。主要從事文學批評與女性文學研究，已出版《清代女性詩學思想研究》、《被誤讀的「元嘉體」──顏延之文新釋》等專著；《中國古代美文十講》等教材，在《文藝評論》、《中華文化論壇》、《寫作》、《長春師範大學學報》等刊物發表論文十餘篇。

提　要

清代乾嘉時期，閨秀文學活動出現繁榮局面，尤以江蘇爲盛，作家一千五百餘人，著作一千八百餘種。其中，蘇州閨秀作家六百九十餘人，著作八百三十餘種，又爲江蘇之最。其不僅有詩文別集、合集刊刻流傳，且與眾多非血緣關係之才媛及文人保持著密切的文學聯繫，以酬唱聯吟、收徒授學、書信交遊、題畫賦詩等多種形式保持長時期的文學互動，更以結社爲平臺，

在志趣、審美、詩學觀上彼此契合、互為畏友，或以名士為師，或自立門戶，逐步形成相對集中而典型的女性文學群。不論是數量上的飛躍、時間上的特殊還是地域上的集中以及方式上的獨特，都使此期蘇州閨秀文學實踐成為清代文化與文學發展中不可或缺的重要環節。

本書研究的重點，集中在蘇州閨秀文學結社活動興盛的原因、現狀、組織與參與結社的心理、社會因素、結社成果等方面，並在性別視野下著重探討閨秀在結社中的思想獨立性與書寫策略，以此為前提進一步考察在此特殊地域與時代文化元素中，女性對舊婦學的因襲與新思潮的確立。同時，將閨秀詩學理論的構建置於結社活動的語境中加以分析，對其多元化形成方式與途徑、結社視域中的詩學觀、文士品評的獨特視角等方面展開研究，亦注重剖析蘇州閨秀結社作為一個整體文化現象背後，女性社群意識的變化、女性結社與文人的關係及其在文學思想史上的價值等。

目 次

第八、九冊　遼金元文言小說研究

作者簡介

　　林溫芳，中國文化大學中國文學系博士。目前是開南大學應用華語系兼任助理教授，並在明志科技大學與新生醫專等校任教；同時也擔任僑委會海外青年華語班教師。曾任國、高中老師，出版社編輯及電子報編譯。

提　要

　　遼金元文言小說在中國浩瀚的小說史上，雖稱不上主流，卻自有其異時代的獨特情味及文學研究價值。在漢族、女眞及蒙古三個民族激烈征戰，也彼此融合所磨擦出的火花中，賦與此時期小說獨特魅力和歷史價值。本論文透過對小說的閱讀及省思，重新考察其類別，並發掘特色；同時探討時代的宗教思想，並尋找故事情節及演繹手法之歷史承衍。藉由這種多視角、多面向的論述，冀對遼金元小說有一個較全面又精細的理解與掌握，同時彌補歷來對遼金元文言小說研究不足之缺憾。

　　本論文以遼金元文言小說三十八部作品爲標的，作深入的研究與分析。研究架構，分緒論、正論及結論三大部份，總共七章。第一章爲緒論，說明研究之動機與目的，並釐清文言小說之義界及界定研究之範圍。第二章乃將本文研究範圍之書目逐一敘錄。第三章探討內容類別，分神靈鬼怪、世俗情態及逸聞軼事等三個面向切入。第四章以小說之內容特色與時代特徵爲論述主軸。第五章討論小說反映之思想與信仰。第六章研究小說與其他文體之關係。第七章爲結論。

　　遼金元文言小說的內容豐富，是研究文學、民俗文化及藝術史的珍貴資料，具有相當的史料價值。在故事題材或形式結構上，則在中國小說史上居於承先啓後與開創的地位。

目　次

上　冊

第十冊　清初前期話本小說的喜劇性研究

作者簡介

周盈秀，中興大學中國文學博士。現任國立嘉義大學中文系兼任助理教授，專長領域：台灣現代詩、清初話本小說，並兼有現代文學創作。曾獲 2011年度優秀青年詩人獎、林榮三文學獎、臺北文學獎、葉紅女性詩獎等文學獎項。著有《凝聚與融解的文明之雪——論林燿德詩集《銀碗盛雪》（新北：稻

鄉出版社，2011年）。

提　要

　　清初前期仍可見話本小說的蓬勃發展，其中有一批喜劇性強烈的作品。其故事內容主要描述荒謬可笑的人情百態、譏諷鬼神或者翻案惡搞歷史典故。由於故事情節低俗、人物個性扁平，在文學史上一直不被重視，總得到過於輕浮、情感不夠深刻等評價。然而，這批小說所透露的時代訊息有時比悲劇性小說還要血淋淋且真實。只要細究喜劇性小說的表現手法，還是能看見這些故事的獨特價值。

　　本書分為六章，第一章為緒論，除論述研究動機與目的、前人研究回顧、研究方法與研究範圍之外，也整理中國喜劇性敘事的演進過程，藉此探討清初前期話本小說的喜劇性現象。

　　第二章則專章研究李漁話本小說的喜劇性，先分析李漁話本小說普遍呈現的喜劇性現象，譬如故事內容充滿個人特色的機智話語、擅長勾勒活潑生動的喜劇人物等，再進一步分析李漁人生當中的喜劇執念，研究李漁以自我為中心、對時代苦痛避重就輕的喜劇心態。

　　第三章研究《豆棚閒話》與《二刻醒世恆言》，兩部小說皆從傳統題材著手，以新的角度翻案歷史名人故事或嘲弄宗教鬼神，企圖運用反諷方式借古諷今，並且摻雜怪誕的元素，使這些作品讀來既恐怖又有趣。兩部小說都能看出作家創作喜劇背後的嚴肅寓意。

　　第四章則是比較《十二笑》與《照世杯》兩部人情小說，小說裡頭均寫可憐又滑稽的小人物，作品更時時充滿屎尿齊飛的景象，意圖以排泄書寫衝擊文本中的文明世界。兩部小說在狂歡的笑聲之後，盡顯人生的荒謬虛無。其中《十二笑》選擇用笑看人生的方式，從內心轉念，逃避苦難；《照世杯》則在嘲笑的同時，仍想盡些文人勸懲的責任。

　　第五章綜述以上各章文本重複出現的喜劇手法，歸納喜劇性小說嬉笑怒罵背後集體呈現的時代亂象，並為喜劇性話本小說確立價值。雖然在藝術表現方面略顯不足，但是透過喜劇方式表現的生活智慧與處世之道，仍有可觀之處。

　　第六章結論，本書認為這批看似調性輕浮的話本小說，其實有著各異其趣的喜劇特色與文學價值，它們也成功表現了專屬於清初前期的文化風貌。

目　次

第十一冊　紅學新聲

作者簡介

　　鄧牛頓，1940 年生，湖南長沙人。南開大學畢業。先後任職於中國作家協會上海分會文學研究所、上海市文化局、復旦大學分校、上海大學。歷任

上海大學中國文化研究所所長、中文系主任等職，也主持過上海大學學報（社會科學版）。中國作家協會會員，上海大學教授。上海市優秀教育工作者。出版著作 9 種：「中華美學三部曲」——《中國現代美學思想史》《中華美學感悟錄》《說趣》；《鄧牛頓美學文學紅學思辨集》，《麓山思致》，《我從瀏陽河邊走來》，《祖國永生的鳳凰》，《態學筆記》《尋找紅樓夢的原始作者》。主編《中國歷代藝術文粹叢書》《名家名著導讀》《文協檔案過眼錄》等 7 種。

提　要

這是一本探索性的學術創新論著。作者從尋找《紅樓夢》的原始作者，到確認《紅樓夢》乃是「脂硯齋」（郭雲）和「曹雪芹」（施廷龍）的聯袂之作，破解了《紅樓夢》問世兩百多年來在作者問題上的歷史謎團。對《紅樓夢》作者難題的破解，必然使得歷來紅學研究中的「自傳說」「自敘傳說」自行消解，所謂「政治小說」之類的索隱和強解失去歷史依據，從而開創紅學研究的全新局面。

目　次

第十二冊　節日視閾下的戲曲演藝研究

作者簡介

　　陳建華，武漢大學文學博士，香港城市大學、韓國全北大學訪問學者，現任教於湖北經濟學院新聞傳播學院。在《音樂研究》、《民族藝術》、《武漢大學學報》、《讀書》、《貴州社會科學》、《人民日報》、《光明日報》、《文史知識》等刊物發表學術論文 30 多篇，出版有專著《戲劇影視文化散論》、譯著《福爾摩斯探案全集》等。

提　要

　　本書主要從節日民俗的角度對傳統戲曲文化進行審視與考察，以歲時節日、個人節日與宗教節日為主要研究對象，並確立了三個研究維度：節日與戲曲成熟、節日風俗與戲曲形態、節日風俗與戲曲傳播。

　　節日本質上是將日常時間神聖化，它不可避免地帶上了原始宗教色彩。最初的節日與祭儀相生相伴，而祭儀本身就是宗教與藝術的綜合體，所以祭儀的一隻腳已經踏入了戲劇的門檻。節日迎神、驅儺也為後世提供了文戲與武戲兩種基本範型；節日宴饗又促進了表演伎藝水平的提高，為戲曲的成熟奠定了基

礎；成熟的戲曲也以節日為主要的傳播通道。民間戲曲主要在節日期間上演，久而久之便形成了一類獨特的劇目——節令戲。另一方面，社會上又出現了文人和藝人以特定節日為題旨創作和演出的劇目，是謂應節戲。特定的節日演出環境制約了戲曲的演出體制、裝扮特徵、審美形態及題材偏好。

目 次

第十三冊　兩宋進故事研究——以劉克莊爲例

作者簡介

廖安婷，現爲國立清華大學中國文學系博士生，研究興趣爲南宋散文，此書爲作者碩士學位論文的修訂版。

提　要

進故事爲宋朝於史學發達、言事風氣興盛的文化背景下特有的一種經筵教材。依規定，此體於形式上分爲故事引述與論說二部分，內容則須與「治道」結合。此體起初作爲史學教育的文本，由於作者時藉著對歷史事件的的選擇及評判，或隱或顯地表達對當今朝政的意見，遂使此體發展爲「以史論政」的特殊文本，成爲「史論即政論」觀念於文章中的最佳體現。

劉克莊進故事作爲其六十歲後三次入朝期間的作品，當中展現了宏博的史學知識與用事精切的寫作特色，一定程度地反映其於宋末元初以「文名」與「史學」享有的盛譽，而此部分成就在今人多以「江湖詩派」、「辛派詞人」等文學史發展框架的研究下實受到忽略。劉克莊於進故事中大量地指涉當時政事，透過其作品往往得見其對當時爭議事件的政治立場，部分議題甚至與其仕宦際遇密切相關。基於劉克莊進故事作品於質、量的豐富性與代表性，以及其向被視爲晚宋文壇大家的身分，本文選擇劉克莊作爲進故事個案，結合當朝政事與其進故事內容深入析論。

本論文第一章爲緒論；第二章梳理進故事發展，包含其背景、政策施立、文本性質、取材與常見主題；第三章則挑選兩宋進故事中的代表作家，以歷時性的角度介紹進故事文本的基本樣貌與發展趨勢；第四、五章以劉克莊進故事爲個案，結合理宗朝時政討論其內容與寫作手法，分析其可能的文章旨要與特色；第六章爲結論。

透過本研究，一方面希望能建立兩宋進故事大致的發展脈絡，對當今經

筵、史論、政論、史學、個別文人研究提供新的觀察角度；另一方面希望能補充劉克莊於今人研究中較缺乏的散文與在朝事蹟部分，並再次思考劉克莊於晚宋文學史中的成就與定位。

目　次

第十四、十五冊　中國歌謠與心理研究

作者簡介

　　徐華龍，1948 年 9 月生，復旦大學研究生畢業，筆名有文彥生、曉園客、林新乃等，上海文藝出版社編審。上海筷箸文化促進會會長、上海民間文藝家協會主席團成員、中國東方文化研究會理事、中國少數民族文學會理事、上海非物質文化遺產保護中心評審專家、上海大學碩士生導師、中國盤古文化專業委員會名譽主任等。

　　學術專著：《國風與民俗研究》、《中國歌謠心理學》、《中國神話文化》、《中國鬼文化》、《泛民俗學》、《上海服裝文化史》、《鬼學》、《民國服裝史》、《文學民俗史》、《山與山神》、《非物質文化遺產與民俗》、《鬼》、《中國民國服裝文化史》、《中國民間故事及其技巧研究》、《箸史》等。

　　主編著作：《鬼學全書》、《中國鬼文化大辭典》、《上海風俗》、《中國民間信仰口袋書》等。

《中國神話文化》獲 2001 年首屆中國民間文學山花獎學術著作二等獎。

《中國歌謠心理學》獲首屆全國通俗文藝優秀作品「皖廣絲綢杯」論著三等獎。

《泛民俗學》獲 2004 年「第五屆中國民間文藝山花獎‧第二屆學術著作獎」三等獎。

《鬼學》獲 2009 年「中國民間文藝山花獎‧第三屆學術著作獎」入圍獎。

《中國鬼文化》和《中國鬼話》被日本青土社購得版權，被翻譯成爲日語後，在日本出版發行。

提　要

歌謠是中國歷史上存在了數千年，其數量之多堪稱數億亦不爲過，其中所包藏的社會文化及其風土人情各個層面的內容非常豐富，面對這樣的對象，需要一個很好的切入口，而在過去的研究中，有文學的、藝術的、文化的、民俗的等學科的研究，爲了尋求一個新的突破口，於是就找到了從心理學的角度來研究歌謠。

本書是從中國傳統歌謠作爲基本出發點，加以心理學的觀點進行研究的著作。目前尚未見與我的著作相同的圖書的出版。歌謠的產生，直接與人們的心理、感情相關，直接表達了人民的思想感情和意志願望。《詩‧魏風‧園有桃》：「心之憂矣，我歌且謠。」《漢書‧藝文志》：「自孝武立樂府而採歌謠，於是有代趙之謳，秦楚之風，皆感於哀樂，緣事而發，亦可以觀風俗，知薄厚雲。」從這裡，可以看出歌謠與人們心理活動緊密關聯，因此成爲朝廷了解社會民眾的思想感情最直接的來源。

本書是作者長期研究民間歌謠的一個總結。不僅對史書記載的歌謠，也對民間流傳的歌謠進行了分析、研究，並從中發現中國歌謠的心理情感方面的抒發，是最眞誠、最直接的，完全用不著掩飾自己的情感與表達，這種淳樸的文化是田野勞動者、城市市民階層的感情表達方式，因此也可以更加透徹地理解社會的底層文化，並且還可以更加深切地感受他們所創作的歌謠藝術及其價值。

目　次
上　冊

第十六冊　媽祖故事與媽祖文化研究

作者簡介

　　楊淑雅，新加坡國立大學中文碩士，中國文化大學中文研究所文學博士，現任國立高雄海洋科技大學基礎教育中心專案助理教授。授課課程：中文閱讀與寫作、臺灣民間信仰與民俗技藝、東南亞文化與社會、應用文。以民間故事、民間信仰、民俗文化等主題爲研究面向。著有《人間佛教：演培法師在新加坡的弘法事蹟》。

提　要

　　2009 年 10 月 2 日聯合國教科文組織公佈「媽祖信俗」爲中國第一個信仰
類的世界人類非物質文化遺產。關於媽祖故事與媽祖文化的研究，本文試圖
從史籍、宗教、文學及文化等文獻資料，加上田野調查及訪談的紀錄，爬梳
整理以媽祖故事爲主題所呈現的文學與文化面向。期望從古今文獻的資料
中，梳理探源媽祖故事的形成、流傳與發展；從民間口傳資料中，歸納分類
媽祖的傳說故事，進而探究媽祖故事對民間信俗的影響。最後以現今的媽祖
現象，探究媽祖文化的特徵與意涵，並分析其在各族群、各地區的文化交流
及對社會的影響。

目　次

第十七冊 《六度集經》故事研究

作者簡介

林彥如，臺灣台北人，中國文化大學中國文學系博士。現任教於中國文化大學、臺北商業大學。學術上，主要研究民間文學，取材含涉古今中外民間敘事文學、並佛經故事。

提 要

《六度集經》是一部故事性濃厚的佛教經典，本論文乃從民間文學的角度，探討《六度集經》中的故事。研究過程主要從三大方向著手：

首先，確立《六度集經》實收的篇章，及其屬於故事的內容。歷來佛經目錄與藏經收錄的《六度集經》篇章卷次或有不同，卷次有九卷、八卷、七卷等三種說法，總收篇章則有九十章、九十一章的差別。其中九卷本說僅見存於早期的佛經目錄，確實內容不詳。以實存的七卷本、八卷本各版本內容相比較，歸結本經實收篇章卷次應為八卷八十九章。至於屬於故事的篇章則有八十七章。

其次，以「情節單元」之觀念與要件，提取《六度集經》所收故事的情節單元，藉以探討本經故事取材的特色。包括有：對佛教相關題材之偏重，「六度」取材的比較，故事中人物及動物取材的特色等。此外並將《六度集經》故事的情節單元編列成索引，隨文附錄在後。

最後，運用「故事類型」的歸類原則與方法，提出《六度集經》故事已成類型的篇章，並搜羅相同類型的故事，加以比較討論。則本經故事已成類型者有：

（一）第 21 則〈理家本生〉，屬於型號 989「善用小錢成鉅富」。

（二）第 22 則〈國王本生〉，屬於型號 707「貍貓換太子」。

（三）第 24 則〈理家本生〉，屬於型號 160「動物感恩人負義」。

（四）第 35 則〈兄（獼猴）本生〉，屬於型號 91「肝在家裡沒有帶」。

（五）第 44 則〈童子本生〉，屬於型號 930「送信人福大命大」。

（六）第 48 則〈摩天羅王經〉，同第 24 則〈理家本生〉，屬於型號 160「動物感恩人負義」。

（七）第 49 則〈榮達龍王經〉，屬於型號 1310「處死烏龜投於水」。

（八）第 50 則〈雀王經〉，屬於型號 76「狼和鶴」。

（九）第 87 則〈鏡面王經〉，屬於型號 1317「瞎子摸象」。

目　次

第十八冊　中國賦對越南科舉試賦之影響研究

作者簡介

阮玉麟（NGUYN NGC LÂN），1978 年出生，男，越南河內人，現任越南河內大學中文系副主任，自 2007 年 9 月在中國中山大學攻讀中國古代文學專業，並於 2010 年 6 月獲得文學博士學位。現主要從事對外漢語、中越互譯、古代漢語、中國古代文學等教學工作；研究方向：對外漢語教學、中國古代文學。

提　要

越南自 939 年獲得獨立後，在政治上仍與中國保持密切的關係。爲了鞏固與強化其政權，在以中國儒學作爲建國治民指導思想的同時，越南也採取中國科舉制度作爲選拔人才的工具。自李朝（1010～1225 年）仁宗皇帝 1075 年首次開科取士至陳朝（1225～1400 年）、胡（1400～1407 年）、黎初（1428～1527 年）、莫朝（1527～1592 年）、黎中興（1533～1788 年）乃至阮朝（1802～1945）凱定皇帝 1919 年的最後一次開科取士，越南的科舉制度爲何選賦作爲科舉考試科目？試賦在科舉制度所佔的地位有什麼變化？越南的士子怎樣去學習、借鑒中國的各體賦作，所受的影響究竟是怎樣的一種方式？凡此種種，是作者在本文中力圖解決的問題。

本文以中國賦與越南科舉試賦爲研究對象，通過對中國賦與越南科舉試賦的比較，在文化的影響與接受、文學觀念、科舉制度、賦的體格以及律賦的結構、聲律、用典等方面做深入的比較分析。通過縱（史的角度）橫（賦體文學）兩方面的結合，著重分析中國文化、賦體文學、科舉制度等對越南古代試賦的演變及其影響，探詢唐、清代律賦對越南科舉試賦的影響，以求揭示越南士人在接受中國文化的過程中，借鑒、學習中國文學的規律與創作形式；同時也介紹越南漢文試賦的來源，形成與發展的過程以及越南賦在內容和藝術方面的價值。從中可以看到，科舉試賦在越南文壇上，特別是在越南歷朝科舉制度中，佔有很重要的地位，產生很重大的影響。

本書共有四章，第一章《總論越南科舉制度與漢文試賦發展及其演變》。分爲兩個部份，第一部份主要闡述越南科舉制度的文化背景，亦即越南文化接受中國文化影響的問題。第二部份簡介越南科舉制度發展過程，及其模仿中國科舉的詩賦取士，並間接說明試賦在越南科舉中的地位及其作用。

　　第二章《中國賦對黎朝以前的漢文賦之影響》。分為四個部份，前一部份介紹越南早期的詩文面貌。後三個部份，就儒學在越南當時地位的變化、科舉制度的開始、試賦的由來、試賦體制規定的變化、越南科舉制度所借鑒中國科舉制度以及中國詩賦對李、陳、胡三朝的影響等方面進行說明與論證。在這方面的研究中，筆者新發現了關於越南科舉制度以賦作為考試科目的具體時間。

　　第三章《中國賦對黎朝漢文賦之影響》。分為三個部份，分別敘述與說明越南黎朝初期、莫朝、黎朝中興及後期的儒學地位、科舉制度的改善、考賦科目的特點、場屋文體的嬗變、漢文試賦篇目的存亡情況以及中國科舉制度、詩賦等對此三個時期的影響。其中對黎朝《皇黎八韻賦集》的賦題、押韻及其受中國律賦的影響等方面作了較詳細的分析。

　　第四章《唐、清律賦對阮朝漢文賦之影響》。分為三個部份，就越南阮朝科舉制度對考賦科目的規定、清代科舉制度與清代律賦對阮朝試賦的影響等問題展開論述並加以說明。其中新發現了清夏思沺所撰《少岩賦草》傳播到越南，並對當時越南士子研習律賦的影響。

　　總之，試賦在越南科舉制度中，不同的歷史時期有不同的地位，但總離不開接受中國賦體文學的影響。這一特殊的情況，無論是從中越兩國的文化交往、越南的科舉制度、越南文學自身的研究以及中越兩國的比較文學研究方面，都具有十分重要的價值。

目　次

文儒演生與文脈傳承
——中古的文學與文化

李偉　著

作者簡介

李偉，(1982～)，山東兗州人，2004 年畢業於青島大學文學院，獲文學學士學位，2007 年於陝西師範大學文學院獲文學碩士學位，導師爲傅紹良教授，2011 年於北京大學中文系獲文學博士學位，導師爲葛曉音教授。現爲濟南大學文學院副教授，2015 年 12 月入山東大學文學與新聞傳播學院從事博士後合作研究，合作導師爲李劍鋒教授。主要研究方向爲魏晉南北朝隋唐五代文學史、中國古典詩學、中國古典散文史和古代學術史等。現主持和參與國家社科基金、中國博士後基金、山東省社科規劃項目等 5 項課題，曾在《中華文史論叢》、《山東大學學報》、《中國詩學》、《社會科學評論》、《中國詩歌研究》、《貴州師範大學學報》等核心期刊發表論文近 20 篇，相關論文曾被《高等學校文科學術文摘》等轉載。

提　　要

　　本論文集分爲上、下兩編與附錄部分。其中上編集中探討了盛唐「文儒」的前奏，即北朝後期到初唐時期以王通與王勃爲代表的河東王氏家族，其實是當時在文化觀念與文學創作方面具有典型意義的「文儒」型士人代表。本文通過對唐前「文儒」概念的歷史生成與文人型態演進、王通的文學思想、王勃文學思想及其特殊仕進觀影響下的文學風格等內容的研究，深入闡釋了處於南北文化交流重要時期的初唐時期，王氏家族在文化觀念和文學創作兩個方面通過回顧歷史總結經驗，既整合了南北文學中「辭采」與「氣骨」的創作傳統，合其兩長而摒棄其短，同時以「文儒」這一全新的文人形態預示了未來時代的文化走向，這構成了盛唐時期「文儒」產生的前期理論背景。

　　下編則爲漢唐之間文學演變之關鍵環節的研究，其中包括《史記》、山水田園詩、《文選》、《文心雕龍》、初唐文學、李白、儲光羲、韓愈以及中唐古文革新等諸多問題。《史記》在繼承了前代「個人」意識覺醒的思想史背景基礎上，又融入司馬遷飽含個性人生體驗的深刻感悟，使得「項羽」悲劇英雄的身上深刻浸入了司馬遷與傳主之間「心有靈犀」般的情感交流，這種嶄新的敘事方式決定了《史記》之「究天人之際」超越一般的歷史著作而成爲文學史的經典。山水田園詩、《文選》與《文心雕龍》、初唐文學等論文，則集中分析了魏晉六朝到初唐時期文學自身審美特點不斷演進在各個領域和文學載體中的鮮明體現，如離別詩中的山水描寫，《文選》李善注、《文心雕龍》對初唐文學的影響等都展現出本階段的文學審美特徵日益深化之趨勢。而李白的文學觀念、中唐古文革新的文學觀之演進與韓愈詩風的轉型，則說明盛中唐之際的文學發展正在面臨前所未有的轉折，即「以復古爲革新」實際包含了對魏晉六朝到初盛唐的文學發展中顯現的問題進行糾偏的嘗試，而這其中既有前代文化觀念的借鑒，也有「子學精神」的滋養，還有地域文化的影響。因此，盛中唐的文學變革實際具有走出「六朝」而復歸「原初傳統」的文化史意義，這種「通變」觀的文學演變與上編中「文儒」在初盛唐的發展後預示了中唐文學復古思潮的濫觴是根本一致的。

　　因此本論文集雖是單篇論文的探討，但其整體思路是一以貫之的，即從更爲宏闊的文化視野內，通過對中國中古時代文學發展關鍵環節的分析，深入審視漢唐間文學發展的基本規律和潛在線索，從而得出更符合歷史實際和文學發展狀態的可靠結論，同時也是從文學史、思想史和觀念史的多重角度探索「唐宋變革論」的嘗試。

目

次

上編：唐代「文儒」專題

　　唐代既是政治鼎盛的太平盛世，又有燦爛輝煌的文化藝術成就，這就為當時的文人提供了一個將文學和政治進行融合的有利社會條件，因而伴隨著唐代政治的發展和文化的繁榮，產生了一大批既有崇高社會責任感和理想意識，也有實際參政能力和行政才幹的「文儒」型士人群體，而且最重要的是他們從本質上帶有明顯的文人歷史傳統，具有很強的以文章創作取得進身資格的特點。如此德才兼備的士人群體走入政壇，不僅促使唐代的政治發展進一步趨於完善，更使得國家日益重視選拔文人，文人在國家的政治和文化生活中也扮演了越來越重要的角色，從而在推動具有審美性特色的文章創作日趨繁榮的同時，文學和政治在這些文人身上也達到了水乳交融的和諧，為廣大中下層文人士子樹立了榜樣，強化了他們作為文人的自覺意識，更加努力地創作文章，進而對文學的發展大有裨益，因此從這個角度對唐代文人進行透視和分析可以深刻理解唐代文化興盛的人才基礎和深層動力，而且「文儒」作為當時在文學和政治領域都取得突出成就的文人，通過對他們的文化傳統和創作特色的研究，也可以使我們對文學與政治之間關係的協調在唐代的發展有更深刻的認識。

　　此前葛曉音先生對這個問題的研究有篳路藍縷之功，《盛唐「文儒」的形成與復古思潮的濫觴》首次針對唐代「文儒」問題進行深入探討。但此文僅局限於盛唐一段，而對此問題的源流所論較少，因此本文受此啟發，在葛先生的文章基礎上追源溯流，對「文儒」在初唐時代的發展和形態進行探討，進而勾連起「文儒」從初唐到盛唐的發展線索，同時以此為視角，具體分析王通和王勃為代表的河東王氏家族文學文化中的「文儒」特徵，從而將初唐時代的文化背景與「文儒」的文章創作個案研究有機地統一起來。當然撰寫

本文還需借助我國古代的政治史、文化史、思想史、制度史、古代文學批評史以及中國古代的士人傳統和生活形態等方面的研究成果，從不同的側面，多角度、全方位地透視「文儒」在思想、政治、科舉和文學創作中的種種表現，以期把初唐「文儒」置於縱向的歷史傳統發展和橫向的不同士人形態比較中，更爲全面地分析其延續士人傳統的共性和作爲特殊文人群體的個性。這也要求我們必須把「文儒」還原到當時眞實的歷史情景中，用符合歷史發展事實的觀念解釋他們的行爲和認識，避免以今解古式的隔靴搔癢，盡可能探索隱含其中的文人傳統發展的歷史規律。

本文導言對「文儒」概念進行了分析，結合唐前文人發展史，尋繹出處於不同歷史階段的文人所具有的特點，並重點說明了東漢思想家王充首次提出了「文儒」這一特殊的文人形態，這不僅是對前代文人歷史傳統經驗的繼承和總結，更對唐代「文儒」的形成產生了顯著的理論先導作用。

第一章論述了初唐時期知識分子對「文儒」的理論探討，這主要體現於當時的史官群體認識中。作爲知識淵博、思維縝密的學者型文人，初唐史官在編撰史書時經常運用「文儒」稱謂歷史上的一些受到帝王重視的文人，其中隱藏了史官對「文儒」的特殊認識。因此在結合了前代文人發展的歷史基礎上，本章指出了初唐史官所理解的「文儒」概念中包含的人格新趨向以及變革梁陳綺靡柔弱文風的意義。這正說明了處於南北文化交流重要時期的初唐，這時的文人通過回顧歷史總結經驗，以「文儒」這一全新的文人形態預示了未來時代的文化走向，這構成了初唐時期「文儒」產生的理論背景。

第二章以「文儒」爲視角，分析了初唐時期河東王氏家族中最重要的兩個文士王通和王勃文化和文學思想中的「文儒」特徵。王通作爲隋末大儒，就時代影響來說可歸入初唐時期，他的《中說》一書中的文化思想蘊含了深刻的「文儒」特色，而且「文」和「儒」的關係在王通那裏是不平衡的，體現了濃厚的以「儒」節「文」的復古保守性，這顯然不代表當時文化和文學發展的趨勢。而作爲「初唐四傑」之一的王勃，雖然其文學觀念受到了家族文化傳統，尤其是祖父王通的重要影響，並接受了《文心雕龍》中「原道」、「徵聖」、「宗經」等理論認識，但在文章創作中卻體現了復古文化觀所不能框範的鮮明的審美意識，其中包括不平之氣的抒發，重視辭采的華美，強調音韻和諧等頗具審美意味的主張，因此王勃的文學思想以一種「文」、「儒」平衡的關係體現了文學發展的正確方向。

　　第三章主要分析了「文儒」王勃的人格特點和文章創作。受到儒家傳統觀念的影響，王勃一方面積極入仕，另一方面則是仕途受阻，前者由於王勃的特殊的入仕觀影響而在人格心態上表現爲豪邁激越，後者則是源於理想失落而產生的沉鬱悲慨的愁苦哀怨，這兩方面統一於儒家思想賦予給王勃的理想人格與現實生活的關係中。因此王勃始終堅持儒家知識分子特有的固守政治理想之道，形成了堅毅剛強的個性人格，發而爲文，也就體現出氣勢壯大、情感豐沛的新特點，於其中也繼承了六朝時期辭采華美的審美經驗，因此形成了不同於梁陳綺靡文風的嶄新風貌，預示了盛唐文學高潮的來臨。

初唐「文儒」與河東王氏文學研究

　　盛唐文學的高度繁榮體現於很多方面，究其原因也是多種多樣。其中作為當時的文壇領袖，以張說為代表的一批「文儒」之士在盛唐文學的高潮中所起的作用不可忽視。他們不僅具有深厚的儒學修養和全新的文學觀念，承繼六朝時期文學的理論發展，去弊趨益，繼續推動對文學自身特徵及其功用的認識，而且在為文創作上也多有實績，直接以內容廣泛而思想厚重的作品樹立了新時代的文學審美風尚。最重要的是，他們突破了以往文人在國家政治生活中的尷尬位置，憑藉身居政治高位的有利條件，從政治制度的深層支撐角度積極倡導具有審美特點的文學在國家建設中的重要意義，使文學在保留自身特色的同時可以與政治相互推動。受此影響，盛唐不僅是政治清明的盛世時代，而且是一座令後人神往的文化高峰。而「文儒」正是如此輝煌的時代貢獻給中國文化史的一批優秀文人，是盛唐文學取得偉大成就的人才基礎，也代表了此時大多數文人的生活和心態特徵。既然「文儒」是唐代文人在文化領域的典型代表，那麼以此為切入點，重新認識「文儒」所具有的獨特氣質和人格魅力等內涵要素，進而把握時代的文化走向和文人風貌，由此也可以擴展和深化我們對唐代文學和文人的理解。葛曉音先生在《盛唐「文儒」的形成和復古思潮的濫觴》〔註1〕中對此曾作了開拓性的研究，臧清先生以《唐代文儒的文學與歷史承擔》〔註2〕則延續了葛先生關於「文儒」的研究。但是前輩學者對「文儒」的關注多集中於盛唐，而作為盛唐「文儒」在現實

〔註 1〕 發表於《文學遺產》1998 年第 6 期，後收入《詩國高潮與盛唐文化》，北京大學出版社 1998 年版。
〔註 2〕 發表於《鄭州大學學報》（哲學社會科學版）2004 年第 4 期。

文人群體中的大量湧現的前提條件，就「文儒」概念在初唐乃至唐代之前的生成問題卻少有探討，而且「文儒」作爲中國古代文人在特定歷史時期的特殊發展形態，對其淵源問題的釐清也可更好地理解古代文人的一些本質特徵。因此本題既可完善盛唐「文儒」的形成問題，又可深化對中國古代文人發展歷史的認識。初唐時期的王通、王勃在儒學和文學方面是當時的代表性文士，而且在他們的思想中透露著鮮明的「文」、「儒」結合的特徵。因此，對初唐「文儒」觀念的理解和認識也爲我們具體分析初唐時期河東王氏家族的文化文學特點提供了新的視角，進而對王通、王勃的文化觀念和文學創作有更加深入的探討。

導言：唐前「文儒」概念的歷史發展

　　根據葛曉音先生的理解，「文儒」是指「儒學博通及文詞秀逸」者，這其中包括兩個層面的內涵。在實際生活中指盛唐以張說爲首的一批精通儒學而爲文雅麗的文士群體，同時也是指在他們身上體現的一種文人素質、文學觀念和人格心態。這兩個層面相輔相成，統一於「文儒」的概念之中，特殊的人格心態是他們作爲「文儒」的決定性因素，而他們本身就是「文儒」之人格心態和文學觀念的現實體現，因此本文在分析「文儒」時必然兼具這兩個層面的內涵，既有對「文儒」特殊人格心態的闡釋和認識，又會把「文儒」當作特殊的文人群體並結合其人格心態和生活經歷分析他們的文章創作。具體說來，「文儒」是由「文」和「儒」兩個子概念構成。在葛先生看來，這裡的「文」和「儒」指文學和儒學，「文儒」自然就是兼通文學和儒學的士人。其中對「文」的理解不宜拘圍以今天的狹義的文學概念，而應當是寬泛的以文字表達爲主要形式、具有一定審美意味的文章創作，因此這種「文」的外延相當廣泛。就書籍部類而言，遍及經、史、子、集等學術文化著作，就文體而言，不僅包括詩賦等所謂的純文學體裁，而且囊括了一些文采斐然、雅麗淵懿的應用文，而且這些作品都透露著明顯的審美特色，這都屬於「文」的概念中包含的內容。就盛唐「文儒」的創作實際來看，張說等人不僅有大量抒發個人情懷的詩文傳世，而且在當政期間曾經以儒學禮樂理想爲規範創作了許多歌贊朝政、美政化俗的雅頌之文，因此寬泛地理解「文」的概念更接近於當時的歷史現實。而「儒」則是指儒學，這包括古代士人日常生活中必須涉獵的儒家文化典籍，受儒家思想薰陶形成的自由獨立的人格特色和崇高遠大的社會理想，以及強烈關注現實的淑世精神和憂患意識。具體到唐代

「文儒」，「儒」還包括儒家思想中對文學及其審美特徵方面的一些看法，如文質彬彬的中和之美、溫柔敦厚的詩教傳統及其影響下的對審美意識的限制和一定的復古傾向。「文」和「儒」之間並非是一成不變的平衡關係，在不同的歷史時期會受到文化思潮、政治環境、社會心態等方面的影響制約，而發生相應的變化。偏於「文」則更多地帶有文人的個性傾向，近於「儒」則更多地具備儒者的氣度風貌。本文所研究的初唐「文儒」是繼承魏晉六朝的文人傳統發展而來，體現著文人自由獨立的個性氣質，這也是魏晉風度的精華所在，因此他們作爲「文儒」是近於「文」而遠於「儒」。

　　「文儒」作爲一個合成詞，「文」與「儒」結合的背後有著必要的思想基礎和深刻的歷史必然。追溯其中儒學與爲文創作的關係問題，這與傳統儒學思想中的「尚文」特徵密切相連。在先秦眾多的學術流派中，只有儒學給予「文」以合理的評價和合適的位置，正確處理外在之「文」和內在之「文」、實用和審美、「文」與道的關係。在這一層面上，「文」與「儒」才能得到和諧的統一，兩者才能合成一個名詞。孔子思想的基礎就是繼承文武周公創建的周朝典章制度，三代之中周尚文，這是一個文物大備、禮樂興盛、文章蔚然的理想時代，因此孔子對周代之「文」充滿嚮往和讚美之情，《論語·泰伯》：「周之德，其可謂至德也已矣」〔註1〕，《八佾》：「周監於二代，郁郁乎文哉」〔註2〕，可見孔子讚賞的正是這種具有道德思想、禮樂典章、尚德崇仁的人文精神，稱之爲「郁郁乎文哉」。孔子不僅嚮往這種充滿人文色彩的社會理想，更通過學習前代文化在日常生活中身體力行之。《論語·學而》：「行有餘力，則以學文」〔註3〕，對「文」的理解，馬融曰「古之遺文」，邢昺曰：「古之遺文者，則《詩》、《書》、《禮》、《樂》、《易》、《春秋》六經是也。」這些都是體現周代禮樂文明的經典文獻，這種學習內容與孔子的社會理想是一致的。同時「文」在儒家看來也指文獻的載體和存在的形式，《左傳·襄公二十五年》：「言以足志，文以足言。……言之無文，行而不遠。」〔註4〕這裡的「文」就是外在的言辭文字和篇章書籍以及其中體現出的雅麗文采。在其四個教學科目上，與「文」關係密切的「言語」和「文學」便佔據兩個，以「不學詩，

〔註1〕 楊伯峻譯注，《論語譯注》，中華書局1980年版，第84頁。
〔註2〕 楊伯峻譯注，《論語譯注》，中華書局1980年版，第28頁。
〔註3〕 楊伯峻譯注，《論語譯注》，中華書局1980年版，第5頁。
〔註4〕 【晉】杜預注，【唐】孔穎達正義，《春秋左傳正義》，北京大學出版社1999年版，第1024頁。

無以言」強調對《詩》的學習，足見孔子對「文」的重視。而且在孔子的思想中，審美是文藝必不可少的重要條件，《論語・雍也》：「質勝文則野，文勝質則史，文質彬彬，然後君子。」〔註5〕《八佾》中孔子稱讚《韶》樂：「盡美矣，又盡善也」〔註6〕，當然儒家認識的審美不脫離「善」，這種美善並舉與就美論美不可混淆，可見孔子對「文」中所包含的審美意味也極為重視，因此就先秦幾個重要流派來說，「文學」幾乎等同於儒學，《韓非子》即以「文學」專屬儒者。概括說來，儒家尊崇的經藝為「文」之顯者，「尚文」正是儒家一派的突出特色，先秦學術思想流派中能與「文」的概念可以形成思想默契，對其內涵均能作合理消化吸收的只有以孔子為代表的儒家學說，這種思想中的深刻關聯正是「文儒」可以在文化史上得以形成的首要條件。

「文儒」作為以文藝創作為主要職業的文人群體，他們的產生必須建立在知識分子的日益分化基礎上，換言之，就是那些創作文藝作品的文人能夠從宏觀的知識分子整體中脫穎而出，取得獨立的地位。只有這樣，作為特殊文人的「文儒」才有可能出現，其身份才能因社會功能的不同而區別其它形態的知識分子，這一過程開始於先秦百家爭鳴時。在中國學術文化的發展中，儒家和孔子起著承上啟下的重要作用，這不僅體現在學在官府的壟斷地位被打破，文化傳播得到更大範圍的擴展，更為重要的是設計出多種適應不同環境需要的文化人格，這使文化人可以根據自身需求和社會需要沿著多樣的方向發展自我，這無疑推動了擁有文化的知識分子受所學內容和所處社會位置的影響形成不同的人格素養，進而造成他們承擔的社會功能的分化。《論語・先進》中曾記載孔門四科，「德行」強調的是道德修養的完善，以孔子追求的「仁」為依歸，「言語」注重的是言辭的修飾和錘鍊，實現的是「不學詩，無以言」的要求，「政事」培養的是個人為政管理的實際能力，這與儒家積極用世、參與政治的淑世精神密切相關，「文學」突出的是對前代典籍文獻的整理和學習，以促進當代的文化建設。可見孔子對這些學科的簡單劃分實際已經預示了知識分子的學有專長可以使之形成不同的文化群體，而且後來的諸子百家依託學術思想的探討和對現實理解的深化更加劇了這種發展趨向。許倬雲先生曾經就此指出：「孔子開啟了中國文化的重大突破，將承襲過去貴族禮制的內容，賦予全新而普世的意義。繼踵而至的諸子百家，不僅繼續開拓新

〔註5〕 楊伯峻譯注，《論語譯注》，中華書局1980年版，第61頁。
〔註6〕 楊伯峻譯注，《論語譯注》，中華書局1980年版，第33頁。

的思想主題及思維過程，而且在社會功能上也派衍出諸種不同的角色，有橫議的遊士，有參政的士大夫，有重語言文辭的文人學士，也有隱逸的處士。」
〔註7〕

繼秦而起的兩漢是我國儒學昌明，文化得到大發展的時代。經過漢武帝的推行，儒學由原來的一家之言上升為國家統治的指導理論，得到立於學官的優待，士子中趨之若鶩者代不乏人。東漢時期更是繼承此種為政趨向而將對儒學的實踐推進到制度建設的層面，這無疑深化了儒學對現實政治的作用和影響。其中知識分子的區分也隨著時代要求的發展已和先秦時期不同。許倬雲先生對兩漢知識分子曾分五類：第一類是文學家，如司馬相如一類人物，以辭藻之美為文學侍從，別無其它知性活動。第二類是經學家，其中當包括兩《漢書‧儒林傳》的全部人物，併兼及馬融、鄭玄、賈逵諸人。第三類為著作家，包括所有有創作的學者。其中當然又可大別為兩個分類：一是博學多聞，整理已有的知識。另一類則是有創見的著作，此類作者志在明天人之際，通古今之變，立一家之言。兩類相比，第一分類撰述為主，其方法是歷史性的；第二分類則往往是形而上學的著作，方法是哲學的。第四類則是方術之士，漢代的方術包括星象曆算醫藥以至風角占卜，《漢書‧藝文志》列有方術三十六家。第五類則是批評家，如王充，而揚雄、桓譚也常有對學術的批評。〔註8〕具體到歷史現實生活，西漢時的知識分子主要是「儒生」和以司馬相如為代表的辭賦家，其中後者明顯受到前者的輕視，司馬遷在《報任安書》中曰：「文史星曆，近乎卜祝之間，固主上所戲弄，倡優所畜，流俗之所輕也。」〔註9〕這道出了當時儒生眼中的辭賦家與優孟之流的倡優無異，他們創作的辭賦只能供統治者愉悅取樂之用，無益於儒家提倡的經世濟民，其地位之低自然不能與儒生相提並論。但這畢竟是我國歷史上第一批以文學創作為主要職業的純粹文人，而且辭賦中蘊涵的鮮明的審美意味也體現了文學本質特徵，後來的很多文學家都由此汲取創作經驗，推動了文學日趨獨立和自覺的進程。因此這些辭賦家實際代表了全力作文的文人已經出現，這為魏晉六朝時期文學作品大量湧現、文學體裁日益豐富、文人群體增多奠定了基礎。東漢時期則出現了「儒生」與「文吏」之爭，其中「文吏」主要以掌握律令

〔註7〕 許倬雲著，《歷史分光鏡》，上海文藝出版社1998年版，第80頁。
〔註8〕 許倬雲著，《歷史分光鏡》，上海文藝出版社1998年版，第96～99頁。
〔註9〕 蕭統編，《文選》，上海古籍出版社1986年版，第1860頁。

法規、處理實際事務為主，「儒生」則以研究先王典籍、崇尚禮樂大道為務，因此「文吏」視「儒生」之學空疏無物，「儒生」視「文吏」之務煩瑣細碎。而且兩者互相指謫對方的道德品格，「儒生」在「文吏」看來崇尚名節近於虛偽，「文吏」在「儒生」心中則是阿意苟取榮幸，毫無道德操守，可見兩者在各個方面都針鋒相對。雖然這時缺少具有明顯特徵的文人，但是文學創作仍不絕如縷，尤其以班固為代表的賦家創作在賦史上佔有重要地位。至於魏晉南北朝的知識分子分類大體延續兩漢的基本模式，許倬雲先生曾說：「中古的知識分子群，不是繼續分化為更多的類型，而毋寧是功能轉化更為複雜。」〔註10〕可以說魏晉南北朝的士人在前代基礎上呈現出已有知識分子類型間不同功能的互滲和影響。當然隨著佛教的傳入和在民眾中得到廣泛傳播，也出現了很多精通佛理、學問精深的高僧，他們是這時知識階層的重要組成部份，對學術文化的發展有很大影響。

伴隨著知識階層日益分化的歷史現實，許多學者在研究著作中也給予充分的關注，出現了對此問題的理論探討。繼孔子分科之後，戰國大儒荀子在《荀子·儒效》中曰：「故有俗人者，有俗儒者，有雅儒者，有大儒者。不學問，無正義，以富利為隆，是俗人者也。逢衣淺帶，解果其冠，略法先王而足亂世術；繆學雜舉，不知法後王而一制度，不知隆禮義而殺《詩》、《書》；其衣冠行偽已同於世俗矣，然而不知惡者；其言議談說已無以異於墨子矣，然而明不能別；呼先王以欺愚者而求衣食焉，得委積足以掩其口，則揚揚如也；隨其長子，事其便辟，舉其上客，億然若終身之虜而不敢有他志：是俗儒者也。法後王，一制度，隆禮義而殺《詩》、《書》；其言行已有大法矣，然而明不能齊法教之所不及，聞見之所未至，則知不能類也；知之曰知之，不知曰不知，內不自以誣，外不自以欺，以是尊賢畏法而不敢怠慢；是雅儒者。法先王，統禮義，一制度，以淺持博，以古持今，以一持萬；苟仁義之類也；雖在鳥獸之中，若別白黑；倚物怪變，所未嘗聞也，所未嘗見也，卒然起一方，則舉統類而應之，無所擬作；張法而度之，則暗然若合符節；是大儒也。故人主用俗人則萬乘之國亡，用俗儒則萬乘之國存，用雅儒則千乘之國安，用大儒則百里之地久而後三年，天下為一，諸侯為臣；用萬乘之國舉錯而定，一朝而伯。」〔註11〕荀子把知識分子分為俗人、俗儒、雅儒、大儒，大儒中

〔註10〕許倬雲著，《歷史分光鏡》，上海文藝出版社 1998 年版，第 81 頁。
〔註11〕王先謙著，《荀子集解》，上海書店出版社 1986 年版，第 88～90 頁。

就包括孔子，可見這是荀子「文士觀」中最重要的一類。同時指出了他們的學問基礎、性格特點和社會功用，這裡明顯是以儒學爲判斷標準，以經世致用爲最高理想，但荀子對儒者的文化創作重視不夠，這與此時文學創作不繁榮、文人未得獨立的現實是一致的。

東漢時期的士人對此問題表現出濃厚的興趣，先是桓譚在《新論・求輔》曰：「賢有五品：謹敕於家事，順悌於倫黨，鄉里之士也；作健曉惠，文史無害，縣廷之士也；信誠篤行，廉平公，理下務上者，州郡之士者；通經術，名行高，能達於從政，寬和有固守者，公輔之士也；才高卓絕，疏殊於眾，多籌大略，能圖世建功者，天下之士也。」〔註12〕這種分類是從爲政高低來立論，呈現出由家到國的逐級遞進，強調的是管理民眾的政治才幹，雖然這些士人的爲學中仍有深厚的儒學背景，但在其中已滲透進「理下務上」、「達於從政」所需的處理實際事務的理政之才，這與東漢時期「文史」異軍突起、在國家運轉中發揮越來越重要的作用有關。閻步克先生曾在《士大夫政治演生史稿》中指出中國古代士大夫定型於東漢時期，其重要標誌是「亦儒亦吏」〔註13〕的士人形成，他們不僅對儒學深入鑽研，而且通過學習律法條令加強了處理具體事務的能力，可謂是道事兼擅，出入於學政之間遊刃有餘，既有良好的道德品格，也有實際的爲政效用，這正是對桓譚新認識最好的注腳。而且這從根本上也可補儒生單純求「道」而輕「事」之弊，使知識分子可以更好地服務於現實政治。

前面的認識多突出了士人爲政的重要意義，對其在文化創造的方面留意較少。首次以「文儒」作爲一個文人特殊群體的名稱的思想家是東漢的王充。他在《論衡》中專門對當時以「儒生」和「文吏」爲主的士人知識分子進行了深入研究，並以「文儒」爲重要概念提出了士人在文化創新中所應有的價值和作用。《論衡》中從《程材篇》到《狀留篇》，集中評論了「儒生」和「文吏」。在這兩者間，王充認爲「儒生」高於「文吏」，當然「儒生」也不能代表他心目中的理想文人，因此在《效力篇》和《書解篇》提出了他所認爲的最完善的文士——「文儒」。《效力篇》曰：「夫文儒之力過於儒生，況文吏乎？」〔註14〕可見王充眼中的「文儒」超過「儒生」和「文吏」。「文儒」之所以能

<hr>

〔註12〕桓譚著，《新論》，上海人民出版社1977年版，第7頁。
〔註13〕閻步克著，《士大夫政治演生史稿》，北京大學出版社1996年版，第449頁。
〔註14〕北京大學歷史系《論衡》注釋小組，《論衡注釋》，中華書局1979年版，第738頁。

如此，是由於他們「懷先王之道，含百家之言」，不僅在學問功底上遠勝儒生和文史，而且「能舉賢薦士，上書白記」〔註15〕，具有出眾的處理實際政務的才幹，可以承擔文史所負之責。由此可見「文儒」在功能轉化上顯得更加全面，合「文史」與「儒生」之兩長而去其所短，在擁有豐厚文化底蘊的基礎上更具實用功能，更能適應多種環境的需要，這正是許多文人所傾心以求的理想。更為值得注意的是，與前人注重事功不同，王充賦予「文儒」實用功能的基礎是「吐文萬牒以上」，也就是以文章創作為主，必須學識淵博，能撰文著書，下筆萬言，以此來報效國家，有益於世。《書解篇》指出：「著作者為文儒」，而且「文儒之業，卓絕不循，……書文奇偉」，「世儒當時雖尊，不遭文儒之書，其迹不傳」，「文儒」創作的重要性於此可見一斑。就「為文」與「為政」的矛盾，王充也提出新見。人常言「夫有長於彼，安能不短於此？深於作文，安能不淺於政治？」這是將兩者完全對立，不可兼得。但在王充看來「功書並作」者大有人在，這是最高文士能夠做到的。這種思想基於「化民須禮義，禮義須文章，行有餘力，則以學文」的認識〔註16〕，源於儒家重視禮樂文化建設的「尚文」特色及其對政治發展的深層推動作用的內在要求，同時也受到「立言以不朽」理想的影響。《超奇篇》把儒分為四等：「能說一經者為儒生，博覽古今者為通人，採摭傳書以上書奏記者為文人，能精思著文連結篇章者為鴻儒」〔註17〕。四種儒士的共同點是都具有著書立說、為文創作的才能，同時以將為文與實用的結合是否完善為判斷高下的標準，這裡的「鴻儒」精思結撰以成一家之言，卓犖之作可傳之久遠，究其實質，「文儒」可與其等同。因此「文儒」代表了王充理想中的文士，以文章創作作為他們身份的本質標準，並在此基礎上兼顧文人從政的實用功能。儘管王充的思想中洋溢著先秦諸子的精神餘脈，「文」的概念仍是漢儒認識的「文章博學」，文學的自覺程度還未成熟，強調學術創作的深刻性對文藝的審美性有所忽視，但畢竟「文儒」的提出創造了一種嶄新的文人範型，突出了文人通過寫作文章進行自我身份的確認和實現多樣功能轉化以更適應現實，使之實現為

〔註15〕北京大學歷史系《論衡》注釋小組，《論衡注釋》，中華書局1979年版，第738頁。

〔註16〕北京大學歷史系《論衡》注釋小組，《論衡注釋》，中華書局1979年版，第735頁。

〔註17〕北京大學歷史系《論衡》注釋小組，《論衡注釋》，中華書局1979年版，第779頁。

學和從政的兼得，從而可以更好地推動文化建設和實現政治理想，這對後世文人規範行為、思想趨向和自我定位影響深遠，因此王充的這種認識具有劃時代的意義。

後來應劭在《風俗通義》中對儒者做了區分：「儒者，區也，言其區別古今，居則玩聖哲之辭，動則行典籍之道，稽先王之制，立當時之事，綱紀國體，原本要化，此通儒也。若能納而不能出，能言而不能行，講誦而已，無能往來，此俗儒也！」〔註 18〕這種認識並未超出王充理解的範圍，只是將種類作了簡化。至於運用「文儒」於文章中者，南朝蕭齊的王融可謂代表。他在《永明十一年策秀才文五首》寫道：「今農戰不修，文儒是競。棄本殉末，厥弊茲多。」〔註 19〕這是對當時過於崇尚文人的不滿之辭。「文儒」具體指以沈約、謝朓、王融為代表的永明體詩人。他們的詩歌講求聲律美，對唐代近體詩的形成有重要影響，可見這裡的「文儒」使用偏向於「文」，注重「文」所代表的審美特性，這與魏晉到南朝時期重情尚麗的文學自覺趨向是一致的。這種有益於對文學自身特徵的認識，隨著南朝文學傳統在初唐時期得到了延續和改進，必然會對初唐「文儒」的認識發生影響。

綜上所述，就「文儒」概念的生成而言，如果說儒家的「尚文」特點為「文」、「儒」兩者的結合提供了深厚的思想基礎，那麼始於戰國時期的知識分子類型和功能的分化和互滲整合及其在理論層面的深入探討則提供的是寬廣的歷史背景。在歷史現實和思想凝結的交織作用下，「文儒」概念由隱到顯，從模糊到清晰，在王充賦予其深刻內涵後，便被吸收到南朝士人的政治生活中，運用於對文人身份及其社會功能的解釋，這一切都為「文儒」型知識分子在唐代的勃興創造了條件。

〔註 18〕王利器注，《風俗通義校注》，中華書局 1981 年版，第 619 頁。
〔註 19〕蕭統編，《文選》，上海古籍出版社 1986 年版，第 1656 頁。

第一章　論初唐史官對「文儒」觀念的認識

　　以張說爲代表的「文儒」型知識階層的大量出現是在盛唐時代，他們根據儒家思想中的禮樂文化觀念，把文學創作和國家的制度建設緊密結合，用儒學禮樂理想指導文化文學的發展，使之能夠既保留了文學的審美特徵，又可達到儒學要求的政教實用目的，可以說「文儒」之士於其中發揮了積極的影響，對盛唐文化和文學的繁榮起到了不可忽視的推動作用。盛唐「文儒」的出現並非偶然，而是經過了初唐時期文化的孕育和積累。初唐史官在其編撰的史書中曾多次使用「文儒」稱謂一些重要歷史時代的文人，其中蘊涵的認識對盛唐「文儒」的出現有理論先導意義。因此本章擬就此問題展開討論。

第一節　唐前文化思想中的「文人」概述

　　究其實質，本文所論及的「文儒」應歸屬於創作具有審美意味文章的文人範疇。因此要研究初唐史官對「文儒」觀念的認識，則必須首先對我國傳統文化中的文人發展史有基本瞭解。

　　以儒家思想爲標誌，中國文化的理性思維過於早熟。具有審美意義的文學作品和作家雖然得到有限度的承認，但是眞正值得儒家重視的是以「仁」爲核心的善的意識，因此從孔子開始，在審美與仁善發生對立時，崇尚「善」而忽略「美」成爲中國正統文化的重要特徵。《論語・八佾》曰：「子謂《韶》：『盡美也，又盡善也。』謂《武》：『盡美也，未盡善也。』」〔註1〕孔子對《武》和

〔註1〕楊伯峻譯注《論語譯注》，中華書局1980年版，第33頁。

《韶》的不同評價說明單純的審美在儒家文化中是被貶低的，獨立的審美意識在儒家文化中難有立足之地，「盡善盡美」才是最高理想。在此觀念影響下，文人的地位也受到儒家學者的輕視，德行之善高於語言修辭的文學審美，所謂「有德者必有言，有言者不必有德」〔註2〕正是這種認識的反映。而且《詩經》代表的「溫柔敦厚」的詩教傳統，雖然包含著文學的審美因素，但最終是以「經夫婦、成孝敬、厚人倫、美教化、易風俗」〔註3〕的倫理價值和政教作用為旨歸的。這就意味著中國文化傳統中從一開始並沒有為獨立的「審美意識」留下相應的位置，因此創作美文的文人作家也就無法獲得君王的重視，更遑論能象儒生那樣可以通過正常的途徑進入國家的政治高層以實現政治理想。

在諸子百家爭鳴的後期，以屈原創作為代表的奇文鬱起的「楚辭」興起於南方的楚地，「楚辭」以其強烈激越的抒情意味、精彩華美的麗辭雄文、縱橫捭闔的鋪陳結構和恍惚迷離的神話色彩，打破了儒家倡導的美善並舉的審美規範，凸顯出文學作品特有的以情為中心和崇尚語言美的新傾向。儘管屈原作為一位偉大的愛國詩人，其抒發的情感以忠君愛國、追求崇高的政治理想為主，表現出獨立不遷、堅韌不拔的高尚人格魅力，這仍然合乎儒家的倫理要求，但其中透露出的語言審美趨向已經難以為儒家觀念所局囿，因此不僅屈原是我國第一位創作如此豐厚的詩人，而且文采斐然的「楚辭」為中國文學的獨立審美開闢了道路，在此基礎上產生的漢賦就是一種鮮明的追求麗彩之美的新文體。難怪錢穆先生在《讀〈文選〉》的開篇充分估價了「楚辭」在文學史上的重要意義：「《詩》、《書》以下迄於《春秋》及諸子百家言，文字特以供某種特定之使用，不得謂之純文學。純文學作品當自屈子《離騷》始。」〔註4〕錢穆先生把屈賦作為中國純文學的開端可能會引起某些人的疑義，但是「楚辭」所代表的追求文采美的新意義的確有開創之功。同時屈原作為詩人，恐非出於自己本意，他的自我定位仍然是政治家，因此錢穆先生說：「在屈原固非有意欲為一文人，其作《離騷》，亦非有意欲創作一文學作品。」〔註5〕可見屈原還不能對文人的自覺意識有所覺悟，這也說明具有獨立

〔註2〕楊伯峻譯注《論語譯注》，中華書局 1980 年版，第 146 頁。
〔註3〕郭紹虞主編《中國歷代文論選》(1)，上海古籍出版社 1979 年版，第 63 頁。
〔註4〕錢穆著，《讀〈文選〉》，選入氏著《中國學術思想史論叢》卷三，安徽教育出版社 2004 年版，第 91 頁。
〔註5〕錢穆著，《讀〈文選〉》，選入氏著《中國學術思想史論叢》卷三，安徽教育出版社 2004 年版，第 91 頁。

意識的文人於此時還不能走到政治的中心舞臺，其價值還未能爲世人所接受和重視。

　　承接「楚辭」的發展，西漢時代出現了以司馬相如爲代表的辭賦作家，這是我國文學史上首次出現專門的文人創作集體。他們的作品以「包括宇宙，總攬人心」的「巨麗」爲美，而且創作辭賦成爲司馬相如等人最主要的職業，因此錢穆先生說：「漢代如枚乘、司馬相如諸人始得謂之文人。其所謂賦，亦可謂是一種純文學。」〔註6〕雖然這些辭賦家深得漢武帝的喜愛，但其創作的大賦供宮廷帝王的娛樂之需，被一些文士貶爲「童子雕蟲篆刻」、「壯夫不爲」（揚雄《法言・吾子》），言語的華美鋪排也被視爲奢侈靡費之舉，與儒家倡導的勤儉治國的總方針不合，故而引來當時儒生的非議。如《漢書・嚴助傳》記載枚皋和東方朔在儒生眼中「不根持論，上頗俳優畜之」，〔註7〕枚皋對自己類似於俳優的身份亦頗有不平悔恨，「又言爲賦乃俳，見視如倡，自悔類倡也」〔註8〕，可見這些文人從人格上之被視爲言語侍從之臣的尷尬地位了。這種認識一經產生，便又回歸儒家論文人和文章的道路上了。揚雄的觀點可謂代表：「詩人之賦麗以則，辭人之賦麗以淫」〔註9〕這就根據儒家美善並舉的觀念，推崇文質彬彬的「詩人之賦」而貶斥「麗以淫」的「辭人之賦」，其中最主要的分歧就在於對文質關係問題的處理，隱含著由文反質、輕視純審美的的復古傾向。而且伴隨著對文采的抑制，文人的地位一直難以得到應有的重視，與「俳優」同類注定了他們在正統文化主流中始終是被貶低的對象。

　　魏晉六朝時期文學自覺的進程大爲加快，重視文學自身的審美特徵成爲推動這一時代文學發展的主要動力。其中既有文學價值的提高，也有文學體裁的明晰，既有文學審美風格的深入探討，也有對文學發展史的縱向梳理，可以說魏晉六朝時期文學自身的很多特徵如音律、辭采、創作緣起論、審美理想等都受到當時著名文人的重視。這時對文人的認識受到傳統價值和當代思潮的雙重影響，明顯形成兩種認識：一是曹丕在《典論・論文》中評價文章「經國之大業，不朽之盛事」帶來的對文人的青睞，儘管此時的文章所指

〔註6〕錢穆著，《讀〈文選〉》，選入氏著《中國學術思想史論叢》卷三，安徽教育出版社 2004 年版，第 91 頁。
〔註7〕班固著，顏師古注，《漢書》，中華書局點校本 1962 年版，第 2775 頁。
〔註8〕班固著，顏師古注，《漢書》，中華書局點校本 1962 年版，第 2366 頁。
〔註9〕揚雄著，《法言・吾子》，轉引自郭紹虞主編《中國歷代文論選》（1），第 91 頁。

甚大，包括一些如詔、策、律、令等應用文體，但其中詩賦等審美色彩濃厚的美文也同樣受到重視，因此文人作為國家必需的人才理應得到相應的尊重和理解，這在劉勰《文心雕龍》中得到很好的繼承和發展。另一是傳統觀念的延續，《隋書・李德林傳》曰：「任城王諧遺楊遵彥書曰：『經國大體，是賈生、晁錯之儔；雕蟲小技，殆相如、子雲之輩。』」〔註10〕這顯然是漢儒的舊識見，不僅否定辭賦儔具有審美特徵的作品，而且隱含對他們人格上趨炎附勢、不合儒家文士規範的貶斥。可見雖經過文學自覺的開拓，泥古儒家的認識影響依然很深，而且從總體傾向看，大多數認識中肯定文人及其創作時，總是自覺地把審美與仁善緊緊融為一體，如果失卻後者，審美將無所附麗而很有可能趨於淫邪，這是儒家極力否定的。

由此可見，理性思維的過早成熟促使文學的審美性在我國文化的早期處於被抑制的狀態，而更多地強調文學的倫理價值和政教作用。在文學審美特徵不受重視的漢代，很多儒生否定文人價值時，總是將儒學崇尚質樸的趨向與文學注重審美的特點完全對立起來，從而使文人無法獲得實現政治理想的機會。隨著魏晉時代文學自身價值的日益顯現，以前在政治領域被輕視的文人的地位也逐步提高，許多圓融通達之士試圖調節在發揮文學的政教功用時能繼續保證其審美價值的體現，在此基礎上為文人以創作美文來更好地參與政治提供理論條件，文人的人格魅力和價值也能得以充分展現。

第二節　初唐史官「文儒」觀念中的人格新趨向

經歷過漢代過份重視文學政教作用和魏晉強調文學自覺兩大時代後，初唐時期多以文人身份擔當修史重任的史官們響應唐太宗的修史號召，繼承了前代形成的對文人的認識，受到新時代風氣的感召和薰染，他們普遍地表現出對文人創作及其所應發揮作用的重視，這主要體現於初唐時代編撰的《晉書》等八部史書中，通過歌頌那些文人得志的時代以寄託自己對文人具有的崇高價值的傾慕欣賞，這主要集中在不約而同地用「文儒」概念指稱歷代重要文人。雖然這些史官文人在唐代統一之前屬於不同的文化地域，但對「文儒」在史書中的使用卻是普遍而共通的，可見這必然經過了史官們的深入思考，代表了一種時代群體性的認識。因此我們可以通過份析這些初唐史官所

〔註10〕魏徵等撰，《隋書》，中華書局點校本1973年版，第1194頁。

稱讚的「文儒」之士，觸及到初唐史官的深層理解，進而瞭解初唐時代對文人評價的發展。在初唐史官筆下，與漢代儒生眼中的「俳優」式文人相比，能夠創作文章的文人不再是鋪伏於王權之下、毫無人格操守的言語侍從之臣，其所作文章也不再是無益勸誡政教之用的「雕蟲小技」，這種認識便顯示出唐代文人嶄新的精神風貌，體現了初唐史官以自己的生活體驗和人生理想對文人傳統所作的全新改造。就「文儒」體現的人格新趨向來說，主要表現在以下三個方面：

首先，與西漢時代儒生以「倡優」詆訶辭賦文人截然相反，初唐史官表現出對「文儒」型文人的普遍仰慕，有時甚至把「文儒」作為一個時代的理想人格的典範。如房玄齡等修撰的《晉書・儒林列傳》：「漢祖勃興，救焚拯溺，粗修禮律，未遑俎豆。逮於孝武，崇尚文儒。爰及東京，斯風不墜。」〔註11〕令狐德棻等修撰的《周書・齊煬王列傳》：「自兩漢逮乎魏、晉，其帝子帝弟眾矣。唯楚元、河間、東平、陳思之徒以文儒播美」，〔註12〕李延壽所著《南史・宋本紀中第二》：「帝聰明仁厚，雅重文儒，躬勤政事，孜孜無怠。」〔註13〕據此可見，楚元、河間、東平、陳思等人之所以被初唐史官譽為可以播美於兩漢至魏晉達幾百年歷史，超出於眾多帝子帝弟之上，正是由於他們創作出不朽的詩文，保護了前代留存的文化典籍，為文化的延續和承傳作出了巨大貢獻，在此意義上初唐史官把他們稱為「文儒」而加以讚美頌揚。而在所謂的太平盛世，「文儒」的出現也代表著這一時代最為理想的文人人格的形成，因此受到了賢明帝王的重視和優待。南朝宋文帝如此，兩漢時代的賢明君主也是如此。此前的正統觀念認為，兩漢的經學昌明興盛，這是一個儒生得志、文人輕浮的時代，但具有文章創作能力的「文儒」在初唐史官眼中才能代表兩漢文化的繁榮。因此《晉書》中初唐史官以「文儒」表達了對兩漢文人的高度推崇，更是從深層認識上實現了對此前一些史書中貶低文人的重大反撥。初唐史官如虞世南、歐陽詢等文士也具有學者兼作家型的特點，這與漢代辭賦家極為類似，他們被盛唐時人也目之為「文儒」，如盛唐吳兢所著之《貞觀政要・崇儒學》：「太宗初踐阼，即於正殿之左置弘文館，精選天下文儒，令以本官兼署學士，給以五品珍膳，更日宿直，以聽朝之際引入內殿，

〔註11〕房玄齡等修撰，《晉書》，中華書局點校本1974年版，第2345頁。
〔註12〕令狐德棻等修撰，《周書》，中華書局點校本1971年版，第197頁。
〔註13〕李延壽著，《南史》，中華書局點校本1975年版，第54頁。

討論墳典，商略政事，或至夜分乃罷。」〔註14〕因此這種「心嚮往之」的企慕不僅是對前代文人的價值確認，實際上也隱含了初唐史官群體的自我肯定。

其次，與傳統的視具有審美意味的文人創作為驕奢淫逸的敗亡之兆不同，初唐史官以「文儒」為時代文人的代表，於其中肯定了文人在推動國家政治和文化建設中所起的重要作用，看重他們將文人積極用世的進取精神和創作活動融為一體，從而使文人作品對現實政治也具有不可忽視的價值，同時儒家文化傳統的「以道自任」、「士志於道」使「文儒」人格日益趨向於主體意識高揚、追求高標超越的獨立品行，而不再是在帝王面前唯唯諾諾、僅供消遣娛樂的卑弱委靡，如最受初唐時人重視的班固就是明顯的例證。初唐時期的《漢書》學興盛一時，出現了很多有名的《漢書》注本，尤以顏師古注為最善。〔註15〕而且班固的《兩都賦》引起了京都賦的創作大潮，其影響一直延續到初唐時的文學作品，如盧照臨的《長安古意》和駱賓王的《帝京篇》。根據《晉書》所載，班固作為初唐史官所指重「文儒」時代的東漢的最重要的文人，加之曾受到初唐文人的廣泛重視，自然也是初唐史官心目中的「文儒」的代表。其實《兩都賦》在當時不僅是文學作品，而且有著深刻的政治實用目的，即直面當時爭執不休的遷都問題，因此此文在鋪敘王朝繁榮景象的同時也陳述了東漢新的都城觀，體現了儒學在此時已經深入到國家制度建設的深層。〔註16〕同時班固在《兩都賦》中的第二部份著重說明都洛的理由時，顯示了以儒家文化之道為最高標準的精神底蘊，這就賦予班固以深厚的人格自立基礎，文中的口吻也是近於聖賢吐發高論式的自信，體現了與君王平等對話的溫文爾雅和謙而不卑，決無儒生眼中的西漢辭賦作者身上的人格缺陷。〔註17〕這種精神在初唐史官那裏得到了延續，當時的太宗虛心求諫，群臣盡心納諫，君臣之間雖有名義的尊卑之別，但在實際生活中的確是

〔註14〕吳兢著，《貞觀政要》，嶽麓書社 2000 年版，第 227 頁。

〔註15〕參見趙翼著《廿二史箚記校注》中的《唐初三禮漢書文選之學》，中華書局 1984 年版，第 440 頁。

〔註16〕關於分析東漢京都賦中體現的儒學影響日漸深入的問題，可參見曹勝高先生所著《漢賦與漢代制度》中的《漢賦與漢代都城制度》一章。北京大學出版社 2006 年版。

〔註17〕關於對漢賦中體現作家主體的人格尊嚴問題的分析，可參見曹虹先生所著《中國辭賦源流宗論》（中華書局 2005 年版）中的《孟子思想對漢賦的影響》。曹先生主要以漢賦的「寓名例」為切入角度，認為漢賦作家以此隱含有繼承孟子要求的抗禮王侯，尊德貴士的士人人格。

一種人格平等的交流。也只有在這種和諧政治氣氛中才能出現象魏徵這樣的善諫之臣，真正實現了孟子所言之「君之視臣如手足，則臣視君如腹心」〔註18〕的平等君臣觀。因此初唐史官把班固代表的「文儒」奉爲東漢時代的象徵，不僅要通過欣賞班固京都賦中對盛世的描繪以抒發自己寄予時代中興的希望，其深層意義更在於自己能像前人那樣實現政治理想，張揚自我獨立的人格美。

再次，初唐史官所重的「文儒」品格中最值得稱道的是依然保留了文人特有的不拘小節、崇尚自由、不爲世俗所牽的個性特徵。這種認識對在文學創作中重視情感抒發、表現自我獨立人格、堅持文學自身特色有重要意義，而且這更是初唐文學與盛唐氣象在文化深層達成溝通延續的契合點。在此，「文」與「儒」的結合從人格模塑的基礎上造就了一批全新的文人群體──「文儒」。《周書》中重點指出的陳思王曹植是鮮明代表。據《三國志·任城陳蕭王傳》栽：「植任性而行，不自彫勵，飲酒不節。」〔註19〕這種性格在曹操眼中雖然不適合繼承大統，但這是作爲文學家不可多得的精神氣質，因此曹植「誦讀《詩》、《論》及辭賦數十萬言，善屬文」。〔註20〕《南史》中提到的南朝宋文帝時的「文儒」顏延之也是「好讀書，無所不覽，文章冠絕當時。好飲酒，不護細行」，〔註21〕這與曹植個性如出一轍，都崇尚任性適情、自由脫略的文人作風。這在以往都是爲正統人士詬病爲不合規矩而加以貶抑，但初唐史官由於經歷過亂世風雲的紛爭激蕩，嚮往朝窮夕達、立取卿相的風雲際會，身上必然帶有不拘小節、志向遠大、意氣風發的縱橫家式的自由豪邁，如魏徵「少孤貧，落拓有大志，不事生業，出家爲道士。好讀書，多所通涉，見天下大亂，尤屬意縱橫之說」，〔註22〕因此在文人特有體驗的感召下通過史書對「文儒」情感個性的肯定性描述，格外凸顯了初唐史官心目中的「文儒」作爲文人的本質性人格特徵。

我們透過初唐史官的史書雖不能對「文儒」的行爲和形象作更多細緻周全的描繪，但上述三方面的人格新趨向足以說明了初唐史官在回顧歷史的基礎上對文人也進行了重新認識，展露了自我的心跡和崇高的人生理想。其中

〔註18〕楊伯峻譯注，《孟子譯注》，中華書局 1960 年版，第 187 頁。
〔註19〕陳壽著，裴松之注，《三國志》，中華書局點校本 1973 年版，第 557 頁。
〔註20〕陳壽著，裴松之注，《三國志》，中華書局點校本 1973 年版，第 557 頁。
〔註21〕李延壽著，《南史》，中華書局點校本 1975 年版，第 877 頁。
〔註22〕劉昫著，《舊唐書》，中華書局點校本 1975 年版，第 2545 頁。

將儒家文化中追求超越的社會理想、積極用世的進取精神和文人特有的重性情的本眞自然氣質融爲一體而成一新人格,這不僅是對魏晉風度崇尙人格自然美的繼承和發揚,而且也對盛唐文人的人格氣質和文學創作產生深刻影響。從這個意義上說,這正表現了初唐文學作爲魏晉風度和盛唐氣象聯結點的重要作用和價值。

第三節　初唐史官「文儒」觀念中的文風變革意義

初唐史官對「文儒」的認識不僅有人格學意義上的重大突破,而且內含改革六朝延續下來的綺靡文風的深刻要求。按照時間的順序,我們可以對初唐史官以「文儒」描述的時代進行排列,並選取其中有代表性的文人加以比較。先看以下初唐史書中的重要記載:

> 《晉書‧儒林列傳》:「漢祖勃興,救焚拯溺,粗修禮律,未遑俎豆。逮於孝武,崇尚文儒。爰及東京,斯風不墜。」《周書‧齊煬王列傳》:「自兩漢逮乎魏、晉,其帝子帝弟眾矣。唯楚元、河間、東平、陳思之徒以文儒播美,任城、琅琊以武功馳譽。」《南史‧宋本紀中第二》:「帝聰明仁厚,雅重文儒,躬勤政事,孜孜無怠。」
> 《周書‧蕭世怡等列傳》:「武成中,世宗令諸文儒於麟趾殿校定經史,仍撰《世譜》。」〔註23〕

這裡涉及的時代從西漢一直到南北朝之末,幾乎貫穿初唐史官之前的整個中古文學史。人物方面,有西漢的楚元、河間兩位諸侯王,東漢的東平王,三國魏的曹植等。如果在那些沒有提到人物的時代中選取代表性的文人,那麼在當時影響甚大或初唐時代受到重視的前代文人可作首選。如東漢時的班固、西晉的陸機、南朝宋的顏延之和北周時的庾信。初唐時人對班固表現了很大的傾慕,如李大亮《昭慶令王蟠清德頌碑》借「班孟堅之文采,黃叔度之波瀾」稱讚碑主〔註24〕,其實也在肯定班固文學上的價值,陳子良《隋新城郡東曹掾蕭平仲誄》的「學逾班固,才冠劉楨」以頌揚蕭平仲也是如此〔註25〕,高儉的《文思博要序》:「孟堅九流,與川瀆而俱竭」更是直接讚美班固

〔註23〕《周書‧蕭世怡傳》,第752頁。
〔註24〕《全唐文》,中華書局1983年版。卷133,第1341頁。
〔註25〕《全唐文》,中華書局1983年版。卷134,第1351～1352頁。

的《漢書・藝文志》對學術文化史的貢獻〔註 26〕，可見初唐時人對班固的推崇之高。對西晉陸機的推崇主要表現在太宗御撰《晉書・陸機傳論》，稱讚他是「百代文宗，一人而已」。顏延之和庾信也都是享譽當時的大文士，且對初唐文學影響很大。顏延之在當時擔當廟堂製作的重任，《樂府詩集》中仍留存其詩作，可見他在文章方面的才能極受君王的賞識。對庾信的高度評價以北周滕王的《庾信集序》爲最：「老性自然，仁心獨秀，忠爲令德，言及文詞。穿壁未勤，映螢愈甚。若乃德聖兩《禮》，韓魯四《詩》，九流七略之文，萬卷百家之說，名山海上，金匱玉版之書，魯壁魏墳，縹帙緗囊之記，莫不窮其枝葉，誦其篇簡。……妙善文詞，尤工詩賦，窮緣情之綺靡，盡體物之瀏亮。誄奪安仁之美，碑有伯喈之情，箴似揚雄，書同阮籍。」〔註 27〕而且庾信入北引起了北周文人學南方文風的高潮，可見其在當時的深巨影響，這一直延續到初唐南北文風的融合問題。

　　如果細緻分析這些初唐史書中以「文儒」指稱的文人，我們會發現其中有一個文學淵源的傳統，即在以儒家文化觀指導文章創作時又積極探索文學自身的審美特點。劉師培先生對此的研究頗有啓發意義。他在《漢魏六朝專家文研究》中的班固、曹植、陸機、顏延之等人的研究極爲精到，論班固曰：「班固之文亦多出自《詩》、《書》、《春秋》，故其文無一句不濃厚，其氣無一篇不淵懿。」〔註 28〕可見在劉師培看來，班固文風受儒家文化影響很大，故而顯得講究文氣中和，深厚樸茂中自有淵懿雅麗之探，這與東漢時期儒家思想深入人心密切相關，自然儒家之講究氣韻厚重體現於當時的著名作家創作中，班固應爲其中翹楚。評論曹植時曰：「七子之中，曹子建可代表儒家，其做法與班蔡相同，氣厚而有光，惟不免雜以慨歎耳。」〔註 29〕這裡指出了曹植與班固之間的文風承接關係，這與史載曹植「誦讀《詩》」、受儒家經典薰陶的經歷相吻合。並對兩者之間的差異有清醒認識。「氣厚而有光」說明曹植班固在辭采方面進步許多，而且「惟不免雜以慨歎耳」更是從曹植身上看到了亂世時代風雲激蕩下的文風總趨勢，這明顯採納了劉勰「觀其時文，雅好

〔註 26〕《全唐文》，中華書局 1983 年版。卷 134，第 1357 頁。
〔註 27〕庾信著，倪璠注，《庾子山集注》，中華書局 1980 年版，第 53 頁。
〔註 28〕劉師培著，《中國中古文學史講義》，中國人民大學出版社 2004 年版，第 138 頁。
〔註 29〕劉師培著，《中國中古文學史講義》，中國人民大學出版社 2004 年版，第 140 頁。

慷慨」的認識，這種「慨歎」之氣的抒發加深了文學作品的個體抒情意味，是「建安風骨」最主要的美學意蘊，是作家通過情感的方式對時代內在氣質的深刻把握，其中凸顯的個體情感是魏晉文學對兩漢文學的開拓和突破，但是這種個性是與時代主題緊密相連，因此曹植之文是在更高的層面上與儒家文藝傳統的契合。劉師培評陸機曰：「降及西晉，法家、道家亦頗發達，而陸士衡仍守儒家矩矱，多『衍』而少『推』，一以伯喈、子建爲宗」，〔註 30〕可見陸機的文風也是從儒家傳統中浸潤流出的，明顯繼承了前代如蔡邕、曹植等受儒家影響的文學家的風格。而到了顏延之，劉師培指出：「晉宋文人學陸士衡者甚多，而顏延年所得獨多。」〔註 31〕因此在劉師培看來，研究陸機必須涉及顏延之，兩者之間的淵源關係至爲緊密，「顏延年之文，亦可以爲士衡之體貳，不獨鍊句似陸，即風韻亦酷肖之」。〔註 32〕至於庾信，劉師培先生在論述文章氣韻時曰：「陸、蔡近剛，彥升近柔，剛者以風格勁氣爲上，柔以隱秀爲勝。……庾子山所以能成家者，亦由其文有勁氣而已。」〔註 33〕可見這也是一位深受蔡邕、陸機等影響甚深的文士，所寫文章氣格高古，勁健有力，頗有風骨之致，與陸機等人在風格源流上屬同一序列。把這些文人聯繫起來，結合劉師培先生的分析，我們會驚奇地發現，自班固、曹植，陸機，顏延之到庾信，他們在學問上接受儒家思想的浸染和薰陶，在文學創作中也貫穿了儒家渾厚之氣味，同時又能在文采方面不斷創新，並沒有受質樸無華的復古傾向局囿，而是踵事增華般地積極推動文學自身特點的開拓，在對傳統的繼承中最終使「儒」和「文」兩方面達到動態的平衡。再來看初唐史官在編撰史書時的實際想法，如岑文本在《周書・王褒庾信傳論》中頌揚歷史上文學值得稱道的一些時代時，東漢以班固爲代表，魏晉以曹植和陸機爲代表，劉宋時以顏延之爲代表，而評價距離初唐最近的北朝後期時，則是「唯王褒、庾信，奇才秀出，牢籠於一代」，〔註 34〕可見這正符合劉師培先生的分析。

〔註30〕劉師培著，《中國中古文學史講義》，中國人民大學出版社 2004 年版，第 140 頁。

〔註31〕劉師培著，《中國中古文學史講義》，中國人民大學出版社 2004 年版，第 154 頁。

〔註32〕劉師培著，《中國中古文學史講義》，中國人民大學出版社 2004 年版，第 148 頁。

〔註33〕劉師培著，《中國中古文學史講義》，中國人民大學出版社 2004 年版，第 132 頁。

〔註34〕參見《周書・王褒庾信傳論》，中華書局點校本 1971 年版，第 742～745 頁。

　　初唐史官作爲一批學養深厚、知識淵博的學者文人，其認識和劉師培先生的分析不謀而合，顯然這種相合不是偶合，而是滲透著初唐史官深刻的理解和反覆的思考，是在借傳統資源啓示當代，預見未來。因此這個對「文儒」傳統的歷史反思說明了初唐史官是在新的時代要求下努力尋找文風變革的出路，那就是以「儒」與「文」的結合完成從文學觀念到文學本體全方位的改造，既能收到扭轉「宮體」詩風綺靡柔弱之效，又能繼續推動文學審美的探索，同時儒家文化觀的介入不僅是對文人人格精神的內在提升，更是對文學與政治、審美與教化之間複雜關係的高度協調，也由此奏出了邁向代表更高文學成就的盛唐氣象的時代先聲。

第二章 王通與王勃文學思想中的「文儒」特徵

河東王氏作爲從南北朝後期一直延續到初唐時期的重要文學文化家族，世代奉守儒家思想，對孔子及其儒學思想進行了深入研究，在吸收前代傳統的基礎上對儒學發展有很大推進，尤其到王通之時，儼然形成了一支對唐代儒學有重大影響的「河汾道統」學派。這種學風在家族內部得到很好的繼承，作爲「初唐四傑」之一的王勃傾慕於祖父王通在儒學方面的精深造詣，不僅繼續完成其祖父的修書重任並爲之作序，更在詩文中注入儒家思想，以深厚盈沛的氣格充實其創作·當然，從王通到王勃，除思想的淵源一脈之外，還有受到不同時代風氣及個性氣質的影響，在一些具體問題上也呈現出明顯的不同。本文采取「文儒」視角審視兩人的思想，主要基於他們共同具有的源遠流長的儒學文化的家族背景，且都有強烈的立言以不朽的述作精神。這種特殊的境遇爲他們在表達思想見解時側重於「文儒」結合創造了文化條件，既可以使我們通過個案分析更爲細緻地貼近初唐時期「文儒」發展的歷史，又能在初唐時代的文化大背景下更加深入地理解河東王氏家族的文學思想和創作的價值和意義。

第一節 王通文學思想中的「文儒」特徵

王通留存至今的著作主要是《中說》一書，[註1] 詩文創作則很貧乏。根

[註 1] 對王通《中說》一書的眞僞曾在學術史上引起廣泛爭論。司馬光和梁啓超就懷疑過《中說》的眞實性。但現在的學術界基本認爲王通和《中說》都應該是眞實的，此方面可參考尹協理、魏明的《王通論》(中國社會科學出版社 1984

據逯欽立先生整理的《先秦漢魏晉南北朝詩》，其中收錄王通的詩只有一篇。因此我們探討王通思想特徵時，主要依據他的《中說》。

王通對「文」和「儒」的認識在《中說》的思想體系中佔有重要地位，鮮明地體現了王通的文化個性和思想本質。首先，他是以儒家思想的「禮樂」觀念來整合「文」、「儒」兩大概念，這種觀念強調王道的興盛不僅在於政治經濟的高度發展，更在於文化建設的昌明繁榮。與那些腐儒的過份趨「質」而忽「文」相比，「禮樂」觀念提倡「文質彬彬」，把文化納入到國家制度建設的整體之中，這就為「文」、「儒」結合提供了理論前提。因此「禮樂」觀念頻繁出現於《中說》之中說明王通在崇尚儒「質」時也能夠重視文化秩序的建設。《王道》：「五行不相沴，則王者可以制禮矣。四靈為畜，則王者可以作樂矣。……使諸葛亮而無死，禮樂其有興乎！」〔註2〕《天地》：「若逢其時，不減卿相，然禮樂則未備。……王道之駁久矣，禮樂可以不正乎？」〔註3〕《事君》：「王道盛，則禮樂從而興焉。」〔註4〕《周公》：「淩敬問禮樂之本，子曰：『無邪。』淩敬退，子曰：『賢哉儒也，以禮樂為問。』……明王雖興，無以定禮樂。」〔註5〕《述史》：「中國之禮樂安在？其已亡，則君子與其國焉？……仁以行之，寬以居之，深識禮樂之情。」〔註6〕《關朗》：「世習禮樂莫若吾族，天未亡道，振斯文者，非子誰歟？……吾於《續書》、《元經》也，其知天命而著乎。傷禮樂則述章志，正曆數則斷南北。」〔註7〕關於「禮樂」有如此多的認識，既有對亂世「禮樂」不興而發的悲慨，也有對治世王道盛而禮樂興的讚美，更有對自己家族「世習禮樂」而感到由衷的自豪。因此受到「禮樂」文化精神的感召，出於當時文化領域的百廢待舉，王通以續書為己任，模仿孔子博大精深的《六經》的述作體系，歷經九年擬作《續六經》，包括《續詩》、《續書》、《禮論》、《樂論》、《易贊》、《元經》，對當時的時代文化進行總結。可見王通欲以立言之作提倡儒學復興，恢復王道政治，「文」與「儒」在「禮樂」觀念和王道政治中是密不可分的，作文以弘揚儒道與崇儒以規範創作在

年版）中的《王通與〈中說〉真偽考辨》和鄧小軍的《唐代文學的文化精神》（臺灣文津出版社 1993 年版）的《河汾之學考論》。

〔註2〕 《文中子中說譯注》，黑龍江人民出版社 2003 年版，第 15 頁。

〔註3〕 《文中子中說譯注》，黑龍江人民出版社 2003 年版，第 23～36 頁。

〔註4〕 《文中子中說譯注》，黑龍江人民出版社 2003 年版，第 45 頁。

〔註5〕 《文中子中說譯注》，黑龍江人民出版社 2003 年版，第 76 頁。

〔註6〕 《文中子中說譯注》，黑龍江人民出版社 2003 年版，第 131～133 頁。

〔註7〕 《文中子中說譯注》，黑龍江人民出版社 2003 年版，第 178～179 頁。

王通的思想中是互相促進的統一整體，其中貫穿著通過繼承孔子的用世精神和述作意識以恢復儒「道」的文化理想。因此王通對爲文創作大加提倡，難怪其學生董常會發出「仲尼沒而文在茲乎」的慨歎。

其次王通明確指出其創作精神淵源於孔子的原始儒家思想，「服先人之義，稽仲尼之心」，《王道》：「卓哉！周、孔之道，其神之所爲乎！」〔註8〕因此他在創作中繼承的是孔子「成一家之言」的精神，其最終理想是爲新的太平時代奠定思想文化基礎，創建新的典章制度，《魏相》：「《元經》天下之書也，其以無定國而帝位不明乎。徵天命以正帝位，以明神器之有歸，此《元經》之事也。」〔註9〕這裡的「徵天命以正帝位，以明神器之有歸」就表明了自己著作的宗旨，爲新王朝創建新制度和文物，爲其革故鼎新尋找文化上的立論依據。對於此點，錢穆先生在《孔子與春秋》中以兩漢公羊學的學術精神分析王通的文化創新，說：「王通河汾之學，我們也可賦以以新觀點。王通之《續詩》、《續書》，模擬孔經，顯然還是當時北方儒學之眞傳統。換言之，王通還不失是西漢公羊家精神。在他意想中，他卻眞想以一人之家言，將來成爲新王之官學的。這在中國學術史上，王通也可謂具此觀念的最後一個人物了。」〔註10〕由此可見，王通所作之「文」滲透著濃厚的「以一人之家言，將來成爲新王之官學」的主觀意識，其自我定位是要作當代的孔子，這種文化理想和治學精神就決定了他的「文」、「儒」結合是建立在爲新王朝立制度的基礎之上，對「禮」的強調和學習在其中就佔有很重要的位置，如《中說·魏相》曰：「子謂竇威曰：『既冠讀冠禮，將婚讀婚禮，居喪讀喪禮，既葬讀祭禮，朝廷讀賓禮，軍旅讀軍禮，故君子終身不違禮。』竇威曰：『仲尼言，不學禮無以立，此之謂乎？』」〔註11〕由民俗傳統昇華出的「禮」的觀念代表著以群體承認的公共標準對個體行爲的理性規範，其具體內容涉及到一整套約定俗成的行爲方式，一經形成又反作用於日常生活的各個方面，對於個人的人格塑造會產生深刻影響。因此構建這種思想體系的理論性、深刻性和全面性才是王通文化創新的重點，這種近似於「子書」式的創作更接近於東漢時期王充所論之「文儒」和「鴻儒」的特點。

〔註8〕　《文中子中說譯注》，黑龍江人民出版社 2003 年版，第 8 頁。
〔註9〕　《文中子中說譯注》，黑龍江人民出版社 2003 年版，第 147 頁。
〔註10〕　錢穆著，《兩漢經學今古文平議》（商務印書館 2001 年版）中的《孔子與春秋》
　　　　第 289 頁。
〔註11〕　《文中子中說譯注》，黑龍江人民出版社 2003 年版，第 154 頁。

受到上述創作旨歸的制約，王通對於「文」的理解有其特殊考慮，所持衡量標準與魏晉南北朝以來「文」的自覺的發展進程有很大距離，這突出地表現在他對「文」的審美特徵抱有極端的偏見，幾乎完全否定這一時期文學藝術自身發展所形成的一些規律和特色。如《中說‧事君》曰：「子謂文士之行可見謝靈運。小人哉其文傲，君子則謹。沈休文小人哉，其文冶，君子則典。鮑昭、江淹，古之狷者也，其文急以怨。吳筠、孔珪，古之狂者也，其文怪以怒。謝莊、王融，古之纖人也，其文碎。徐陵、庾信，古之誇人也，其文誕。」〔註12〕從這些評價來看，他們的人格特點和文學成就都被王通一概否定，尤其是他們在文學審美性方面的開拓並沒有引起王通的重視。恰恰相反，這些都被王通視為不合儒家君子之道。由此可見王通心目中的文士形象是儒雅含蓄的謙謙君子，而不是這些「小人」和狂狷之士。君子文章的審美風格則是「文質彬彬」的雅致麗則，而不是南朝文人的「急」、「怨」、「怪」、「怒」和「誕」、「碎」。對於文學所反映的內容，王通更為注重的是綱常名教和國政民俗。如《中說‧天地》曰：「李伯藥見子而論《詩》，子不答。伯藥退謂薛收曰：『吾上陳應、劉，下述沈、謝，分四聲八病，剛柔清濁，各有端序，音若塤篪，而夫子不應我，其未達歟？』薛收曰：『吾嘗聞夫子之論詩矣，上明三綱，下達五常，於是徵存亡，辯得失，故小人歌之以貢其俗，君子賦之以見其志，聖人采之以觀其變。今子營營馳騁乎末流是夫子之所痛也。不達則有由矣。』」〔註13〕這裡李伯藥所論和王通所重之間的矛盾關鍵就是如何看待文學藝術的審美特徵問題。李伯藥的觀點是和魏晉以來的文學自覺進程緊密相連，所談重點也是諸如應、劉代表的「建安風骨」和沈、謝代表的「永明體」新詩等詩歌審美方面的新變。而王通論詩主旨明顯沿襲漢儒解詩舊法，即《詩大序》所言之「經夫婦、成孝敬、厚人倫、美教化、移風俗」的論詩標準。因此王通對「儒道」的崇尚勢必凌駕於對文學自身審美特色的重視。走向極端便是「以道廢文」和道文之間的本末之別。如《中說‧天地》曰：「學者，博誦云乎哉？必也，貫乎道。文者，苟作云乎哉？必也，濟乎義。」〔註14〕這裡的「學」、「文」和「道」、「義」可作互文理解。因此王通在文學批評史上首次明確提出了「文以貫道」的思想，這是上承《荀子》中對「禮」的

〔註12〕《文中子中說譯注》，黑龍江人民出版社2003年版，第51頁。
〔註13〕《文中子中說譯注》，黑龍江人民出版社2003年版，第26頁。
〔註14〕《文中子中說譯注》，黑龍江人民出版社2003年版，第27頁。

－30－

高度重視的認識，下開宋明理學家的文學藝術觀念。同時對「道」的過份重視使得王通修改了孔子思想中的一些有益方面，如《中說・事君》曰：「古君子志於道，據於德，依於仁而後藝可游也。」〔註15〕原本孔子在《論語・述而》曰：「志於道，據於德，依於仁，游於藝。」孔子於此四方面並沒有決然分出輕重先後，它們作爲一個整體，共同發揮作用以培養君子完善人格。而王通則把「道」、「德」、「仁」等關乎倫理人格的方面置於先行，把和「文」有密切關係的「藝」作爲前三者作用的必然結果，這就造成了「藝」作爲「道」、「德」、「仁」的被動附屬地位，這影響了後來宋代大儒朱熹對此點的解釋。〔註16〕這樣的改動突出地顯示了王通文化思想中重「儒」輕「文」的傾向。

　　綜上所述，在王通思想中，「儒」和「文」的關係極不平衡，「儒」的支配作用遠高於「文」，〔註17〕而且其對「文」的理解也僅局限於最廣義的文章寫作的方面，過份強調儒學道統使「文」的內涵更偏重於表達理論思想的哲學子書式的著作，純文學和文學的審美特徵則極爲忽視，其留存至今的唯一詩作是模仿「楚辭」體寫成的，與當時的整體創作環境殊爲隔膜。由此可見，王通對「文」的認識還沒有達到盛唐「文儒」的圓融通達境界。這就決定了王通的解詩方法近於漢儒重視反映現實政治和民風民俗的「詩教說」，因此錢穆先生在《讀王通〈中說〉》中指出：「通之儒業，乃承兩漢之風，通經致用，以關心於政道治術者爲主。」〔註18〕其實王通的思想不僅有兩漢傳統的深遠淵源，也有對當時現實政治形勢的反映，這主要是和西魏時期的蘇綽改革有

〔註15〕《文中子中說譯注》，黑龍江人民出版社 2003 年版，第 50 頁。

〔註16〕朱熹對此文曰：「此章言人之爲學當如是也。蓋學莫先於立志，志道則心存於正而不他；據德，則道得於心而不失；依仁，則德性長用而物欲不行；遊藝，則小物不遺而動息有養。學者於此，有以不失其先後之序、輕重之倫焉，則本末兼該，內外交養，日用之間，無少間隙，而涵泳從容，忽不自知其入於聖賢之域矣。」可見「先後之序、輕重之倫」就是「道」、「德」、「仁」高於「藝」，與王通的認識有明顯的承繼關係。(《四書章句集注》，中華書局 1983年版，第 94 頁)

〔註17〕《中說・述史》：「程元、薛收見子。子曰：『二生之學文奚志也？』對曰：『尼父之經，夫子之續不敢殆也。』子曰：『允矣，君子展也大成，居而安，動而變，可以佐王矣。』」王通授「文」重「尼父之經」，其最終理想是「佐王」，可見復興儒道才是王通學說的核心，「文」只是達到此目的的途徑和手段。(《文中子中說譯注》，第 137 頁)。

〔註18〕錢穆著，《讀王通〈中說〉》，第 10 頁。見《中國學術思想史論叢》(卷四)，安徽教育出版社 2004 年版。

關。公元 544 年，蘇綽爲西魏大行臺度支尚書，領著作，兼司農卿，響應宇文泰「欲革易時政」的號召，作《六條詔書》和《大誥》，並在禮儀制度上全面模仿《周禮》以建官設制，這是繼王莽簒漢後大行《周禮》之後又一次重視《周禮》的高潮。錢穆先生從公羊學的影響角度對此時周官學興盛進行了精到分析，並注意到王通的思想與此事件的深層文化聯繫，可謂獨具慧眼。〔註19〕王通的出生時間雖較改革略晚，但畢竟去時未遠，且他生活的地域河東地區與西魏國都長安接近，改革的流風餘韻必然還有一定影響。從《中說》中我們可以看到王通與蘇綽在思想方面有很多相似之處，《中說·天地》曰：「或問蘇綽。子曰：『俊人也。』」〔註20〕王通對蘇綽的讚美之意顯而易見。《中說·魏相》曰：「子居家，不暫舍《周禮》。門人問子，子曰：『先師以王道極是也，如有用我，則執此以往，通也，宗周之介子，敢忘其禮乎？』」〔註21〕這與當時改革極度推崇《周禮》的做法如出一轍。《中說·述史》曰：「問性。子曰：『五常之本也。』」〔註22〕《立命》曰：「以性制情者鮮矣，我未見處歧路而不遲回者。」〔註23〕可見王通明確區分「性」和「情」，且把「性」置於「五常之本」，是個體人格的根本，相對於「情」是偏重個人的個性情感，「性」則體現的是更爲普遍、更趨向於儒家強調的禮義倫理特色的人格素質，〔註24〕因此在王通看來，兩者的關係是「以性制情」。這與蘇綽在《六條詔書》中的「人受陰陽之氣以生，有情有性。性則爲善，情則爲惡」〔註25〕的認識不謀而合。所以我們可以說王通的思想不僅有傳統的影響，也有和當時時勢密切相關的聯繫。

值得注意的是，王通關於文人的一些認識深刻影響了初唐史官對「文儒」的理解。《中說·事君》中曾記載了王通以儒家道德規範和倫理要求強烈否定南朝許多在審美方面有所成就的詩人文士。但是他的其它言論中也曾表達了

〔註19〕 參見《兩漢經學今古文平議》中的《孔子與春秋》，第 285～290 頁。

〔註20〕 《文中子中說譯注》，黑龍江人民出版社 2003 年版，第 33 頁。

〔註21〕 《文中子中說譯注》，黑龍江人民出版社 2003 年版，第 148 頁。

〔註22〕 《文中子中說譯注》，黑龍江人民出版社 2003 年版，第 132 頁。

〔註23〕 《文中子中說譯注》，黑龍江人民出版社 2003 年版，第 171 頁。

〔註24〕 關於「情」、「性」的比較分析，可參見傅剛先生的《魏晉南北朝詩歌史論》（第 88～89 頁）（吉林教育出版社 1995 年版）及陳良運先生的《中國詩歌體系論》的《緣情篇》（中國社會科學出版社 1992 年版）。

〔註25〕 令狐德棻等撰，《周書》，中華書局點校本 1971 年版。

對一些文人的欣賞，如《事君》曰：「子謂荀悅，史乎史乎。謂陸機，文乎文
乎。皆思過半矣。……子謂顏延之、王儉、任昉有君子之心焉，其文約以則。……
子曰：『陳思王可謂達理者也，以天下讓，時人莫之知也。』子曰：『君子哉，
思王也，其文深以典。」〔註26〕這裡受到王通讚美的文人包括陸機、顏延之、
王儉、任昉、曹植。《述史》曰：「或問楚元王。子曰：『惠人也。』問河間獻
王。子曰：『智人也。』問東平王蒼。子曰：『仁人也。』」〔註27〕對楚元王、
河間獻王、東平王，王通也從儒家道德角度予以褒獎。而上述幾人中，除王
儉、任昉兩人外，其它均在初唐時期編撰的史書中被稱爲「文儒」，或其生活
的時代「雅重文儒」。如令狐德棻修編的《周書‧齊煬王列傳》：「自兩漢逮乎
魏、晉，其帝子帝弟眾矣。唯楚元、河間、東平、陳思之徒以文儒播美，任
城、琅琊以武功馳譽。」李延壽的《南史‧宋本紀中第二》：「帝聰明仁厚，
雅重文儒，躬勤政事，孜孜無怠。」這與王通的認識如此相近，必然和初唐
史官中的一些重要文士曾經受業於王通有關。〔註28〕因此王通的思想才能深
刻影響初唐史官的認識。當然王通這裡推重這些文人主要是因其受儒家思想
影響較多，而對他們的「文」的特徵不以爲然，這是王通與初唐史官之間的
不同之處。

第二節　王勃文學思想中的「文儒」特徵

　　作爲王通之孫，王勃的認識中滲透著祖父思想的濃重印記。楊炯在《王
子安集序》曰：「君思崇祖德，光宣奧義。續薛氏之遺傳，制《詩》、《書》之
眾序。包舉藝文。克融前烈。陳群稟太丘之訓，時不逮焉；孔伋傳司寇之文，
彼何功焉矣。《詩》、《書》之序，並冠於篇。《元經》之傳，未終其業。」〔註
29〕王勃的《倬彼我系》中有「曰天曰人，是祖是考。禮樂咸若，《詩》《書》
具草。貽厥孫謀，永爲家寶」。〔註30〕從楊炯的記載和王勃的自述中明顯可以

〔註26〕《文中子中說譯注》，黑龍江人民出版社 2003 年版，第 50～54 頁。
〔註27〕《文中子中說譯注》，黑龍江人民出版社 2003 年版，第 140 頁。
〔註28〕關於王通儒學思想與太宗貞觀朝文化的關係問題，具體論述可參見傅紹良師的
　　　　《唐代諫議制度與文人》（中國社會科學出版社 2003 年版）中的《唐代開國時
　　　　期的諫官與王通的儒學》。張漢中的《王通與貞觀詩風》（河南大學研究生學位
　　　　論文，2005 年完成）則對王通思想與太宗朝文學觀念的關係進行了研究。
〔註29〕《王子安集注》，上海古籍出版社 1995 年版。《王子安集原序》第 75 頁。
〔註30〕《王子安集注》，上海古籍出版社 1995 年版。詩卷第 66～67 頁。

看出他對祖父王通的崇敬之情，自然也就繼承了家學的儒學傳統。這鮮明地體現在王勃的對文學歷史的認識觀念上，主要載於《上吏部裴侍郎啓》和《平臺秘略論・藝文》。

作爲王勃文學觀念的最集中的體現，《上吏部裴侍郎啓》一直得到後人的深入研究。其中關於文學作用、意義和價值的論述，以及對文學發展史的解釋都與王勃的儒學家學淵源密切相關。《上吏部裴侍郎啓》開篇「夫文章之道，自古稱難」就強調文章之「道」的重要，並樹立了聖人君子的的爲文特點作爲創作標準，「聖人以開物成務，君子以立言見志，遺雅背訓，孟子不爲；勸百諷一，揚雄所恥」。按此認識發展，自然就引導出要求反映移政化俗和與現實政教緊密結合的漢儒「詩教」說，「苟非可以甄明大義，矯正末流，俗化資以興衰，家國繫其輕重，古人未嘗留心也」。可見這種認識與王通的重視「文以貫道」、恢復聖人爲文傳統和推崇「《續詩》可以諷，可以達，可以蕩，可以獨處，出則悌，入則孝，多見治亂之情」〔註31〕的言詩必及政等觀念何其相似。除此以外，王勃還對文學發展史進行評述：「自微言既絕，斯文不振，屈宋導澆源於前，枚馬張淫風於後；談人主者以宮室苑囿爲雄，敘名流者以沈酗驕奢爲達。故魏文用之而中國衰，宋武貴之而江東亂，雖沈謝爭鶩，適先兆齊梁之危；徐庾並馳，不能免周陳之禍。」〔註32〕這些論述說明王勃否定了自屈原到南北朝的整個文學進程，其中既有以鋪張揚厲爲美的漢大賦，也有文學日漸自覺的魏晉南北朝詩歌，甚至把後世奉爲詩歌審美理想的「建安風骨」的功績都一併抹殺，因此回歸《詩經》代表的「斯文」傳統才是王勃心目中最迫切的要求。對於此點，大多數學者認爲是反映了初唐時期改革齊梁浮靡文風的時代要求。〔註33〕這種認識固然不錯，但是由於沒有觸摸到當時文人深層的思想認識而更多地體現出當代學術思潮影響下的理解，因此時代的差異讓我們在重新解讀王勃的認識時仍生出以今臆古的隔靴搔癢之感。其實楊炯的《王子安集序》已給我們提供了當時人理解此文的最佳視角：「仲尼既沒，游夏光洙泗之風；屈平自沉，唐宋弘汨羅之迹。文儒於焉異術，辭賦所以殊源」。〔註34〕順承此文而下，楊炯的認識與王勃的《上吏部裴侍郎啓》極爲類似。將這兩文對讀，

〔註31〕《文中子中說譯注》，黑龍江人民出版社 2003 年版，第 41 頁。
〔註32〕郭紹虞、王文生主編，《中國歷代文論選》（二），上海古籍出版社 1979 年版，第 8 頁。
〔註33〕此種觀點以郭紹虞先生爲代表，見《中國歷代文論選》（二），第 10 頁。
〔註34〕《王子安集注卷首》，上海古籍出版社 1995 年版，第 61 頁。

他們都把屈原的創作與《詩經》傳統截然分開，其背後隱藏的認識標準就是楊炯所言之「文儒於焉異術」。在儒家禮樂文化認識籠罩下的《詩經》傳統中，「文」與「儒」是和諧統一的整體，即孔子欣賞的「文質彬彬」。而到屈原創作出現後，這種平衡就被打破了，「文」的審美性日益突出，已經無法牢籠於「儒」的觀念中，這等於說以後出現的注重審美的文學都應歸罪於文采驚豔的屈原創作的導源作用，因此發掘文學自身特徵和規律的「自覺」進程都是被視爲受「文儒於焉異術」影響的有偏於「文」的不良傾向而加以否定，而王勃的最高理想就是回歸「文」、「儒」結合、以「儒」節「文」的先秦儒家崇尚的「禮樂」文化。由此可見，王勃重「儒」的思想對其文學觀念產生深刻影響，楊炯以「文」、「儒」解釋王勃的文學發展史認識顯然也深得其心，從這個角度我們才能眞正觸及王勃代表的當時人對文學的整體認識。

　　以「微言」和「斯文」爲核心的儒家審美理想不僅體現於《上吏部裴侍郎啓》，在《平臺秘略論·藝文》也有強調，如傚仿曹丕而作「文章經國之大業，不朽之能事」，將文章與經國大業聯繫起來，「而君子役心勞神，宜於大者遠者，非緣情體物，雕蟲小技而已」，〔註35〕這就看出王勃所謂經國大業之文是與緣情體物之作在品格上有高下之分，前者有經世教化之用，而的後者只是「雕蟲小技」，這包括詩賦等文學性較強的文體在內，其對文學審美特徵的貶低不言自明。因此《上吏部裴侍郎啓》中批評「每以詩賦爲先」的取士方式，認爲這「未足以采取英秀，斟酌高賢也」。

　　這種認識並非王勃的創獲，而是有著極爲深刻的思想根源。一方面受到其家學中的儒學傳統的影響，王通對文學與政教經世之間關係的推崇構成了王勃文學觀念的核心，恢復儒道和周孔之教也是王勃接受祖父思想時最關心的內容。除此以外，王勃的文學史觀基本來自於《文心雕龍》的認識。尤其是他把《詩經》和屈原作品作爲文學發展的轉關，便與《文心雕龍·通變》「黃唐淳而質，虞夏質而辨，商周麗而雅，楚漢侈而豔，魏晉淺而綺，宋初訛而新。從質及訛，彌近彌澹」〔註36〕的觀點一致。同時劉勰充分論證儒家經典文風代表的「雅麗」及其與屈原之作的「淫麗」之間的差別，《宗經》：「建言修辭，鮮克宗經。是以楚豔漢侈，流弊不還」，〔註37〕其實「雅麗」與「淫麗」

〔註35〕《王子安集注》，上海古籍出版社1995年版，第302～303頁。
〔註36〕劉勰著，范文瀾注，《文心雕龍注》，人民文學出版社1958年版，第520頁。
〔註37〕劉勰著，范文瀾注，《文心雕龍注》，人民文學出版社1958年版，第13頁。

的對立正說明了劉勰認識中「原道」、「徵聖」、「宗經」的根本主張，其理想就是以儒家文道爲主體，提倡「文質彬彬」的中正文風，〔註38〕而這也是王勃傾心以求的目標，兩者之間的聯繫之緊密由此可見一斑。

相比於家學對其文學觀念中「儒」的深刻影響，王勃在具體創作中體現的文學思想和審美感悟顯示了他對「文」的理解已經遠遠超出王通的局限，更多地傾向於文學的審美表達。與文學觀念中重視人倫教化和經邦治國的思想不同，王勃在平時的創作實踐中更多地表達了詩文需要抒情的認識。如《春日孫學士宴宅序》：「若夫懷放曠廖廓之心，非江山不能宣其氣，負鬱快不平之思，非琴酒不能泄其情。」〔註39〕《夏日諸公見尋訪詩序》：「天地不仁，造化無力。授僕以幽憂孤憤之性，稟僕以耿介不平之氣。頓忘山嶽，坎坷於唐堯之朝，傲想煙霞，憔悴於聖明之代。情可知矣。」〔註40〕《〈春思賦〉序》：「殷憂明時，坎壈聖代，……高談胸懷，頗泄憤懣。於時春也，風光依然。古人云：風景未殊，舉目有山河之異。不其悲乎！僕不才，耿介之士也。竊稟宇宙獨用之心，受天地不平之氣。雖弱植一介，窮途千里，未嘗下情於公侯，屈色於流俗，凜然以金石自匹，猶不能忘情於春。則知春之所及遠矣，春之所趨深矣。此僕所以撫窮賤而惜光陰，懷功名而悲歲月也。」〔註41〕這些文章帶有強烈的抒情意味，也表達了王勃對創作的一些切身感悟，簡言之，即借琴酒宣泄的「鬱快不平之思」和受之天地的「不平之氣」，這便構成了王勃詩文中最主要的情感基調。由此可見，在具體創作中，王勃並沒有完全貫徹其文學觀念中的政教主張，也不是把文學視爲「雕蟲小技」的無聊之作，而是心中積蓄了諸多情感後的有爲而發，這種重視作家的情感鬱積正是王勃對文學抒情性的特殊認識。

這種抒發「不平之氣」的觀念在此前的文學發展中有著悠久的歷史傳統。孔子在《論語》中談及詩歌作用時就指出「詩可以怨」，明確把怨憤諷刺之情當作詩歌情感抒發中的重要方面。後來屈原的「發憤以抒情」和司馬遷的「發憤著書」說更是把悲怨文學的傳統推向高潮，不僅通過創作表達憂慨憤激之情，還以歷史實際爲基礎把這種認識提升到理論高度，真正

〔註38〕 參見《文心雕龍注》中的《原道》、《徵聖》、《宗經》和《辨騷》等篇。

〔註39〕 《王子安集注》，上海古籍出版社1995年版，第189～190頁。

〔註40〕 《王子安集注》，上海古籍出版社1995年版，第225頁。

〔註41〕 《王子安集注》，上海古籍出版社1995年版，第1～2頁。

使之凝定爲文學創作中有深遠影響力的傳統。這種認識在南北朝時期又得到很好地延續，創作上江淹的《恨賦》和《別賦》成爲此時具有強烈悲怨抒情的突出作品，理論界則以鍾嶸《詩品》爲代表大力提倡悲怨文學精神。如《詩品序》的「嘉會寄詩以親，離群託詩以怨」表明了借詩歌以達相思離別的悲怨之情，承接此文以下，鍾嶸又列舉諸多事例，如「楚臣去境，漢妾辭宮，」、「塞客衣單，孀閨淚盡」等，都不外乎悲傷幽怨的激蕩情懷，這正是從當時豐富的創作中總結出的經驗之談。〔註42〕王勃對「不平之氣」的體驗正是繼鍾嶸之後對屈原和司馬遷開創的悲怨文學傳統的傳承和發展。這種文學思想也突破了儒家傳統詩論中「發乎情，止乎禮」的對情感自由抒發的限制以及強調頌美爲主的詩歌寫作，更加重視作家個體情感的強烈抒發和自然流露。以此爲指導，四傑的詩文創作都貫注了自己才不得展、沉淪下僚、遭遇艱難的憂鬱不平之感和堅守文人以道自任、不同流俗的高潔氣節和崇高理想。這種重視個性情感的認識對改革六朝浮靡無骨的文風有強烈的滌蕩之用，代表了新時代富有生氣的文學思想，也預示了盛唐文學高潮的發展方向。

除此以外，王勃的作品中也顯示了一些有益於文學審美性的主張和意見。如《平臺秘略贊・藝文》：「爭開寶笥，競騁雕章。氣凌霄漢，字挾風霜。」〔註43〕這與《平臺秘略論》中視緣情體物的寫作爲「雕蟲小技」有天壤之別，並以「氣凌霄漢，字挾風霜」表達了自己心目中的理想文風，其與抒發「不平之氣」的思想是相通的，都要講求文章有豐沛的氣勢和剛健的骨力。同時對文采華美的推崇也出現於王勃文章中，如《與契苾將軍書》：「伯喈雄藻，待林宗而無愧」，〔註44〕《爲人與蜀城父老書》：「雄圖蹐遠，至尊納背水之謀：麗藻升朝，天子賞凌雲之作」，〔註45〕《冬日羈遊汾陰送韋少府入洛序》：「子雲筆笥，擁鸞鳳於行間：孫楚文辭，列宮商於調下」，〔註46〕《山亭思友人序》：「至若開闢翰苑，掃蕩文場，得宮商之正律，受山川之傑氣，雖陸平原、曹

〔註42〕關於詳論鍾嶸悲怨詩歌思想的內容，參見王運熙先生和楊明先生所著之《魏晉南北朝文學批評史》（上海古籍出版社1989年版）中的《鍾嶸〈詩品〉》一章中的《論詩歌的特徵和思想藝術標準》。
〔註43〕《王子安集注》，上海古籍出版社1995年版，第428頁。
〔註44〕《王子安集注》，上海古籍出版社1995年版，第176頁。
〔註45〕《王子安集注》，上海古籍出版社1995年版，第178頁。
〔註46〕《王子安集注》，上海古籍出版社1995年版，第240頁。

子建，足可以車載斗量；謝靈運、潘安仁，足可以膝行肘步。」〔註47〕由此可見，王勃在文采方面注重詞調音韻的和諧，「列宮商於調下」和「得宮商之正律」即指於此；還對文采華美的作家表示讚美，如「麗藻升朝」的司馬相如，甚至欲與陸機、曹植、謝靈運、潘岳等文學大家在文采方面比較高下，足見王勃對文采之重視和對自己文章的自信。其實王勃所擅長的正是當時日趨成熟且講究辭采華美、深於用典和對偶的駢體文，如賦、序、碑和書等都是以駢文寫就且在王勃文集中佔據絕大部份，〔註48〕這些文章吸取六朝文風中重視語言美的方面〔註49〕，貫之以強烈的情感和壯大的氣勢，這些突出的創作實績真正體現了王勃注重文學自身審美特點的深層認識。

綜上所述，王勃在文學觀念中接受家學傳統，重視「禮樂」觀念對「文」、「儒」的調節，透露出儒學制約文學的認識，否定文學自身特點的發展，但在實際創作中卻根據自己的甘苦經歷道出了對文學審美性的推崇和抒發鬱結於心的悲憤之氣的思想，顯示了不能為「儒」所局囿的「文」的本質特色，可見王勃的文學思想已經突破王通的狹隘見解而展現了受新時代風氣感召的新氣象，促進了文學創作在保留六朝積澱的審美成就的基礎上繼續開闢新境界的發展道路，使魏晉六朝和盛唐之間保持了文學遵循自身規律演變的連續性。同時分析王勃的文學思想也告訴我們，按照羅宗強先生提出的文學思想的研究方法，〔註50〕必須結合作家的創作實踐以探究其對文學的真正認識，不僅要把握他受儒學深刻影響的文學觀念，更要從其作品中尋繹出他思想中真正有益於文學發展的閃光之處。只有通過這種更全面的考察，我們才能理解以王勃等四傑為代表的初唐文學在聯結六朝和盛唐文學中的重要價值，正確認識其中隱含的文學思想沿革的深層關係。

〔註47〕 《王子安集注》，上海古籍出版社1995年版，第274頁。

〔註48〕 根據留存至今的作品《王子安集注》，王勃有詩文二十卷，除詩一卷外，其它文章皆是駢文。

〔註49〕 關於駢文在中古時代，尤其是南朝時期的影響問題，可參見王運熙先生的《中古文論要義十講》（復旦大學出版社2004年版）中的《中國中古文人認為作品最重要的藝術特徵是什麼》和《南朝文人最重視駢體文學》兩篇文章。

〔註50〕 關於文學思想的研究方法，羅宗強先生首先在《李杜論略》（內蒙古人民出版社1980年版）中提出設想，後在《隋唐五代文學思想史》（上海古籍出版社1986年版）的序言中明確提出此方法、運用於實踐並初具體系，促進了我國古代文論研究的深入。本文對王勃文學思想的研究在這方面受益良多。

第三章 「文儒」王勃的人格特徵與創作特色

　　王勃作爲「初唐四傑」之一，家族儒學的深厚底蘊和在文學上的開風氣之先，使他很自然地成爲初唐時期將儒學和文學在爲文創作中進行融會貫通的代表文人，這是繼初唐史官在修撰史書中突出「文儒」概念之後進一步推動「文儒」向創作領域的延伸。以往對王勃的研究多集中於單純的文學方面，而對他家學背景影響下形成的儒學和文學的結合關注很少。王勃在《上明員外啓》中敘述自家身世時曰：「祖德家聲，代有縱橫之目。及金陵東覆，玉馬西奔。髦頭傑起，文儒繼出。」〔註1〕這裡王勃就明確把自己家族中在文化上有所貢獻之人稱爲「文儒」，這其中不僅包括其祖父王通。也暗含自己所期望的身份特徵，可見王勃確實是初唐時代對「文儒」有自覺意識的作家。因此我們就有必要對王勃作品中體現的初唐「文儒」人格特徵和文學成就進行探討。

第一節　儒家知識分子思想和生活的兩個維度

　　儒家文化從其誕生之初便賦予傳統士人以追求崇高理想的精神和不同流俗的高潔人格。雖然時代的發展變革要求士人的社會功能日益分化和完善，形成了許多不同類型的知識分子，但其淵源一脈的文化精神和人格素養從本質上卻得到和繼承和發揚。其中以「王道」爲核心的社會理想是儒家知識分

〔註 1〕 王勃著，《王子安集注》，上海古籍出版社 1995 年版，第 138 頁。

子的安身立命之本，是他們能夠推進社會進步的主要動力，更是儒家文化區別於先秦其它學術流派的最大不同。而且這種對「道」的探索在儒家士人看來必須與現實的社會效應密切結合，這就決定了儒士具有與生俱來的強烈關注現實和積極入世的淑世精神。如孔子對士的要求爲「志於道，據於德，依於仁，游於藝」，教導弟子說：「篤信好學，守死善道。危邦不入，亂邦不居。」而這種「道」指「禮爲用，和爲貴，先王之道斯爲美」。孟子說：「天下有道，以道殉身；天下無道，以身殉道。」可見儒家之「道」不僅寄託了知識分子對三代理想社會的嚮往，同時又具有很強的社會現實意義。因此「王道」理想及其在現實中的實現促使一代代儒士不斷地投身社會變革中，總是不滿足於現狀，而要以理想主義的精神超越一己利益，希望能通過自己艱苦的實踐把現實推進到更高的境界，正如余英時先生所說：「中國知識階層剛剛出現在歷史舞臺上的時候，孔子便已努力給它貫注一種理想主義的精神，要求它的每一分子──士──都能超越他個體的和群體的利害得失，而發展對整個社會的深厚關懷。」〔註2〕這是我們認識儒家知識分子的基本前提。

在「道」的作用下，儒士的生活呈現出兩極化的矛盾對立，這對他們人格的塑造產生深刻影響。注重理想性的一方面使儒士能夠平交王侯、傲視權貴，即使在入世之時也能保持人格獨立，不因世俗的阻礙而輕易放棄自己的文化操守，孔子曾言：「富與貴，是人之所欲也；不以其道得之，不處也。貧與賤，是人之所惡也；不以其道得之，不去也。」〔註3〕當然這種對「道」的持守更多地是在知識分子失位沉淪中給予其堅定理想的心理力量，是在理想與現實難以眞正統一時平衡其痛苦的失意心態。這種「造次必於是，顛沛必於是」的近似於宗教奉持的精神后來發展爲孟子所推崇的「富貴不能淫，貧賤不能移，威武不能屈」的大丈夫之氣，促使他們在逆境中堅持，在困境中奮起，用自己光明的理想照亮黑暗污濁的現實，這種執著的精神不僅在知識分子失意時發揮重要作用，其根本指向是變革現實以推動未來社會的復興。另一方面，把理想之「道」現實化的過程又需要知識分子尋找實現理想的途徑，由於他們缺乏自主實現理想的能力和基礎而必須依附於王權以參與國家的管理，正如孔子倡導的「學而優則仕」的主張。因此積極入世使得他們有時不得不與現實作出妥協，這突出地表現在面對權威時的謙卑與恭敬，收斂

〔註 2〕余英時著，《士與中國文化》，上海人民出版社 2003 年版，第 25 頁。

〔註 3〕楊伯峻譯注，《論語譯注》，中華書局 1980 年版，第 36 頁。

起那種以道自任的自信和豪邁。現實生活的壓力和磨難總是給憑依於道卻失位沉淪的知識分子帶來巨大的精神苦悶，迫使他們在尋找理想實現的過程中總要面臨強大的世俗權力對個體自我價值的壓制和否定。孔子和孟子都曾為實現政治理想而奔走四方，遊說列國，但春秋戰國的紛亂征伐使得當時的君王大多崇尚武力和霸道，很難對儒家的禮樂理想和王道政治感興趣。因此孔孟都深感世事艱難，有時也不得不屈從於生存的壓力而違背自己的理想初衷，如孔子曾言「危邦不入，亂邦不居」，但就他遊歷施政的一些列國來看，如陳、蔡等很多都是「危邦」、「亂邦」，這顯然與其主張不合，足見孔子在理想和現實發生衝突時也未能免俗。因此儒家知識分子總是徘徊於這種由「道」而生的兩極震盪的精神衝突中，這對他們的人格養成和文章創作都產生了極為深刻的影響。如果具體分析受儒家影響甚深的知識分子的人格與創作，對「道」近似宗教意蘊的嚮往和欲實現之的非宗教的現實精神構成我們立論的兩個基本維度。

第二節　王勃特殊的入仕觀及其影響下的創作特點

文人的本質特徵決定了「文儒」仍然從屬於中國知識分子的大群體，因此在「文儒」身上依然流溢著傳統儒家士人文化精神的遺風餘韻。他們特別注重自我價值的社會性實現，積極投身於現實政治的實踐中，期望按照「內聖外王」的要求，以在現實中創造不世的事功來完成其個體人格的不朽。作為初唐時期鮮明代表，王勃的思想、行為和創作正是對這種精神價值的積極實踐。

家族儒學的深遠淵源在王勃的思想和生活中留下了明顯的印記，這促使他希望在當時的太平時代能建功立業。儘管王勃終身未得施展才能的機會，才高位下的尷尬處境說明他始終不能進入國家管理的中樞階層。但是我們並不能以此就判定王勃沒有進取之心。恰恰相反，王勃的很多文章表明了他對進身入仕的熱切嚮往。如高宗麟德元年（664），王勃十五歲時上書劉祥道，指論時政，同時表明自己的仕進之心。高宗乾封元年（666），王勃應幽素舉及第。此年，他不僅作《上皇甫常侍啟》以求皇甫公義援引入仕，甚至直接呈送《宸遊東嶽頌》和《乾元殿頌》給高宗，欲以文才希望得到君王的垂青。次年又以《上李常侍啟》和《上武侍極啟》以求李安期和賀蘭敏之的汲引。

可見王勃雖得及第，但是朝散郎的官職在他看來，顯然不能獲得自己理想中施展才能的願望，這才一次次地上書貴宦和帝王，以期能得到更大的任用。乾封三年（668），王勃在受到沛王李賢的青睞後仍給高宗上《九成宮頌》和《拜南郊頌》。在戲作《檄周王雞文》而被高宗逐出沛王府後，王勃曾遍遊蜀地。高宗咸亨二年（671），王勃再次入京參選，這次他以《上吏部裴侍郎啓》論文章之道，向裴行儉表達了強烈的入仕願望。〔註4〕因此這些干謁之作充分顯示了王勃積極入世的行動和心態，我們可以通過份析這些文章及其創作背景來具體揣摩王勃在積極入世中的眞實想法和深層心態，

但是作爲知識分子特殊的發展階段，「文儒」又具有區別於前代文人的顯著特色，王勃自然具有不同尋常的思想特徵，這主要體現在以君臣遇合問題爲主的士人進仕途徑上。如他在《上絳州上官司馬書》曰：「至若時非我與，雄才頓於窮途；道不吾行，高才屈於卑勢。孔宣父之英達，位未列於陪臣；管公明之傑秀，名僅終於郡屬。有時無主，賈生獻流涕之書；有志無時，孟軻養浩然之氣。」〔註5〕君臣遇合與否一直是困擾士人仕進的重大問題，而且這與時代風氣有著密切的關係，以往的文學作品中曾有深刻的探討，如班固的《幽通賦》和張衡的《思玄賦》等都是如此，最終在東漢的抒情賦中形成了述志賦的創作潮流，以表達文人在宦海沉浮中的情志。王勃在此繼承了這類文學傳統而把對「道」與「時」及君臣遇合問題的思考引向深入。在這裡，王勃把實現理想的途徑寄託於時代的感召，尤其是君王的欣賞方面，不僅需要自己有堅定的宏大志向，這是個人的主觀因素，同時又要輔之以清平時代的良好環境，這是大環境的基礎。其中最關鍵的是君王必須行道，只有依靠君王才能提供士人施展才幹所需的具體條件。否則即使身處的時代和個人的條件再優越，也難以順利推行儒家的社會理想和政治主張，「有時無主，賈生獻流涕之書；有志無時，孟軻養浩然之氣」即是此意。因此實現理想的最後落腳點是擁有至高無上權力的帝王，如果缺少帝王的支持，文人也難免「賈生獻流涕之書」的痛苦，而沒有時代的環境，就只能像孟子那樣追求個體的修爲，難以將理想付諸實踐。可見王勃對士人入仕的條件已有清醒的認識，並結合前人的經驗而更加細緻地分析了士人理想實現的途徑問題。在王勃的

〔註4〕 上述文章繫年悉從傅璇琮先生主編，《唐五代文學編年史》（初盛唐卷），遼海出版社 1998 年版。

〔註5〕 王勃著，《王子安集注》，上海古籍出版社 1995 年版，第 165 頁。

心中，帝王的是否青睞對自己政治理想能否實現有舉足輕重的作用。這也就決定了王勃希望實現理想的途徑並不是如常人那樣遵循仕途晉升的常規法則，而是嚮往君臣知己的風雲際會式的遇合，這更顯出王勃的文人氣質，所以「妙造無端，盛衰止乎其域；神期有待，動靜牽乎所遇」道出了王勃希望得到帝王的直接重用以青雲直上的想法。「向使太公失於周伯，則旗亭之屠父；韓信屈於蕭何，則轅門之餓隸」則是王勃以歷史上君臣遇合的典型事例表明了自己的心跡。尤其是為後人津津樂道的姜子牙與周文王的例子也得到王勃的讚美，《太公遇文王贊》正是自己嚮往的理想實現途徑的典型象徵。

帶著這樣不同尋常的想法，王勃選擇了一條打破常規仕進的進身之途。而這種近乎不可能實現的理想雖然讓王勃的仕途充滿坎坷不平，但卻顯示了他獨立自由的崇高人格。即使面對王權的威嚴也是如此，更不用對那些邀時汲譽的一般朝臣了。這種「鷹揚豹變，吐納風雲」的豪邁雄放、意氣風發是王勃在滿懷希望地積極尋求理想實現時最突出的人格表現，如《上絳州上官司馬書》曰：「有非常之後者，必有非常之臣。有非常之臣者，必有非常之績。至今雷奔雨嘯，風旋電轉，拾青紫於俯仰，取公卿於朝夕。」〔註6〕這裡用司馬相如的典故說明自己的非常志向，即使在此種極需要對方汲引的情形下，王勃也沒有放低姿態，委曲求全，而是依然高揚人格理想，把功名的獲得看得如此輕鬆，文字中自然透露出作者的無比自信和雄豪氣度，這正是其高華人格在生活和文章中的集中體現。《為人與蜀城父老書》曰：「當天下之泰，不能俯拾青紫，高視縉紳，攀北極而謁帝王，入南宮而取卿相。……嗟乎，誠下官所以仰天漢而鬱拂，臨江山而慷慨者。」〔註7〕這是王勃從反面表達了身處盛世而需受帝王青睞的自信心態。

既然王勃把仕進希望全部寄託於帝王的垂青上，那麼他必然會直接上書皇帝以求理想實現，因此王勃文集中的「頌體文」便是對這種理想實現方式實踐的鮮明體現。雖然這種文體的數量在集中並不是很多，但是如果結合王勃獨特的入仕認識和君臣觀念，那對此文體的研究就顯得很有必要了。

現存集中的頌文有《拜南郊頌》、《九成宮頌》和《乾元殿頌》，另有《宸遊東嶽頌》已佚。而這幾篇頌的創作時間非常集中，《宸遊東嶽頌》和《乾元殿頌》高宗乾封元年四月，這恰是王勃幽素舉及第的時候。《拜南郊頌》和《九

〔註6〕 王勃著，《王子安集注》，第165～166頁。
〔註7〕 《王子安集注》，上海古籍出版社1995年版，第181頁。

成宮頌》則是於乾封三年所獻，當時王勃爲沛王府侍讀。同時這些文章的創作又和當時的一些重大事件緊密相連，如《九成宮頌》作於「上幸九成宮」時，《乾元殿頌》則在乾元殿落成之時，《宸遊東嶽頌》針對的是高宗到東嶽泰山之事，《拜南郊頌》則在高宗平高麗，將祀南郊的時候，由此可見王勃創作這些文章的目的很明顯，那就是要向皇帝直接展現自己的文章才華，歌頌太平盛世，博得帝王的垂青，從而達到自己期望的青雲直上、立取卿相的仕進夢想。

相對於前代頌體文來說，王勃的這些文章具有不同以往的新特點。頌體文起源於《詩經》的「頌」詩，當時是「美盛德之形容」的宗廟樂歌，雖典雅雍容，但情感欠缺，這影響了後世此種文體的發展。好文章如屈原的《橘頌》「情采芬芳，比類寓意」，寓己意於讚美中，具有很高的藝術成就。但等而下之者卻是「徒張虛論，有似黃白之僞說矣」，只有虛美僞說而無眞情實感，這體現了汲汲功名的勢利之徒的諂媚之辭，自然無甚藝術價值。既然王勃是要以此作爲自己的進身之階，文章中必然免不了有讚美當世、歌功頌德之意，這些文章的寫作時間及其與當時政治形勢的緊密關聯就很能說明問題，這是對頌體文基本體制的繼承。但是王勃身受儒家文化薰染，追求個性自由和人格獨立的精神又讓他在寫作時不會墜入那些諂媚之辭的低俗，而是在「文儒」的內在精神指引下顯示了新時代的氣象，這主要體現在王勃的《拜南郊頌》〔註8〕中。

《拜南郊頌》是作於高宗平定高麗，祭祀南郊之時，因此頌文反映了當時的這些重大事件。文章的主旨是盛讚唐代拯亂救溺，平定高麗，扭轉頹風，開闢新朝，符合上天的皇道意志。武力征伐之後又能實行仁政，政通人和，制度日趨完備，這樣的盛世可謂超越漢魏，接續周政，使三代的王道理想隔世重現。如「理定創禮，功成作樂」和「體剛柔而立本，法震曜而崇威」言天下安定後的禮樂制度建設，「奉三靈之康泰，知四海之安樂」和「德兼祥風灑，道與和氣遊」說四海昇平，天下安定的太平景象，「頓湯文之後塵，佇堯舜於中路」則是讚揚盛世堪與堯舜三代的理想社會媲美。頌文可分三部份，第一部份是說唐代興盛順天應命，高祖太宗英明神武，文治武功開創國家的中興局面。第二部份是頌揚高宗實行仁政，制禮作樂，並平定高麗，其功遠超前代成就。第三部份則是王勃說明自己對盛世的感受和心目中的王道理

〔註 8〕 王勃著，《王子安集注》，上海古籍出版社 1995 年版，第 323～338 頁。

想。其中值得注意的是，本來促使高宗祭祀南郊的最大原因是取得了平定高麗的勝利，因此這件事本應該在文章中佔據重要篇幅。但是王勃只以「良將首路，偏戎竟野；舳艫萬里，旌旗四合」、「金緺玉匱，司空憑百勝之威；鶚視龍趨，將軍仗萬全之略」等寥寥數筆一帶而過，根本沒有對戰爭有充分的描寫。其實這正體現了王勃的文化思想。當年王勃十五歲時，曾上書劉祥道，即《上劉右相書》，暢論時政，兼以自陳，裏面就曾論及高麗之役。話語之間，明顯透露出王勃並不贊同武力征伐高麗，而是要以仁德之政感化之。同時王勃還告誡君王要以秦漢的窮兵黷武導致政息國亡為鑒，因此四年之後在上《拜南郊頌》時王勃依然堅持己見，對高麗戰役的輕描淡寫與對王道理想的極度渲染正說明了他還是想讓帝王認識到實行儒家的仁政理想才是治國的基本方針。《上劉右相書》中的「昔明王之制國也，自近而及遠，先仁而後罰」〔註9〕與《拜南郊頌》的「罰罪以明，而不以眾。懷遠人於絕境，均惠化於殊鄰」〔註10〕的治國思想和對待戰爭的態度便有了異曲同工之意。從這個角度來看，王勃的《拜南郊頌》就具有了否定戰爭、勸說君王實行仁政的現實意義。這種深曲幽微的表達方式顯然是對《毛詩序》「主文而譎諫」傳統的繼承。因此王勃的《拜南郊頌》就不僅有頌美當世的表層意義，更有勸說高宗實行仁政等儒家治國思想的深層意蘊。在這樣的認識下，王勃的創作就不會是那種無聊的諂媚逢迎，而是有著自己面對時政的深入思考，文章體現的情感趨向也是士人與君王相對平等的對話，而沒有失去自己的人格和文化理想。這在頌體文的創作中是極為難能可貴的。

《九成宮頌》和《乾元殿頌》是以宮殿為主要描寫對象的文章，這是繼承了漢魏六朝時期的宮殿賦的創作傳統。在鋪敘宮殿的宏偉壯麗時，加之以對太平盛世的頌美，其歌功頌德的意味是很明顯的。但這樣的文章在藝術特色方面也有可取之處。當然這也是王勃頌體文的突出特點，楊炯概括為「得其片言，而忽焉高視；假其一氣，則邈矣孤騫。窮形骸者，既昭發於樞機；吸精微者，亦潛附於聲律。雖雅才之變例，誠壯思之雄宗也。妙異之徒，別為縱誕，專求怪說，爭發大言。乾坤日月張其文，山河鬼神走其思。長句以增其滯，客氣以廣其靈。已逾江南之風，漸成河朔之制。」〔註11〕王勃此種

〔註 9〕 王勃著，《王子安集注》，上海古籍出版社 1995 年版，第 153 頁。
〔註10〕 王勃著，《王子安集注》，上海古籍出版社 1995 年版，第 329 頁。
〔註11〕 王勃著，《王子安集注卷首》，上海古籍出版社 1995 年版，第 71 頁。

文風的淵源可以歸納爲兩點：首先是王勃的頌文在藝術上繼承了漢大賦的鋪張揚厲之美，如《九成宮頌》和《乾元殿頌》對宮殿的誇張式的描繪，以及對王道理想不遺餘力的推崇都需要王勃向漢大賦那裏汲取經驗，而且這種題材本身的起點就是王延壽的《魯靈光殿賦》，這種影響主要是鋪張揚厲之美帶來的氣勢壯大雄闊，即楊炯所言之「假其一氣」和「壯思之雄宗」。由此可見漢賦的傳統影響可謂深矣。其次這種頌體文的創作也有現實的效法對象，在王勃生活時代之前不遠的許敬宗等人就曾大興頌文創作，以表達對太宗、高宗的讚美之情。但是這些頌文大多文句不通，只是堆砌華麗的辭藻和宏大的意象，毫無思想感情可言，當然更談不上藝術價值了。但是就影響來說，雖然以王勃的自信和高潔人格對許敬宗等人的創作是否定的，但我們並不能因此忽視兩者之間的聯繫，楊炯的「乾坤日月張其文，山河鬼神走其思」和「爭發大言」正說明了王勃之文與許敬宗的創作在意象上極爲類似，都偏愛於使用諸如乾坤日月這樣的雄偉意象，當然這也與文體需要也有關係，頌美聖君自然要德比日月，功蓋乾坤，只有這樣才能收到使君王志得意滿的效果。關於兩者之間的關係，當前的研究者分爲兩種意見：葛曉音先生贊同王勃的頌文受到過許敬宗創作的影響，而杜曉勤先生則認爲王勃等四傑反對的龍朔變體應該包括許敬宗的頌體文和上官儀的「上官體」。〔註12〕但是不論從王勃的創作實際，還是楊炯的「乾坤日月張其文，山河鬼神走其思」的歸納來看，葛先生的意見更接近實際。

第三節　王勃失意時的文章創作

　　雖然王勃曾經有過幽素舉及第的經歷，但是由於自己的文人性格，爲沛王戲作《檄周王雞文》使得王勃實現政治理想的機會迅速破滅，被高宗趕出了王府，開始了他遊歷西蜀的生活。這是大多數文人都會遇到的失意境況。在此情況下，文人們會把精神寄託於儒家崇尚的道德理想，堅持自己的文化操守，以此保持高潔的人格，不與黑暗的現實同流合污，同時以堅定的心理力量平衡失意的痛苦。但是這種堅持的具體方法可以大體概括應爲兩種，一

―――――――――――――――――――――――――――

〔註12〕關於葛曉音先生的觀點可參考《詩國高潮與盛唐文化》（北京大學出版社 1998
　　　年版）中的《論宮廷文人在初唐詩歌藝術發展中的作用》一文，杜曉勤先生
　　　的觀點詳見《初盛唐詩歌的文化闡釋》（東方出版社 1997 年版）中的《龍朔
　　　初載「文場變體」辯析》一節。

種是孔子讚賞的顏回式的簞食瓢飲，不改其樂的安貧樂道，另外一種是陷於現實與理想的矛盾衝突之中而奮發有為，如屈原的「發憤以抒情」和司馬遷的「發憤著書」說。前者更像是哲人式地參透生命的真諦，回複本心的澄明，以自我的安心來平復現實與理想的劇烈衝突，把自我提升到理想的高度以成就自我人格的「以天合天」式的完美。因此這一般是哲人的首選。後者則是堅持自我的個性，直面現實的黑暗，突出現實與理想的激烈矛盾，以勢單力孤的自我而與整個黑暗的現實對抗，他們可能會因此而失去生命，但是這種生活凸顯的是在矛盾的衝突中自我個體的人格魅力和精神價值，具有悲劇式的崇高之美。而且他們往往會在政治理想破滅後選擇為文創作以求立言不朽。主導這種振奮了無數士人心靈的價值選擇的精神支撐是個體人格的道德理想，換言之，就是在文章中更多地貫注了創作主體的感情和精神，因此後者大多是文人選擇的方式。

通觀王勃在政治失意時的創作及其體現的人格，面對生活的困苦和壓力，他選擇的是文人式的應對方式。即用文章表達自我高尚的人格和不同流俗的精神趨向，沉鬱之中寄寓著強烈的悲慨和痛苦。這突出地表現在他於西蜀遊歷中創作的《春思賦序》：「咸亨二年，余春秋二十有二，旅寓巴蜀，浮游歲序。殷憂明時，坎坷聖代。九龍縣令河東柳太易，英達君子也，高談胸懷，頗泄憤懣。於時春也，風光依然。古人云：風景未殊，舉目有山河之異。不其悲乎！僕不才，耿介之士也。竊稟宇宙獨用之心，受天地不平之氣。雖弱植一介，窮途千里，未嘗下情與公侯，屈色於流俗，凜然以金石自匹，猶不能忘情於春。則知春之所及遠矣，春之所感深矣。此僕所以撫窮賤而惜光陰，懷功名而悲歲月也。豈徒幽宮狹路，陌上桑間而已哉。屈平有言，目極千里傷春心。因作《春思賦》，庶幾乎以極春之所至，析心之去就云爾。」〔註13〕這集中體現了王勃面對困境時所產生的情感和心態。生逢太平盛世，王勃期望用平生所學實現政治理想，這也是他祖父王通畢生的夙願，因苦於亂世紛爭難以達成。但是王勃恰恰具備祖父不曾遇到的有利條件，社會繁榮，政治穩定，正是推行儒家禮樂理想的大好時機，而王勃通過幽素舉已經進身政途。正當信心百倍之時，沉重的打擊卻隨之而來，這不僅是仕途的挫折，更是理想的破滅。「殷憂明時，坎坷聖代」，這種時代的美好和個人的困頓之間的對比愈加強烈。加之以「耿介之士」

〔註13〕王勃著，《王子安集注》，上海古籍出版社1995年版，第1～2頁。

的不屈個性，王勃在這裡表達的正是自己的「不平之氣」。其實這裡的春思只是王勃抒情的載體，其真正的目的是「析心之去就」，而促使他內心不平的最大原因是「撫窮賤而惜光陰，懷功名而悲歲月」，時光流逝卻功名未成讓王勃深陷人生的迷惘和悲慨，這是許多立志功名、身懷理想的士人普遍具有的遭遇，屈原就是其中的代表，王勃將他引為同調，持守理想與現實的黑暗碰撞產生的情感共鳴使之更具有文化的象徵意義，說明自己的痛苦境遇有著深遠的傳統，而傷春就是這種傳統的文學化表達，不平之中的沉鬱悲慨就是其情感基調，這一切都植根於士人們信奉的儒家文化的剛毅精神、對社會理想的執著追求與現實生活之間發生的矛盾。

在這樣的情感作用下，王勃的西蜀生活雖然意味著政治生涯的嚴重挫折，但是這種愁苦生活本身及王勃對待它的方式卻成就了他光輝的文學生命。從總章二年五月到咸亨二年九月，短短不到三年的時間，王勃創作了大量的詩文，而且很多都是具有強烈的抒情色彩，這與他的《春思賦》中的「不平之氣」是一致的。王勃現存的賦作中，除《春思賦》外，還有《江曲孤鳧賦》、《澗底寒松賦》、《青苔賦》和《慈竹賦》等。這些作品中體現了王勃在此繼承了六朝抒情小賦的藝術成就，以抒情言志為主，以具體意象寄託自己的心志。如《江曲孤鳧賦》以「天性不違」的孤鳧象徵自己在逆境中要「去就無失，浮沉自然」，〔註14〕不能因個人的一時得失而輕易放棄理想。雖然王勃試圖以此驅除傷感和愁苦，但這並沒有真正使自己釋懷於失意。言語之間還是流露出擔憂之情，「傷雲雁之嬰繳，懼泉魚之受餌」正是王勃憂慮落入塵網後難以抵抗世俗誘惑的心態象徵。《澗底寒松賦》則是從題材上化用了左思《詠史》詩中「郁郁澗底松」的詩句，以位於人跡罕至的寒松比興，喻指那些雖是「冒霜停雪，蒼然百尺」的棟樑，卻因「託非其所」而難有出群之日。因此在情感表達上也吸取了左思詩的經驗，「上品無寒門，下品無士族」的門閥社會，像左思這樣有才華的詩人卻因出身寒門而難有進身機會。這與王勃當時的失意處境極相似，情感的共鳴自然讓王勃以此為象徵表達了難以言喻的精神苦悶，「徒志遠而心曲，遂才高而位下」〔註15〕不僅是此時王勃的心理寫照，更是道出了歷代失意文人的痛苦心聲，儘管現實逼迫著他們放棄理想追求和高潔人格，但是士人依然選擇不為名利所拘的「君子固窮」而對抗世

〔註14〕王勃著，《王子安集注》，上海古籍出版社1995年版，第33頁。
〔註15〕《王子安集注》，上海古籍出版社1995年版，第38頁。

俗的污濁，由此生發的「不平之氣」的心態和情感始終伴隨著王勃的蜀中生活，影響著他的文章創作。

王勃堅持儒道理想的精神在其《益州夫子廟碑》有集中體現。「勃幼乏異才，少有奇志。虛舟獨泛，乘學海之波瀾；直轡高驅，踐詞場之閫閾。觀質文之否泰眾矣，考聖賢之去就多矣，自生人以來，未有如夫子者也。嗟乎，今古代絕，江湖路遠，恨不得親承妙旨，攝齊於游夏之間；躬奉德音，攘袂於天人之際。」〔註16〕可見王勃對孔子的推崇備至正說明了他深受儒家思想的影響。而對儒家思想吸收最多的是「興九圍之廢典，振六合之頹綱，有道存焉，斯文備矣」，也就是儒家倡導的禮樂文化理想，即斯文之道。由此可見身處逆境的王勃非但沒有放棄儒家理想之道，反而更加堅定地以此為立身之本。當王勃結束蜀中生活、於咸亨二年冬參加銓選時，上書裴行儉的《上吏部裴侍郎啓》就鮮明地體現了王勃以儒家文化觀分析文學發展，並以禮樂文化為文學發展的理想階段，倡導以此改革當時的頹靡文風，這也從側面看出遭遇困境的王勃一直是堅持儒家思想，正如他自己所說：「君子不以否屈而易方，故屈而終泰；忠臣不以困窮而喪志，故窮而必亨」。〔註17〕雖然最終並沒有「屈而終泰」、「窮而必亨」，但是王勃在困境中做到了「不以否屈而易方」、「不以困窮而喪志」，始終懷有如他在《春思賦》中的「長卿未達終希達，曲逆長貧豈剩貧」的樂觀精神〔註18〕，儒家文化的堅韌人格是支撐其走出痛苦生活的良藥，也是他此時文章創作中最突出的主題，因此蜀中創作從根本上體現了王勃君子固窮、持守理想的人格精神，其「不平之氣」正是這種人格與現實困苦衝突的文學表現，而這種重視情感的傾向最終成為初盛唐改革六朝文風的根本出路。

綜上所述，王勃的人格價值趨向深受儒家文化影響，進而作用於文學創作。在延續儒家傳統精神遺脈的同時又充分顯示了自己鮮明的個性，那就是王勃近乎理想化地崇尚獨立人格和自由精神，這從根本上決定了他獨特的入世途徑、君臣觀念和抒發失意生活的方式。進身仕途之時可以傲視權貴、不懼皇權，以道自任，循道而行，面對政治勢位的壓力依然滿懷豪情壯志、任性自然，發而為文，就形成了積極進取之時張揚闊大、豪邁激越的藝術風格。

〔註16〕《王子安集注》，上海古籍出版社1995年版，第457頁。
〔註17〕《王子安集注》，上海古籍出版社1995年版，第189頁。
〔註18〕《王子安集注》，上海古籍出版社1995年版，第14頁。

身處逆境之時則是繼承屈原、司馬遷等前賢的精神，堅持儒家遵循的「道」高於「勢」的理想，以充滿感情的筆調把這種追求貫注於文章創作，造就了沉鬱悲慨的愁怨品格。因此不論仕宦的出處變幻，王勃的文章都是自我個性的真實體現，豪邁激越與沉鬱悲慨的情感交織在藝術上呈現出既雄渾又悲壯的品格，看似矛盾，實則統一於理想人格與現實生活的關係中。因此這種藝術品格正與楊炯「壯而不虛，剛而能潤。雕而不碎，按而彌堅」〔註 19〕的評價相吻合。由此可見王勃的新型人格趨向既繼承了魏晉時期任情適性、超凡脫俗的文人風度，更從深層意蘊上與盛唐時獨立自由、氣勢鬱勃的時代精神達成契合，與之相表裏的嶄新文學風貌不僅是對梁陳頹靡文風的革新，更預示了盛唐文學高潮的來臨。

〔註19〕王勃著，《王子安集注卷首》，上海古籍出版社 1995 年版，第 70 頁。

結論：王勃在初唐「文儒」發展中的價值和意義

　　前人雖沒有直接評價王勃在初唐「文儒」發展中的價值意義問題，但是以往對「四傑」文學的認識仍然可以啓發我們深入思考作爲其重要成員之一的王勃在初唐「文儒」史的位置。其中以日本學者道阪昭廣先生的認識最具價值。他認爲初唐「四傑」是初唐時期失意文人的代表，他們身上集中體現了懷才不遇的精神痛苦和悲淒無奈。因此道阪昭廣先生說：「懷著對自身才能的強烈自負卻不得不作爲下級官僚輾轉各地，這種苦澀的情感不僅屬於四傑，也屬於眾多同時代的人們。四傑正是他們的象徵，起著代言人的作用。他們是由自身所屬的新興士大夫階層選出的，決不等同於那種南北朝時期基於單一文學理念的沙龍的代表者。而且，正因是代表者所以或多或少具有一種『模範』的意義。相對於此，四傑則具有從同一立場出發的人們的代言者的意義。」〔註1〕由此可見，「四傑」具有與當時其它失意文人同樣的遭遇和情感，只不過這些遭遇和情感在「四傑」身上更突出、更強烈，因此就具有一種「代言人」的作用和「模範」的意義。這種研究心得與傅璇琮先生用《藝術哲學》提供的方法論研究唐代文學有異曲同工之妙。傅先生在《唐五代文學編年史・序言》中曾引用過《藝術哲學》的一段話：「藝術家本身，連同他產生的全部作品，也不是孤立的。有一個包括藝術家在內的總體，比藝術家更廣大，就是他所隸屬的同時同地的藝術流派或藝術家家族。……到了今日，

〔註1〕 【日本】道阪昭廣《四傑考》，《唐代文學研究》第十輯，廣西師範大學出版社 2004 年版，第 126 頁。

他們同時代的大宗師的榮名似乎把他們淹沒了：但要瞭解那位大師，仍然需要把這些有才能的作家集中在他的周圍，因為他只是其中最高的一根枝條，只是這個藝術家庭中最顯赫的一個代表。」〔註2〕這裡傅先生倡導的是以文學社會學的研究方法盡可能地恢覆文學發展的社會大背景。就唐代文學來說，傅先生認為唐代的大作家是「是這個藝術家庭中最顯赫的一個代表」，但他的背後卻有著更為廣闊的社會背景，因此在研究大作家的同時必須把他放置於「他所隸屬的同時同地的藝術流派或藝術家家族」中，才能盡可能真實地探究本來面目。可見這種大作家與其身後背景的深層關係，正好可以印證道阪昭廣先生所言之「四傑」作為「代言人」對當時他們「自身所屬的新興士大夫階層」的作用和意義。就這個方面來講，王勃作為「文儒」之對於初唐「文儒」的價值正在於他是這個時代中最具「文儒」本質的士人，不僅有著世業不墜的儒家文化傳統，其祖父隋末大儒王通的文化思想沾溉初唐的文化建設，這對王勃的影響是巨大的，而且王勃能把這種儒家文化思想與文章創作緊密結合，真正實踐了「上書獻賦，制誄鐫銘，皆以褒德序賢，明勳證理」〔註3〕的儒士文藝觀念，因此王勃在理論建設和創作實踐方面都堪稱初唐時代最具典型意義的「文儒」。對此方面，葛曉音先生在《盛唐「文儒」的形成與復古思潮的濫觴》一文中的認識可供參考，茲不贅述。

　　王勃作為初唐時期最具代表性的「文儒」型士人，他與所處的時代是極不協調的。在王勃之前，太宗以聖明君主的氣魄和雄才偉略在國家安定之後積極發展文化事業，置弘文館，精選天下文儒之士，討論墳典，商略政事。這種發揚儒家思想以應用於政治建設的風氣影響所及，太宗周圍的許多文士在文化個性和文章創作上以「文儒」標準自期，並在編撰史書中貫徹了這種理論思想，與太宗積極倡導的文化建設構成了思想深層的回應。在王勃之後，玄宗結束了從高宗到中宗的動蕩政局，積極改革弊政，任賢舉能，大興禮樂，把儒家思想中的禮樂文化真正落實到現實政治的運作中，由此產生了一批以張說為代表的「文儒」型文士。他們不僅在政治實踐中遵循玄宗發展禮樂文化的方針，並以自己豐厚的文章創作更加充實了這種文化建設。但是王勃出生於高宗永徽元年（650），於高宗上元三年（676）溺水而卒。他生活的主要

〔註 2〕　傅璇琮主編，《唐五代文學編年史》（初盛唐卷）《自序》，第 3 頁。遼海出版社 1998 年版。
〔註 3〕　《隋書》，中華書局 1973 年版，第 1544 頁。

時段是在高宗時期，因此既沒有趕上太宗「貞觀之治」的文化復興，也沒有遇到玄宗「開元盛世」的文化鼎盛，這兩個「文儒」得其幸的時代恰好與王勃的生平擦身而過。而王勃生活的時期卻是文吏受到重視的時代，《舊唐書‧儒學傳》曰：「高宗嗣位，政教漸衰，薄於儒術，尤重文吏。於是醇醲日去，華競日彰，猶火銷膏而莫之覺也。及則天稱制，以權道臨下，不吝官爵，取悅當時。其國子祭酒，多授諸王及駙馬都尉，準貞觀舊事。祭酒孔穎達等赴上日，皆講《五經》題。至是，諸王與駙馬赴上。唯判祥瑞按三道而已。至於博士、助教，唯有學官之名，多非儒雅之實。是時復將親祠明堂及南郊，又拜洛，封嵩嶽，將取弘文國子生充齋郎行事，皆令出身放選，前後不可勝數。因是生徒不復以經學爲意，唯苟希僥倖。二十年間，學校頓時隳廢矣。」〔註4〕可見高宗朝已與太宗的文化政策大不同了，武則天也開始籠絡人心，爲奪取帝位作準備。因此儒學的地位極爲勢微，經學生徒亦放棄儒學大義而轉向「苟希僥倖」。生於這樣的時代，世奉儒學的王勃可謂大不幸了。而且當時朝廷選拔官吏的標準也以「吏才」爲上。最明顯的是裴行儉曰王勃等人「華而不實，鮮克令終」，其所讚賞的李嶠、蘇味道等人都是以「文吏」見長，這與黃永年先生分析的裴行儉選才時重吏才而輕文華的傾向是一致的。〔註5〕因此在這些文吏眼中，儒家提倡的禮樂王道思想不合實際，「文儒」所學空疏迂闊而不能適應社會政治的複雜情勢，有脫離現實的危險。根本不能與那些具有現實行政經驗的文吏之才相提並論。就因爲這樣的不同，王勃自然被裴行儉摒棄於入仕之外，無法實現儒家灌輸給他的治國平天下的宏願。

　　雖然這種偏見對王勃的仕途不啻爲毀滅性的打擊，但是這正好成全了王勃可以成爲出色的文學家。儒家思想中的抗禮王侯、獨立自由的人格讓他以非凡的姿態面對仕途的艱險，總是在自己的理想中以一種近乎夢幻的情結編織著自己平交王侯的快意和君臣風雲際會式的遇合。這使他在現實的殘酷面前總是顯得那麼天真自然，給他的文章中貫注了不受拘束的個性之氣。而仕途受阻的打擊帶來的沉重並沒有使他退縮逃避，而是將一腔憤激悲慨的怨情以「不平之氣」的形式發泄於文章創作中，接續前人「發憤以抒情」和立言以不朽的優良傳統，在繼承了梁陳文風華美的基礎上又加之以深厚鬱勃的情

〔註4〕 劉昫等著，《舊唐書》，中華書局點校本1975年版，第4942頁。
〔註5〕 黃永年著，《文史探微》中的《「士先器識而後文藝」正義》一文，中華書局2000年版。

感氣質。不論王勃是在積極入世時高揚「拾青紫於俯仰，取公卿於朝夕」的豪邁，還是在失意困苦中忍受「志遠而心曲，才高而位下」的沉鬱，他的文章中都充滿了士人由追求理想、堅持獨立人格自然生發出的「氣勢」，從而在創作中顯露了文風變革的新趨向。

文學的演變不一定與政治的劇變完全一致，王勃雖然沒有生逢儒學昌盛、「文儒」得勢時代的幸運，但是他的文學卻呈現出承前啓後的過渡性特徵，從文化的深層聯繫了太宗朝和玄宗朝「文儒」創作發展的延續脈絡。王勃積極入世時所創作的頌體文和干謁文章，在藝術風格上的宏闊壯大和氣勢雄豪是對太宗時期藝術審美特徵的繼承。太宗曾於貞觀十八年（644）作《帝京篇》十首並序。在詩序中，太宗表達了創作此詩的文化目的，即「追蹤百王之末，弛心千載之下，慷慨懷古，想彼哲人。庶以堯舜之風，蕩秦漢之弊，用《咸》、《英》之曲，變爛漫之音。……故觀文教於六經，閱武功於《七德》。臺榭取其避燥濕，金石尙其諧神人，皆節之以中和，不係之以淫放。……釋實求華，以從人欲，亂於大道，君子恥之。故述《帝京篇》以明雅致云爾。」〔註6〕可見太宗是以創作《帝京篇》意圖恢復儒家王道理想，推進儒家文教思想在現實政治生活中發揮重要作用，並完成「皆節之以中和，不係之以淫放」的中和審美觀的建立。因此太宗的《帝京篇》創作主要是從國家的文化制度方面著眼，帶有濃厚的儒家禮樂文化色彩，而且《帝京篇》繼承了漢大賦的美學風格，以詩歌的形式輔之以漢賦的鋪敍寫法和壯闊氣勢，從帝都規模、遊覽林苑、宴飲歌樂、軍事田獵等各個方面細緻描繪當時政治安定、國家繁盛的恢弘景象，具有壯闊張揚的豪放之氣，《詩藪》曰：「唐初惟文皇《帝京篇》藻贍精華，最爲傑作。視梁陳神韻稍減，而富麗過之。」〔註7〕當時太宗讚揚李百藥對此詩的和作「才壯思新」，其中便流露出太宗欣賞「壯美」氣勢和「富麗」的審美觀念。這深刻影響了王勃那些頌體文的創作動機和藝術風格，即楊炯讚賞的「容氣以廣其靈」和「爭發大言」的特色。「爭發大言」是對描寫物象如宮殿、禮儀的全面細緻的描繪，如《乾元殿賦》等，「容氣以廣其靈」是鋪張揚厲帶來的氣勢。這種鋪敍的寫法和壯闊的氣勢極類似於漢賦，具體到漢賦作家。就是班固和《漢書》對初唐文化的影響。楊炯曾以「壯思之雄

〔註6〕 此事繫年參考傅璇琮先生主編，《唐五代文學編年史》（初盛唐卷），遼海出版社 1998 年版，第 104 頁。

〔註7〕 胡應麟，《詩藪》，上海古籍出版社 1958 年版，第 36 頁。

宗」和「反諸宏博」評價王勃的文學特點，而這與班固及其《漢書》是相似的，如顏師古《上漢書注序》：「觀炎漢之餘風，究其始終；懿孟堅之述作，嘉其宏贍。」因此，王勃文學特徵的形成既有遠承以班固爲代表的漢賦家的方面，也有近取太宗朝文化審美風尚的影響，以「宏博」之氣變革梁陳以來的「積年綺碎」。

王勃對玄宗朝的影響主要體現於文學觀念的總體認識上。《上吏部裴侍郎啓》曰：「自微言既絕，斯文不振，屈宋導澆源於前，枚馬張淫風於後；談人主者以宮室苑囿爲雄，敘名流者以沈酗驕奢爲達。故魏文用之而中國衰，宋武貴之而江東亂；雖沈謝爭鶩，適先兆齊梁之危；徐庾並馳，不能免周陳之禍。」這裡就把孔子禮樂文化與屈宋的辭賦創作看作中國文學史上具有轉折意義的關鍵點。正如明代詩論家胡應麟《詩藪》中所言「四言典則雅淳，自是三代風範。宏麗之端，實自《離騷》發之」。〔註8〕王勃認識這種美學上的轉變實際有其價值觀念上的「正邪」之分。葛曉音先生曾對此有精當的分析：「如果說劉勰還承認《離騷》的忠怨同於風雅的話，那麼，自王通以來，「大雅」的含義已越來越明確地被歸結到「頌美」這一點上，這一觀念正是唐人批判楚騷之哀怨的基本出發點」。〔註9〕因此王勃既然要以頌美的觀念規範《詩經》代表的儒家詩教傳統，那麼屈原那些「發憤以抒情」的辭賦自然不和其觀念主旨。這一點在當時很多文人那裏得到回應，其中以盧照鄰和楊炯最突出，盧照鄰的《駙馬都尉喬君集序》：「昔文王既沒，道不在茲乎？尼父克生，禮盡歸於是矣。其後荀卿孟子。服儒者之衰衣；屈平宋玉，弄詞人之柔翰。禮樂之道，已顛墜於斯文；雅頌之風，猶綿連於季葉。」〔註10〕楊炯的《王勃集序》曰：「仲尼既沒，游夏光洙泗之風；屈平自沉，唐宋弘汨羅之迹。文儒於爲異術，辭賦所以殊源。」兩人都把孔子到屈原的文學發展視爲文學史的劇變，以後凡是不合儒家審美規範的文風都被歸咎於屈原創作的不良影響。這與王勃的認識是一致的，與把「大雅」傳統歸結於「頌美」一端緊密相連。這種認識深刻影響了盛唐時代的文人，如李白的《古風》其一：「大雅久不作，吾衰竟誰陳？王風萎蔓草，戰國多荊榛。龍虎相啖食，兵戈逮狂秦。

〔註8〕 胡應麟，《詩藪》，上海古籍出版社1958年版，第4頁。
〔註9〕 葛曉音著，《論建安南北朝隋唐文人對建安前後文風演變的不同評價——從李白〈古風〉其一談起》，選自《漢唐文學的嬗變》，北京大學出版社1990年版，第48頁。
〔註10〕《全唐文》，中華書局1983年版。卷166，第1691頁。

正聲何微茫，哀怨起騷人。」就是明顯繼承了王勃《上吏部裴侍郎啟》的文學觀念，把「大雅」視為「正聲」，而把屈原的創作排斥於「正聲」之外，不合儒家審美標準。其它如張說、張九齡等人都是如此，張九齡《陪王司馬宴王少府東閣序》云：「《詩》有怨刺之作，《騷》有愁思之文，求之微言，匪雲大雅。」〔註11〕可見「他在理論上則是將《詩經》中的怨刺之作和楚騷的愁思之文統統排除在『大雅』這個概念之外的」〔註12〕。因此王勃的《上吏部裴侍郎啟》對盛唐「文儒」的文學觀念影響很深。

綜上所述，王勃在唐代文學史和「文儒」的發展中起到了承前啟後的作用，前承太宗開創的文學藝術風格，後啟玄宗時期成熟「文儒」的文學觀念認識。而王勃的文學成就中也明顯帶有過渡色彩，如明代王世貞《藝苑卮言》曰：「盧駱王楊，號稱四傑。詞旨華靡，固沿陳隋之遺，翩翩意象，老境超然勝之。」〔註13〕雖是針對四傑而發，王勃在文學史上的價值也與此一致。因此美國學者宇文所安說：「初唐詩比絕大多數詩歌都更適合於從文學史的角度來研究。孤立地閱讀許多初唐詩歌似乎枯燥無味，生氣索然，但是當我們在它們自己時代的背景下傾聽它們，就會發現它們呈現出了一種獨特的活力」。〔註14〕這即是啟示我們以一種文學史的流動眼光對待王勃這樣的初唐作家，其偉大價值才能走出以往那些大家的陰影並得到應有的肯定，王勃在初唐「文儒」的發展中的意義也正在於此。

〔註11〕《全唐文》，中華書局1983年版。卷290，第2946頁。

〔註12〕葛曉音著，《論建安南北朝隋唐文人對建安前後文風演變的不同評價──從李白〈古風〉其一談起》，選自《漢唐文學的嬗變》，北京大學出版社1990年版，第48頁。

〔註13〕《歷代詩話續編》，中華書局1983年版，第1003頁。

〔註14〕宇文所安著，賈晉華譯，《初唐詩·致中國讀者》，三聯書店2004年版，第2頁。

下編：漢唐文學、文獻與文化考論

「個人」的發現與「究天人之際」中的史書敘事——以《史記》的「項羽」爲例

【摘要】從思想史演變的線索而言，司馬遷以人物爲中心紀傳體史書體例的創變，是基於前代史書敘事中「個人」意識日漸覺醒的必然結果。在此思想的作用下，司馬遷在敘事中採用情感透視的方法，更能從心理層面藝術化地展現司馬遷與傳主之間的「心有靈犀」，其中也必然貫注了司馬遷對人生、歷史和哲學的充滿「個人化」的獨到感悟。因此這種直面個體情感的新穎敘事，不僅促使司馬遷在書寫以「項羽」爲代表的歷史悲劇英雄人物時能眞正取得心靈的呼應，更決定了「究天人之際」的哲學命題在司馬遷的筆下能夠進入人性刻畫的深層，這也是《史記》超越一般意義的歷史、哲學著作的關鍵，並使之成爲文學史的經典。

　　《史記》作爲我國二十四史之首，其創新史書體例和總結先秦文化的功績已爲歷代學者所重視，這種特點在《太史公自序》中鮮明地體現爲「究天人之際，通古今之變，成一家之言」，其中說明了司馬遷對寫作《史記》具有強烈的文化自覺意識，他希望以一部縱貫上下三千年的史書進行一番對天人關係和歷史發展規律的深入探索，並在充分繼承史官文化傳統的基礎上能夠提出對當代文化有所裨益的意見，因此具有深刻文化內涵的《史記》就決定了其中必然蘊含著司馬遷對「天人之際」和「古今之變」等問題的獨特思考，同時史書所獨有的敘事表達方式也有其不同於其它如哲學、文學寫作的特點，這種尚實記事的史書敘事會對司馬遷的思想闡釋產生重要作用，因此本文立足於前代史書敘事內容的發展，通過對司馬遷接受前代文化的方面及其史書寫作的特點來重新估價司馬遷「究天人之際」的命題。

「究天人之際」在我國古代文化傳統中是一個歷久彌新的永恆話題，這不僅是古代史官文化賦予歷代史官必須探討的問題，而且漢武帝時期面對文化建設的迫切要求，很多學者都以此問題參與到當時的討論中。司馬遷作為生於世代史官的家庭，飽受史官文化的薰染，而且當時天人關係的討論引起了朝野上下的重視，這就為司馬遷深入探究「天人之際」的問題創造了濃厚的文化氛圍。關於「天人之際」的問題，歷代學者都曾做過有益的探討，但真正對「天人之際」的內涵進行反思的卻較為少見，大多流於天人關係的表面現象。這方面，錢穆先生在《中國史學名著・史記（下）》中說：「所謂『天人之際』者，『人事』和『天道』中間應有一分際，要到什麼地方才是我們人事所不能為力，而必待之『天道』，這一問題極重要。」〔註 1〕錢穆先生在此以極通俗而顯明的話語為我們深入淺出地揭示出司馬遷所要思考的問題，而且對這一問題的解答還必須通過史書的寫作予以彰顯，因此錢穆先生就把這種寫作旨趣看作「中國人的歷史哲學」，並認為這樣一種認識趨向決定了司馬遷所寫作的《史記》具有哲學思想的意味。

一

關於「人事」與「天道」的分際，「人事」能夠在社會發展中發揮怎樣的作用，而它的作用限度又在哪裏？「天道」的作用對人類意味著什麼？它帶給人類發展的作用以何種形式顯現出來？這一系列問題並非自古以來一成不變，而是會隨著人類意識的發展和社會文化的進步而逐漸發生改變。畢竟人類的力量是在社會發展的過程中逐步成長，不同的社會階段，人類對社會的改造力量會有不同，這也就意味著「人事」所不能為的界限是在時刻變化的，那麼它與「天道」的關係問題其實是一個在歷史發展中不斷演變的過程。就中國古代文化傳統來說，對天人關係這一問題思考最多的是史官。劉師培在《古學出於史官論》中曰：「三代之時，稱天而治，天事人事相為表裏，天人之學，史實習之。」又說：「吾觀古代之初，學術銓明，實史之績，試證之《世本・作篇》則羲和占月，常儀占月，更匡占月，其時則皇古矣，其人則史職也。」〔註 2〕這種「天人之學」決定了古代

〔註 1〕 錢穆著，《中國史學名著》，三聯書店 2000 年版，第 75 頁。
〔註 2〕 劉師培著，鄔國義、吳修藝編校，《劉師培史學論著選集》，上海古籍出版社 2006 年版，第 9～10 頁。

的史官從誕生之日起就在履行天文術數和祭祀之類的天官職責，可見史官自古以來就一直在關注「天人之際」的問題，而對此問題的記載有大多集中於史書之中，我們可以通過史書對「人」的定位來瞭解古代「天人之際」問題演進變化的一些方面。

最早史書所描寫的「人」都是英雄和帝王，數量很少，而且其事蹟都帶有明顯的神話色彩，《漢書‧藝文志》云：「古之王者，世有史官，君舉必書，所以慎言行昭法式也。」〔註3〕這裡的「君」是指君王，而史官隨侍君王左右而記其言行，所以此時的史書中所反映出的都是遠古君王的形象，如《尚書》中紀錄最多的是上古時代的國王，堯、舜、禹、湯、盤庚等，這些帝王都曾建立過豐功偉業，其高大的形象為後人所仰慕，史書中記載的也多是他們的輝煌功業，比如盤庚遷都。因此在這樣的條件下，一般的個人總是顯得微不足道，無法在史書中佔據一席之地，那些小人物的形象根本無法出現於當時的史書之中。而且這些帝王都帶有神異色彩，這與《禮記‧表記》的記載相吻合：「夏道遵命，事鬼敬神而遠之，近人而忠焉。……殷人尊神，率民以事神，先鬼而後禮。」〔註4〕可見上古史官的寫作視野是在天命所歸的帝王範圍之內，其描寫內容只能是這些帝王的功績，而一般人物則無法在史書中留下姓名。可見此時「天道」在「天人之際」的關係中佔據絕對優勢，這些帝王的神異色彩就是神秘「天道」的體現。

到了周代，人文主義思潮興起，重視人事的傳統由此開啟。《禮記‧表記》曰：「周人尊禮尚施，……事鬼敬神而遠之，近人而忠焉。」雖然周代對人事的關注日益顯著，但周代初年所關注的「人」多是英雄人物，如《詩經》中的《生民》、《公劉》、《綿》、《皇矣》、《大明》等。在這些史詩中，我們能夠看到從后稷、公劉、古公亶父到文王、武王等先王的業績，只不過他們的身上已日漸退去了上古帝王的神秘而與現實生活越來越貼近。周代「事鬼神而遠之」的前提是尊禮尚施，可見是對日常生活倫理關係的極力強調，這與夏代那種「尊命」式的聽任天命已有很大不同。對此，侯外廬先生說：「西周是維新的社會，文化被貴族所壟斷。最初的史詩是《周頌》和《大雅》的《文王》與《生民》，這史詩具有特別的形式，其中沒有國民階級的活動史料，僅

〔註3〕 【東漢】班固著，【唐】顏師古注，《漢書》，中華書局點校本，卷三十。
〔註4〕 【清】孫希旦集解，《禮記集解》，中華書局1989年版，卷三十二。

有先王創業的史料。我們認爲它是非常樸實逼眞的，因爲它是以『先王』代表了『生民』。」〔註 5〕

觀念上的重大變化是在春秋以後，孔子提出了「仁者愛人」的主張，馮友蘭先生在《中國哲學史》說：「及春秋之世，漸有人試與各種制度以人本主義的解釋。以爲各種制度皆人所設，且係爲人所設。」〔註 6〕可見「人事」的作用在社會生活中的作用日益明顯，史書中的「人」從身份方面來看也有下移的趨勢，逐漸擴大到一般貴族公卿那裏，錢穆先生曾統計過《春秋》中「崩、薨、卒、死」四個字所使用的情況，他發現「死」未曾出現，〔註 7〕說明庶人在此時還沒有被寫入史書中，《左傳》中所記錄的個人大多爲公卿貴族，所以「崩、薨、卒」這些記錄公卿貴族逝世之詞大量出現。但我們還要注意到《春秋》畢竟已經比前代史書在「人」的範圍方面有很大的進步了。爲解釋《春秋》而作的《左傳》出現了「民本」的思想，如《左傳》襄公二十一年「民之所欲，天必從之。」這是繼承了《尚書》中的一些思想因素，並對後來孟子的「民貴君輕」的思想產生深刻影響。此時「天道」與「人事「的溝通是通過民心來體現的，「民」是一個具有集體含義的概念，其中個體性的因素還較少見。但這種「人」的因素越發重要已是不爭的歷史發展趨勢，這不僅預示著現實社會秩序即將改變，而且也必然導致人們對「人」在社會歷史中的作用產生新的認識。

先秦時代強調個體重要性的方面最爲極端的是楊朱學派，他在儒家「君君、臣臣、父父、子子」的關係之外，在氏族宗法的人我關係之外，發現了個人的存在，個體的獨立價值。可以說，到楊朱學派，個體價值的彰顯已經達到了歷史的新高度，這也是前代以來「人事」因素日益重要的趨勢多能發展出的新認識。侯外盧先生曾評價楊朱學派說：「這一理論的個人主義的思想背後，隱然潛伏著承認感覺體的光輝！」〔註 8〕經過這樣一番歷史過程的演進，「天道」與「人事」的關係也在悄然發生轉變，那就是「個體」的價值在社會發展的作用日益爲史家所看重，「人事」所能及的範圍越來越擴大，那麼這種認識趨勢必然會反應到新史書的寫作中。

〔註 5〕 侯外盧等著，《中國思想通史》第一卷，人民出版社 1957 年版，第 109 頁。
〔註 6〕 馮友蘭著，《中國哲學史》（上），華東師範大學出版社 2000 年版，第 37 頁。
〔註 7〕 錢穆著，《中國史學名著》，三聯書店 2000 年版，第 53 頁。
〔註 8〕 侯外盧等著，《中國思想通史》第一卷，人民出版社 1957 年版，第 348 頁。

　　司馬遷的《史記》以「人」為中心正是對這種「個體」價值日益凸現的歷史發展的總結，其最具特色的寫作部份是本紀、世家和列傳等記人的方面，梁啓超曾說：「其（《史記》）最異於前史者一事，曰以人物為本位。」〔註9〕錢穆先生更是說：「七十篇列傳，為太史公《史記》中最主要部份，是太史公獨創的一個體例。但在《史記》以前，人物的重要地位，已經一天天地表現出來了。」〔註10〕因此司馬遷在《史記》體例的編撰上能夠大膽創變，是順應了先秦以來「個體」價值日漸顯現的歷史趨勢，不再按照史書中個人身份名位的自然屬性來編排，而是重視個人事功在歷史上的作用，並在此基礎上將史書人物的範圍大大地擴大了。如他在《秦始皇本紀》和《高祖本紀》中插入了《項羽本紀》，將農民起義首領陳勝和打破「學在官府」的孔子編入世家，這曾引起了後世一些史家的非議，如劉知幾《史通》曰：「蓋紀之為體，猶春秋之經，繫日月以成歲時，書君上以顯國統。」然則項羽「為的成君」，「安得諱其名字，呼之曰王者乎？」「況其名曰西楚，號止霸王者乎？霸王者，即當時諸侯。諸侯而稱本紀，求名責實，再三乖謬。」如果我們能夠聯繫先秦以來「個體」價值在思想史中的日益顯現，那麼司馬遷以個人實際的功績為標準來編排歷史人物就是順理成章了，項羽作為秦末戰爭中的傑出英雄，以其過人的功業，在司馬遷的心目中進入本紀理所應當。

二

　　伴隨著這種「個人」意識的逐漸覺醒，對「天人關係」的認識也日漸傾向於人事方面的探討，但這並不意味著「天道」的隱秘影響就徹底消失。面對「天人之際」所標誌的「天道」與「人事」的分界，既然「人事」的因素在歷史發展過程中起到的作用日益加深，而且相對於「天道」的不可捉摸，這種作用更易於通過歷史人物的表現能為後人所把握，因此史書中以人物為中心便成為體例創新的方向和趨勢，同時史書敍事的內在要求也有利於完善歷史人物的個性展現、進而探討「個人」在歷史發展進程中的作用，這無疑在新的歷史條件下對深化「天人關係」的認識大有裨益。下面就以《史記》的《項羽本紀》為例，進一步說明在「個人」意識覺醒的歷史影響下，司馬遷是如何借助史書的敍事功能來「究天人之際」的。

〔註9〕梁啓超著，《中國歷史研究法》，華東師範大學出版社1995年版，第20頁。
〔註10〕錢穆著，《中國史學名著》，三聯書店2000年版，第70頁。

　　《史記‧項羽本紀》是歷代公認的名篇，很多學者分析《史記》的藝術成就時多數以此篇爲例，本文的分析也不例外。但前代對「項羽」其人的認識有些問題值得再做思考，比如司馬遷在《項羽本紀》的最後「太史公曰」中曾言：「自矜功伐，奮其私智而不師古，謂霸王之業，欲以力征經營天下，五年卒亡其國，身死東城，尚不覺寤而不自責，過矣。乃引『天亡我，非用兵之罪也！』豈不謬哉！」〔註11〕後世學者抓住此點來極力剖析司馬遷的個人思想，認爲司馬遷在這裡是以一位歷史學家的審愼態度客觀而公正地指出了項羽最終四面楚歌、兵敗垓下的悲慘結局的眞正原因。對於此點，這種分析不可謂不對，但重視司馬遷在這種以「太史公曰」的史學評論的方式對項羽的複雜一生進行總結的同時，我們還應從其它角度對此點作出一些更符合司馬遷認識並能反應《史記》中項羽實際個性的判斷，以期豐富對《史記》中「項羽」形象的認識。

　　項羽在司馬遷的筆下是一位戰功顯赫、豪氣蓋世的英雄，他曾爲自己的理想付出過艱巨的努力，在秦末亂世的混戰中能夠指揮各路諸侯推翻秦朝暴政就說明了項羽個人所獨具的魅力以及他在當時社會發展過程中所起到的重要作用。因此司馬遷在項羽身上貫注了自己對「個人」作用的思考，而且項羽這樣一位習萬人敵之術的大英雄，其在歷史中的表現也代表了「個人」力量所能達到的限度。這些方面都可說明司馬遷所極力描寫的「項羽」在歷史的發展中確實具有典型意義。

　　首先引人注目的是司馬遷對項羽性格的認識，其實這種認識含有深刻的複雜性，這正與自先秦以來「個人」價值的日漸顯現密切相關。對人物性格的複雜方面進行細緻而周密的刻畫本身就顯示了「個人」在史家的認識中越來越具有獨特的意義。到司馬遷這裡，「項羽」多面的個性展現也說明了史家對歷史發展中「個人」價值和作用的認識所達到的新高度，而這一切都是在司馬遷充滿激情和智慧的敘事中來完成的。錢鍾書先生在《管錐編》中曾分析道：「范增起，召項莊謂曰：『君王爲人不忍』。按《高祖本紀》王陵曰：『陛下慢而侮人，項羽仁而愛人……妒賢疾能，有功者害之，賢者遺之』；《陳相國世家》陳平曰：『項王爲人恭敬愛人，士之廉節好禮者多歸之；至於行功爵

〔註11〕　【西漢】司馬遷著，【劉宋】裴駰集解，【唐】司馬貞索隱，【唐】張守節正義，《史記》，中華書局點校本，卷七。

邑重之，士亦以此不附。』；《淮陰侯列傳》韓信曰：『請言項王之爲人也。項王暗噁叱咤，千人皆廢；然不能任屬賢將，此特匹夫之勇耳。項王見人恭敬慈愛，言語嘔嘔，人有疾病，涕泣分食飲；至使人有功，當封爵者，印刓敝，忍不能予，此所謂婦人之仁也。』《項羽本紀》歷記羽拔襄城皆坑之；坑秦卒二十餘萬人，引兵西屠咸陽；《高祖本紀》：『懷王諸老將皆曰：『項羽爲人慓悍滑賊，諸所過無不殘滅。』《高祖本紀》於劉邦隆準龍顏等形貌外，並言其心性：『仁而愛人，喜施，意豁如也，常有大度。』《項羽本紀》僅曰：「長八尺餘，力能扛鼎，才氣過人，至其性情氣質，都未直敘，當從范增等語中得之。『言語嘔嘔』與『暗啞叱咤』，『恭敬慈愛』與『慓悍滑賊』，『愛人禮士』與『妒賢嫉能』，『婦人之仁』與『屠坑殘滅』，『分食推飲』與『玩印不予』，皆若相反相違；而既具在羽一人之身，有似兩手分書，一喉異曲，則又莫不同條共貫，科以心學性理，鑿然有當。《史記》寫人物性格，無復綜如此者。談士每以『虞兮』之歌，謂羽風雲之氣而兼兒女之情，尚粗淺乎言之也。」〔註12〕這裡錢鍾書先生是繼承了前代學者所發現的《史記》敘事寫人藝術中的「互見法」，最早論及「互見法」的是宋代的蘇洵：「遷之傳廉頗也，議救閼與之失不載焉，見之趙奢傳；傳酈食其也，謀撓楚權之繆不載焉，見之留侯傳；傳周勃也，汗出洽背之恥不載焉，見之王陵傳；傳董仲舒也，議和親之疏不載焉，見之匈奴傳。夫頗、食其、仲舒皆功十而過一者也，苟列一以疵十，後之庸人必曰：『智如廉頗，辯如酈食其，忠如周勃，賢如董仲舒，而十功不能贖一過。』則將苦其難而怠矣。是故本傳晦之，而他傳發之，則其與善也，不亦隱而彰乎！」〔註13〕蘇洵所發現的「互見法」就其所認識的限度只是從傳主本人之事蹟功過方面的安排而言，並指出司馬遷以此法有在本傳中突出傳主的功業之意，僅限於史書寫法的操作層面，其實這種寫法對後人認識《史記》中歷史人物的豐富複雜性格的塑造有不可忽視的作用，錢鍾書先生正是循著這樣的思路將蘇洵發現的「互見法」上升到人物個性的塑造方面，並以項羽爲例，通過份析不同人對項羽的各種評價，深刻揭示了項羽身上所具有的「一喉異曲」的複雜個性，同時這些看似相反的個性又「同條共貫」絕妙而真實地統一於項羽的身上，從而將一個栩栩如生的「項羽」形象立體地呈

〔註12〕錢鍾書著，《管錐編》第一冊，中華書局 1979 年版，第 275 頁。
〔註13〕蘇洵著，《蘇老泉先生全集》，卷九「史論」中。

現於讀者的面前。因此讀者在評價項羽時如攻其一點而不計其餘的話，只能得到一個殘缺的「項羽」，如「每以『虞兮』之歌，謂羽風雲之氣而兼兒女之情，尚粗淺乎言之也」的凡庸談士即是如此。

其次，錢鍾書先生最後分析的「談士」淺見中是以《垓下曲》和項羽動蕩曲折的一生作對比，這種只是限於《項羽本紀》的認識顯然不及以「互見法」而去全面觀照項羽所獲得的審美感受，同時這種方式也顯得對項羽的理解在認識的深度方面過於膚淺。其實，「太史公曰」中的「自矜功伐，奮其私智而不師古，謂霸王之業，欲以力征經營天下，五年卒亡其國，身死東城，尚不覺寤而不自責，過矣。乃引『天亡我，非用兵之罪也！』豈不謬哉！」的評價也是有此一蔽。項羽在垓下之圍已走投無路，曾經叱吒風雲的西楚霸王此時已經是英雄末路，面對四面楚歌的重重圍困，此情此景之中，耳邊迴蕩著的不再是親切的鄉音，而是充滿悲涼和淒厲之氣的末日喪歌。這時的項羽身邊也已沒有了心愛的虞姬，曾經的「力拔山兮氣蓋世」讓此刻的項羽更加感到無顏面對江東父老。因此，這時的項羽在烏江自刎前所說的「天之亡我，我何渡爲？」只能是末路英雄的悲愴之語，此刻的他不可能做到像一位理性的哲人那樣保持清醒的頭腦去分析自己曲折的一生所昭示的經驗與教訓，司馬遷以「天之亡我，我何渡爲！」的言語恰好揭示出項羽此刻最爲沉痛的心態，而且項羽此前也曾在垓下之圍時說過「天之亡我」的話，對此錢鍾書先生分析道：「馬遷行文，深得累疊之妙，如本篇末（《項羽本紀》）寫項羽『自度不能脫』，一則曰：『此天之亡我，非戰之罪也，』，再則曰：『令諸君知天亡我，非戰之罪也』，三則曰：『天之亡我，我何渡爲！』心已死而意猶未平，認輸而不服氣，故言之不足，再三言之也。」〔註14〕錢鍾書先生對項羽此時「天之亡我」的話語背後的微妙心態揭示地非常到位，而司馬遷在這裡再三以「天之亡我」描寫項羽，也正是意在表現絕境之中的項羽所特有的悲劇心態，相比於「太史公曰」過於顯露的理性表白而言，結合司馬遷以「互見法」所展現的項羽個性，這種借助敘事而達到的曲折幽微地意在言外更能說明司馬遷對項羽的一往情深和刻畫項羽個性在司馬遷《史記》寫作中的重要意義。因此我們應該從這種思路入手，才更能把握到司馬遷筆下的「項羽」以及用語言和敘事描寫表現「項羽」的司馬遷。

〔註14〕錢鍾書著，《管錐編》第一冊，中華書局 1979 年版，第 272～273 頁。

　　明末清初的大儒顧炎武曾言：「古人作史，有不待論斷而於序事之中即見其指者，惟太史公能之。《平準書》未載卜式語，《王翦傳》未載客語，《荊軻傳》未載魯句踐語，《晁錯傳》未載鄧公與景帝語，《武安侯田蚡傳》未載武帝語，皆史家於序事中寓論斷之法也。後人知此法者鮮矣，惟班孟堅間一有之。如《霍光傳》載任宣與霍禹語，見光多做威福。《黃霸傳》載張敞奏，多不以實。通傳皆褒，獨此寓貶，可謂得太史公之法者矣。」〔註15〕可見，《史記》的敘事中通過對人物個性的描寫所提供給讀者的審美感受更能說明司馬遷與史傳人物之間的情感共鳴，同時項羽作為失敗的悲劇英雄的形象在這種充滿同情和理解的敘事中也得到了深刻的展現。

　　司馬遷在《屈原賈生列傳》中曾言：「人窮則反本，故勞苦倦極，未嘗不呼天也；疾痛慘怛，未嘗不呼父母也。」這不僅是司馬遷個人的一種心理感受，也是評論了中華文化的一種獨特現象。說人在窮途之時，會呼天，受傷害疼痛時會呼父母，後來的韓愈也有相似記述。這「呼天」現象是對我國文化中敬天意識的集中體現，《論語・季氏》：「子曰：『君子有三畏，畏天命，畏大人，畏聖人言。』」「天」始終是中國人心中的至高主宰，也許百姓說不清原因，但正人君子心中始終是有「天」的概念。項羽在人生的窮途末路時笑言：「天之亡我，我何渡為！」也是對這種傳統意識的體現，從根本上說這是不可得而聞的「天道」與個體之間的那種雖難以言明但確實存在的隱秘關係，也是「天人之際」中「人事」與「天道」的分際。此種關係更多的是以心理感受的形式抒發出來，那麼揭示這種關係的最好方式便是敘事所特有的刻畫人物個性。因此，面臨絕境時的項羽之言飽含著他對自己人生遭際前後反差的無奈和英雄走投無路時心中所必有的痛楚。無論項羽在「人事」方面曾經做過怎樣的努力，最終只能在他所認為的「天道」面前做一個失敗的悲劇英雄。結合本文前半部份所說的司馬遷繼承了先秦以來日益重視「個體」價值的傳統，《史記》中的「項羽」在司馬遷的心目中不可謂不是一位英雄，被描寫得如此栩栩如生，其個性的複雜又是如此的真實，足見司馬遷對項羽的理解在心靈的層面上已經達到了契合無間的程度。他將項羽跌宕起伏的一生予以藝術化的展現，錢鍾書先生曾言：「史家追敘真人實事，每須遙體人情，懸想事勢，設身局中，潛心腔內，忖之度之，以揣以摩，庶幾入情合理。蓋

〔註15〕顧炎武著，《日知錄》，上海古籍出版社1985年版，卷二十六。

與小說、院本之臆造人物、虛構境地，不盡同而可相通。」〔註16〕以此標準反觀司馬遷的《史記》，《項羽本紀》正是司馬遷極具匠心的經營篇章，在對項羽一生的敘述中滲透著司馬遷的情感體驗。既然司馬遷是以「遙體人情、懸想事勢」的精神在創作，那麼讀者對其書中人物的理解也須懷有理解之同情。因此，項羽的悲劇人生與「天人之際」的意義表達在司馬遷的情感邏輯中形成了默契的聯繫，項羽這樣一位光彩照人的英雄的結局卻是「天之亡我」，如果讀者不是以絕對理性的認識去批評項羽爲何不總結教訓，而是從一種情感和時勢的語境中去揣摩項羽的乃至司馬遷對項羽的心態，那麼司馬遷在這裡著力描寫項羽的「天之亡我」其實是以悲劇性的項羽來寓含了「人事」與「天道」之間的關係，「個人」的盡力而爲與「天道」的不可捉摸在司馬遷看來以悲劇的故事體現便是最好的表達，而這種人生感受在《屈原賈生列傳》中司馬遷也寫到了自己的身上。兩相映照之下，司馬遷筆下的「項羽」可以看作是其以敘事的篇章、通過情感的對比來「究天人之際」，既有對項羽悲劇一生的同情，更蘊含著司馬遷對自我人生的反思。「人事」與「天道」的分際雖然無法以準確的言語表達出來，但通過對項羽一生的征戰以及最後的人生悲劇，可以讓讀者去無限接近地體會「天人之際」背後所蘊藏的人生意義以及司馬遷對此問題的理解。

　　史書的「徵實」特點不同於詩歌的鑿空想像，也區別於哲學的義理之辨，它必須有賴於史實的基本眞實，而且對歷史的描述也要求敘事必須成爲史書中的基本寫作方法。不過司馬遷的「寓論斷於序事之中」讓史書既遵循了敘事的內在要求，又成功地表達了司馬遷個人的思想，同時他在藝術化的敘事中又不拘泥於史實羅列的資料彙編，而是飽含同情地「遙體人情、懸想事勢」，這種寫作的思想基礎正是源於先秦以來「個體」價值的日益顯現，因此史實求眞、文學致美和哲學思理就在其富含深蘊的藝術化的敘事中得到和諧的統一，原本無法以言語表達的「究天人之際」也正是在這種充滿激情的敘事中被最深刻地揭示出來。

〔註16〕錢鍾書著，《管錐編》第一冊，中華書局1979年版，第166頁。

《文選》西漢賦中的李善注引楚辭考

【摘要】：李善作爲唐代《文選》注的集大成者，在《文選》西漢賦的注釋中大量引用楚辭的内容，這代表了他對此前自西晉以來以楚辭注西漢賦風氣有著自覺的繼承意識，而且具有總結前人成就的重要意義。同時李善積極運用楚辭的材料注釋西漢賦，應受到郭璞和《文心雕龍》的學術啓發，而且對魏晉到初唐的文獻學和訓詁學成就也吸收頗多。因此，從文學和學術史的意義上而言，李善引楚辭注釋西漢賦實質是爲後人提供了一種從楚辭到漢賦發展的文學史演變的深刻認識。

【關鍵詞】：李善　楚辭　《文選》　《文心雕龍》

　　李善注的《文選》所選賦中有八篇西漢賦，雖不及西晉賦的數量多，但由於入選賦中包括代表大賦成就的司馬相如《子虛賦》和《上林賦》及揚雄的《甘泉賦》《長楊賦》和《羽獵賦》，足以反映西漢賦的成就。這幾篇賦中出現了數十條《楚辭》注，同時司馬相如和揚雄的五篇賦又被全文錄入顏師古所注的《漢書》中。因此我們可以通過比較李善和顏師古對這五篇賦的注釋，聯繫所選其它西漢賦，對照王逸注《楚辭》，並結合訓詁注疏史，來考察李善注西漢賦中所引《楚辭》的情況。〔註1〕

一、李善引《楚辭》注釋的體例

　　通過對《文選》這八篇賦注中所引《楚辭》的整理，可以總結出李善引《楚辭》注賦文的三種體例：

〔註1〕本文中所涉及的《文選》内容，可參見蕭統編，李善注，《文選》，上海古籍出版社1986年版。

一、以「楚辭曰」領起注文，這是直接選用《楚辭》正文注釋賦文，如《子虛賦》中「楚辭曰：嬛阿不禦焉。」《上林賦》中「楚辭曰：馳椒丘兮焉且。」《甘泉賦》中「楚辭曰：歷吉日吾將行。」《羽獵賦》中「楚辭曰：攬彗星以爲旗。」

二、以「王逸楚辭注曰」領起注文，這是選用王逸對《楚辭》的注釋來注釋賦文。如《子虛賦》中「王逸楚辭注曰：弭，案也。」《上林賦》中「王逸楚辭注曰：留夷，香草。」《甘泉賦》中「王逸楚辭注曰：總總撙撙，束聚貌也。」《長楊賦》中「王逸楚辭注曰：軔，支輪木。」《羽獵賦》中「嶠，舉也。」

三、以「楚辭曰」領起《楚辭》原文，並緊跟以「王逸曰」領起《楚辭》原文後的王逸注文，兩條合注賦文。如《羽獵賦》中「楚辭曰：後飛廉使奔屬。王逸曰：飛廉，風伯也。」

以上即爲李善引《楚辭》注西漢賦的體例。根據統計，李善所注八篇西漢賦中，共引《楚辭》注釋 47 條，其中屬於第一種體例的有 28 條，占絕大多數；屬於第二種體例的有 11 條；屬於第三種體例的只有 8 條。因此李善在注釋《文選》所選西漢賦時多用《楚辭》原文，同時在具體注釋字詞時兼採王逸的《楚辭》注。

二、李善注與顏師古注的比較──以司馬相如和揚雄賦爲例

司馬相如的《子虛賦》和《上林賦》以及揚雄的《甘泉賦》、《羽獵賦》和《長楊賦》都被錄入《漢書》中，顏師古注《漢書》時也對這五篇賦進行了注釋，[註2] 我們可以將這五篇賦中的李善關於引《楚辭》注賦的部份和顏師古的注釋進行一番比較。

《子虛賦》中引《楚辭》注賦的條目

賦　　文	郭璞注(《文選》)	顏師古注	李善注
嬛阿爲御	嬛阿，古之善御者，見《楚辭》。	郭璞曰：嬛阿，古之善御者。嬛音纖	善曰：楚辭曰：嬛阿不禦焉。
楚王乃弭節徘徊	弭，猶低也。	郭璞曰：弭猶低也。師古曰：弭節者，示安徐也。	善曰：王逸楚辭注曰：弭，案也。

〔註 2〕班固著，顏師古注，《漢書》，中華書局點校本。

《上林賦》引《楚辭》注賦的條目

賦　　文	顏師古注	李善注
出乎椒丘之闕	服虔曰：丘名也，兩山俱起，象雙闕者。	服虔曰；丘名也，兩山俱起，象雙闕者也。善曰：楚辭曰：馳椒丘兮焉且。
雜以留夷	張揖曰：留夷，新夷也。師古曰：留夷，香草也，非新夷。新夷乃樹耳。	張揖曰：留夷，新夷也。善曰：王逸楚辭注曰：留夷，香草。
步櫩周流	步櫩，言其下可行步，即今之步廊也。	步櫩，步廊也。周流，周遍流行也。楚辭曰：曲屋步櫩。
仰攀橑而捫天	古攀字也。橑，椽也。捫，摸也。橑音老。捫音門。	晉灼曰：，古攀字也。捫，摸也。橑，音老。捫，音門。善曰：楚辭曰：遂倏忽而捫天。
靈圉間於閒館	張揖曰：靈圉，眾仙號也。師古曰：間讀曰閒。	張揖曰：靈圉，眾仙之號也。楚辭曰：坐靈圉而來謁。間，讀曰閒。
於是乘輿弭節徘徊	郭璞曰：言週旋也。	郭璞曰：言週旋也。善曰：楚辭曰：颸弭節而高厲。
然後揚節而上浮	郭璞曰：言騰游也。	郭璞曰：言騰游也。善曰：楚辭曰：鳥託乘而上浮。
皓齒粲爛	郭璞曰：鮮明貌也。	（郭璞）又曰：鮮明貌也。善曰：楚辭曰：美人皓齒娉而娙。
鳴玉鸞	郭璞曰：鸞，鈴也，在軌曰鸞，在軾曰和。	郭璞曰：鸞，鈴也。善曰：楚辭曰：鳴玉鸞之啾啾。

《甘泉賦》引《楚辭》注賦的條目

賦　　文	顏師古注	李善注
歷吉日	歷選吉日而合善時也。	楚辭曰：歷吉日吾將行。
齊總總以撙撙	總總撙撙，聚貌也。	善曰：王逸楚辭注曰：總總撙撙，束聚貌也。
馳閶闔而入淩兢	入淩兢者，言寒涼戰慄之處也。兢音巨陵反。	善曰，楚辭曰：令帝閽開閶闔而望予。王逸曰：閶闔，天門也。兢，巨陵切。
仰撟首以高視兮	撟，舉也。撟與矯同，其字從手。	善曰：王逸楚辭注曰：撟，舉也。撟與矯同。
猶彷彿其若夢	晉灼曰：方，常也。征，行也。言宮觀之高峻，雖使僊人常行其上，恐遽不識其形觀，猶彷彿若夢也。	晉灼曰：方，常也。征，行也。言宮觀之高峻，雖使僊人常行其上，恐遽不識其形觀，猶彷彿若夢也。善曰：楚辭曰：時彷彿以遙見。

賦　文	顏師古注	李善注
折瓊枝以為芳	無	善曰：楚辭曰：折瓊枝以繼佩。
行遊目乎三危	張晏曰：三危，山名也。	善曰：楚辭曰：忽反顧以遊目。
選巫咸兮叫帝閽	服虔曰：令巫祝叫呼天門也。師古曰：巫咸，古神巫之名。	服虔曰：令巫祝叫呼天門也。善曰：王逸楚辭注曰：巫咸，古神巫也。楚辭曰：吾令帝閽開關兮。
亂曰	師古曰：亂者，理也，總理一賦之終也。	善曰：王逸楚辭注曰：亂，理也，所以發理辭指，總撮所要也。
敦萬騎於中營兮	師古曰：敦讀曰屯。屯，聚也。	善曰：敦與屯同。王逸楚辭注曰：屯，陳也。

《長楊賦》引《楚辭》注賦的條目

賦　文	顏師古注	李善注
遂躪乎王庭	孟康曰：匈奴王廷也。	孟康曰：匈奴王庭。善曰：王逸楚辭注曰：躪，踐也。
是以車不安軔	師古曰：車不安軔，未及止也。	善曰：王逸楚辭注曰：軔，支輪木。

《羽獵賦》引《楚辭》注賦的條目

賦　文	顏師古注	李善注
嶠高舉而大興	師古曰：嶠，舉步貌也，音去昭反。	善曰：王逸楚辭注曰：嶠，舉也。嶠，音矯。
曳彗星之飛旗	無	善曰：穆天子傳曰：日月之旗，七星之文。河圖曰：彗星者，天地之旗也。楚辭曰：攬彗星以為旗。
蚩尤並轂	無	善曰：韓子曰：黃帝駕象車，異方並轂，蚩尤居前。楚辭曰：選眾以並轂。
飛廉雲師	無	善曰：楚辭曰：後飛廉使奔屬。王逸曰：飛廉，風伯也。
啾啾蹌蹌	師古曰：秋秋蹌蹌，騰驤之貌。	善曰：郭璞三倉解詁曰：啾啾，眾聲也。啾或為秋。蹌蹌，行貌。楚辭曰：鳴玉鸞之啾啾。
望舒彌轡	師古曰：望舒，月御也。彌，斂也。言天子之車斂轡徐行，故假望舒為言耳。彌音莫爾反。	如淳曰：楚辭曰：前望舒使先驅。

賦　文	顏師古注	李善注
餉屈原與彭胥	師古曰：彭，彭咸，胥，伍子胥，皆水死者。	鄭玄曰：彭咸也。晉灼曰：胥，伍子胥也。皆水沒也。善曰：楚辭曰：願依彭咸之遺制。王逸曰：殷賢大夫自投水而死。

　　在這五篇賦中，由於曹魏時的張揖和西晉的郭璞曾單獨爲司馬相如的《子虛賦》和《上林賦》作注，因此李善注這兩篇賦時以郭張二注爲基礎而增加若干材料。爲示區分，李善曰：「舊注是者，因而留之，並於篇首題其姓名。其有乖謬，臣乃具釋，並稱臣善以別之。」這種嚴格的體例使我們可以清楚地辨別出李善注與郭璞舊注的差異。而顏師古在爲這兩篇賦作注時也用到了郭張二注，並以「郭璞曰」和「張揖曰」領起。

　　首先，通過前兩個表格的比較，我們可以看到，李善和顏師古在注釋《子虛賦》和《上林賦》時都以郭張舊注爲底本，並加入了若干自己的注釋。但李善將前人注中的模糊之處一一落實，而且還參考了顏師古注的內容，主要是注音方面的內容，並以《楚辭》原文和王逸注充實了兩賦的舊注，可謂集前人之大成。顏師古則是大多沿襲郭張舊注，對少量條目作了刪減，有的作了修正。顏注中的刪減方面，以《子虛賦》的「孅阿爲御」條爲例，郭璞注中本已指明「孅阿」之典出自《楚辭》，只是未言明確切的篇目和語句。而在顏師古注中，將「見《楚辭》」省略，殊爲遺憾。李善則沿著郭璞注，對此句的語典落實，指出了《楚辭》中的具體語句「孅阿不禦焉」，因此顯得更爲嚴謹科學。至於顏注中的修正方面，以《上林賦》中的「雜以留夷」爲例，張揖將「留夷」解釋爲「新夷」，而顏師古指明其非，釋「留夷」爲「香草」，「新夷乃樹耳」。此點爲李善所採，並進一步從王逸《楚辭》注中找到典故出處，由此可見顏師古注對李善注的啓發之處。

　　揚雄的三篇賦中，根據前人的研究，李善的《羽獵賦》注多採顏師古《漢書》中的注。通過上面後三個表格，我們可以看出，李善在爲揚雄的三篇賦作注時，的確多用顏師古注，而且有的錯訛方面也相同，如揚雄《甘泉賦》中的「齊總總以撙撙」一句的注中，李善取王逸《楚辭》注曰：「總總撙撙，束聚貌也。」而現存的《楚辭補注》中，王逸注爲「總總，猶僔僔，聚貌。」因此李善注的此處錯訛應是受到了顏師古注中的「總總撙撙，聚貌也」的影響而出現的。又如對「仰撟首以高視兮」一句的注釋，李善的「王逸楚辭注

曰：撟，舉也。撟與矯同」，也是顏師古注「撟，舉也。撟與矯同，其字從手」的影響所致，而現存的王逸《楚辭》注中只有「撟，一作矯」，可見李善注的這一失誤當與顏師古注有關。《羽獵賦》的「嶠高舉而大興」一句也是具有上述同樣的情況。當然，這樣的影響只是不掩玉之瑕，更主要的方面是顏師古注對李善注的有益啓發，如《甘泉賦》中的「亂曰」、「敦萬騎於中營兮」、「選巫咸兮叫帝閽」等的注釋，都可見李善注的完善應歸功於顏師古的音讀和注釋。

除此之外，李善的貢獻在於，他把顏師古注的簡略之處進行了充實，使之顯得更爲科學，具有了學術史的意義和價值。如《甘泉賦》中的「亂曰」的注釋，顏師古注爲「亂者，理也，總理一賦之終也」。從注的內容看，這是顏師古的個人之見，但李善通過王逸的《楚辭》注而指出了此注的原本所在，從而使我們對這點的認識具有了學術史角度的理解。《羽獵賦》中的「餉屈原與彭胥」的注釋更是如此。

綜上所述，在這五篇賦中，顏師古注對前人的總結和自己的理解爲李善進一步完善這幾篇賦的注釋起到了積極作用，而李善以《楚辭》和王逸注更加充實了自己注釋的內容，提升了這幾篇西漢賦注釋的學術價值，從而爲後人的學術研究提供了可靠的材料，這是李善注的價值所在，也是李善注的主要方面。當然，對於李善注中某些受顏師古注誤導的失當之處，我們也須清楚辨析，但考慮到李善以一人之力完成《文選》的注釋，殊爲不易，我們也不必過於苛責古人了。

三、李善注所引《楚辭》與《楚辭》原文的比較

現存《楚辭》及王逸注的內容都見於宋代洪興祖的《楚辭補注》，[註3]因此我們可以此爲基準，來對李善在《文選》所選八篇西漢賦中有關《楚辭》和王逸注的條目進行比對，以總結其經驗得失。

《子虛賦》中的《楚辭》注釋與《楚辭》原文的比較

賦　　文	李善注引《楚辭》	《楚辭》和王逸注原文
孅阿爲御	善曰：楚辭曰：孅阿不禦焉。	《九歎·思古》：孅阿不禦，焉舒情兮？王逸注：孅阿，古善御者。

〔註3〕洪興祖補注，《楚辭補注》，中華書局1983年版。

賦　　文	李善注引《楚辭》	《楚辭》和王逸注原文
楚王乃弭節徘徊	善曰：王逸楚辭注曰：弭，案也	《九歌・湘君》：夕弭節兮北渚。王逸注：弭，按也。

《上林賦》中的《楚辭》注釋與《楚辭》原文的比較

賦　　文	李善注引《楚辭》	《楚辭》和王逸注原文
出乎椒丘之闕	善曰：楚辭曰：馳椒丘兮焉且。	《離騷》：馳椒丘且焉止息。
雜以留夷	善曰：王逸楚辭注曰：留夷，香草。	《離騷》：畦留夷與揭車兮，王逸注曰：留夷，香草也。
步櫚周流	楚辭曰：曲屋步櫚。	《大招》：曲屋步壛。王逸注曰：壛，一作櫚。
仰橑而捫天	楚辭曰：遂倏忽而捫天。	《九章・悲回風》：遂倏忽而捫天。
靈圉間於閒館	楚辭曰：坐靈圉而來謁。	《九歎・遠遊》：悉靈圉而來謁。
於是乘輿弭節徘徊	楚辭曰：颯弭節而高厲。	《遠遊》：徐弭節而高厲。王逸注曰：徐，一作颯。
然後揚節而上浮	楚辭曰：鳥託乘而上浮。	《遠遊》：焉託乘而上浮。
皓齒粲爛	善曰：楚辭曰：美人皓齒嫭而姱。	《大招》：朱唇皓齒，嫭以姱只。
鳴玉鸞	善曰：楚辭曰：鳴玉鸞之啾啾。	《離騷》：鳴玉鸞之啾啾。

《長楊賦》的《楚辭》注釋與《楚辭》原文的比較

賦　　文	李善注引《楚辭》	《楚辭》和王逸注原文
遂躪乎王庭	善曰：王逸楚辭注曰：躪，踐也。	《九歌・國殤》：凌余陣兮躪餘行。王逸注曰：躪，踐也。
是以車不安軔	善曰：王逸楚辭注曰：軔，支輪木。	《離騷》：朝發軔於蒼梧兮。王逸注曰：軔，撜輪木也。

《甘泉賦》的《楚辭》注釋與《楚辭》原文的比較

賦　　文	李善注引《楚辭》	《楚辭》和王逸注原文
歷吉日	楚辭曰：歷吉日吾將行。	《離騷》：歷吉日乎吾將行。
齊總總以撙撙	善曰：王逸楚辭注曰：總總撙撙，束聚貌也	《離騷》：紛總總其離合兮。王逸注曰：總總，猶傅傅，聚貌。

賦　　文	李善注引《楚辭》	《楚辭》和王逸注原文
馳閶闔而入淩兢	善曰，楚辭曰：令帝閽開閶闔而望予。王逸曰：閶闔，天門也。	《離騷》：吾令帝閽開關兮，倚閶闔而望予。王逸注曰：閶闔，天門也。
仰撟首以高視兮	善曰：王逸楚辭注曰：撟，舉也。撟與矯同。	《遠遊》：意恣睢呂擔撟。王逸注曰：撟，一作矯。
猶彷彿其若夢	善曰：楚辭曰：時彷彿以遙見。	《遠遊》：時彷彿以遙見兮。
折瓊枝以為芳	善曰：楚辭曰：折瓊枝以繼佩。	《離騷》：折瓊枝以繼佩。
行遊目乎三危	善曰：楚辭曰：忽反顧以遊目。	《離騷》：忽反顧以遊目兮。
選巫咸兮叫帝閽	善曰：王逸楚辭注曰：巫咸，古神巫也。楚辭：吾令帝閽關開兮。	《離騷》：巫咸將夕降兮。王逸注曰：巫縣，古神巫也。《離騷》：吾令帝閽開關兮，倚閶闔而望予。
亂曰	善曰：王逸楚辭注曰：亂，理也，所以發理辭指，總撮所要也。	王逸注曰：亂，理也。所以發理辭指，總撮其要也。
敦萬騎於中營兮	王逸楚辭注曰：屯，陳也。	《離騷》：屯余車其萬乘兮。王逸注曰：屯，陳也。

《羽獵賦》的《楚辭》注釋與《楚辭》原文的比較

賦　　文	李善注引《楚辭》	《楚辭》和王逸注原文
嶠高舉而大興	善曰：王逸楚辭注曰：嶠，舉也。嶠，音矯。	無
曳彗星之飛旗	楚辭曰：攬彗星以為旗。	《遠遊》：攬彗星以為旍。
蚩尤並轂	楚辭曰：選眾以並轂。	《遠遊》：選署眾神以並轂。
飛廉雲師	善曰：楚辭：後飛廉使奔屬。王逸：飛廉，風伯也。	《離騷》：後飛廉使奔屬。王逸曰：飛廉，風伯也。
啾啾蹌蹌	楚辭曰：鳴玉鸞之啾啾。	《離騷》：鳴玉鸞之啾啾。
望舒彌轡	如淳曰：楚辭曰：前望舒使先驅。	《離騷》：前望舒使先驅兮。
餉屈原與彭胥	善曰：楚辭曰：願依彭咸之遺制。王逸曰：殷賢大夫自投水而死。	《離騷》：願依彭咸之遺則。王逸注曰：彭咸，殷賢大夫，諫其君不聽，自投水而死。

《長門賦》的《楚辭》注釋與《楚辭》原文的比較

賦　　文	李善注引《楚辭》	《楚辭》和王逸注原文
魂踰佚而不反兮，形枯槁而獨居。	楚辭曰：神倏忽而不反兮，形枯槁而獨留。	《遠遊》：神倏忽而不反兮，形枯槁而獨留。
夫何一佳人兮	楚辭曰：聞佳人兮召予。	《九歌·湘夫人》：聞佳人兮召予。
廓獨潛而專精兮	楚辭曰：悲愁窮慼兮獨處。	《九辯》：悲憂窮戚兮獨處廓
神怳怳而外淫	王逸楚辭注曰：怳，失意也。	《九歌·少司命》：怳，失意貌。
天窈窈而晝陰	楚辭曰：日窈冥兮羌晝晦。	《九歌·山鬼》：杳冥冥兮羌晝晦。
舉帷幄之襜襜	楚辭曰：裳襜襜以含風。王逸曰：襜襜，搖貌。	《九歎·逢紛》：裳襜襜而含風兮。王逸注曰：襜襜，搖貌。
時彷彿以物類兮	楚辭曰：時彷彿而不見，心淳熱其若湯。	《九章·悲回風》：存彷彿而不見兮，心踊躍其若湯。《七諫·自悲》：身被疾而不閒兮，心沸熱其若湯。
徂清夜於洞房	楚辭曰：姱容修態互洞房。	《招魂》：姱容修態絚洞房些。
舒息悒而增欷兮	楚辭曰：憯悽增欷。	《九辯》：憯悽增欷兮。
魂迋迋若有亡。	楚辭曰：魂迋迋而南行。王逸曰：迋迋，惶遽貌。	《九歎·思古》：魂迋迋而南行兮。王逸注曰：迋迋，惶遽之貌。
眾雞鳴而愁予兮	楚辭曰：目眇眇兮愁予。	《九歌·湘夫人》：目眇眇兮愁予。
夜曼曼其若歲兮	楚辭曰：終長夜之曼曼。	《九章·悲回風》：終長夜之曼曼兮。
澹偃蹇而待曙兮	楚辭曰：思不眠而極曙。王逸曰：曙，明也。	《九章·悲回風》：思不眠以至曙。王逸曰：曙，明也。

《洞簫賦》的《楚辭》注釋與《楚辭》原文的比較

賦　　文	李善注引《楚辭》	《楚辭》和王逸注原文
原夫簫幹之所生兮	王逸楚辭注曰：幹，體也。	無
瞋以紆鬱	楚辭曰：鬱結紆軫。王逸曰：紆，曲也。	《九章·懷沙》：鬱結紆軫兮。王逸注曰：紆：屈也。
悲愴悅以惻惻兮	楚辭曰：愴悅懷恨兮。	《九辯》曰：愴悅懷恨兮。

賦　　　文	李善注引《楚辭》	《楚辭》和王逸注原文
吹參差而入道德兮	楚辭曰：吹參差兮誰思。王逸曰：參差，洞簫。	《九歌・湘君》：吹參差兮誰思。王逸曰：參差，洞簫也。

　　上面七個表格是李善在為《文選》所選的八篇西漢賦（其中賈誼的《鵩鳥賦》沒有楚辭注）注中用到《楚辭》和王逸注的情況與《楚辭》和王逸注在《楚辭補注》的原文。我們可以通過比較看出它們之間的異同。

　　首先有的《楚辭》注與現存《楚辭補注》的相應內容完全一致。如《上林賦》中的「仰攀橑而捫天」條、「鳴玉鸞」條、《長楊賦》中的「遂躐乎王庭」條、《甘泉賦》中的「折瓊枝以為芳」條、《羽獵賦》中的「飛廉雲師」條、《長門賦》中的「魂踰佚而不反兮，形枯槁而獨居」條、「眾雞鳴而愁予兮」條等。這些條目反映了李善在以《楚辭》的內容注釋《文選》中的西漢賦時所具有的科學嚴謹的態度，但這些條目並不占多數。

　　其次，其中有些李善注釋《文選》西漢賦時選取的《楚辭》內容不見於現存《楚辭補注》中，如上述表格中第三欄中標「無」的條目即是，未詳其中原因。當然，這種情況的數量也很少。

　　而上列表格中出現最多的是《文選》李善注所用《楚辭》和王逸注的部份是在現存《楚辭補注》的內容基礎上有所增刪而成。但這其中仍然有較為一致的體例在。臺灣學者王禮卿曾在《〈選〉注釋例》一文中總結出《文選》李善注的五十餘種體例，〔註4〕這比李善在《文選》注中自己標出的體例多出近四十種。依照他的說法，上列表格中李善注西漢賦時所引《楚辭》與今本《楚辭補注》不同的條目也可以歸入王禮卿先生總結的若干體例中，所列情況如下：

　　《子虛賦》中的「楚王乃弭節徘徊」條符合《〈選〉注釋例》所列的「通用字引證例」，李善以己之「按」改王逸注中的「案」。這種體例是由高步瀛先生首先發現，「李注引書，遇有其字不同而通用者，則云某與某同。然亦有人所共知，不加申釋者。亦有逕改所引書，以就本文者。其例未甚畫一」。《洞簫賦》中的「瞋以紆鬱」之注釋亦如是。

　　《羽獵賦》中的「餉屈原與彭胥」符合王禮卿先生總結的「節引例」，李善將王逸注中的「彭咸，殷賢大夫，諫其君不聽，自投水而死」改為「殷賢

〔註4〕鄭州大學古籍所編，《中外學者文選學論集》，中華書局1998年版。

大夫自投水而死」，此例爲「但有刪節，而無改易爾。凡引書有所刪節，而無變改者」。

《長門賦》中的「時彷彿以物類兮」符合王禮卿先生的「以意綴引例」，李善將「存彷彿而不見兮，心踴躍其若湯」和「身被疾而不閒兮，心沸熱其若湯」兩句《楚辭》中的原文合併爲「時彷彿而不見，心淳熱其若湯」一句作爲注釋。

《子虛賦》中的「孅阿爲御」符合王禮卿先生的「申補舊注例」中的「證其訓詁之所本」。原來郭璞舊注爲「孅阿，古之善御者，見《楚辭》」，李善將「見《楚辭》」補足爲「楚辭曰：孅阿不禦焉」。

《甘泉賦》中的「選巫咸兮叫帝閽」符合王禮卿先生的「改書以就文義例」。李善將《楚辭》原文的「吾令帝閽開關兮，倚閶闔而望予」改爲「吾令帝閽闢開兮」，使之更適合賦文中的意思。

除以上符合之例，還有一些差異值得我們關注。如王禮卿先生根據高步瀛先生的發現而總結出「句末加也字例」。高步瀛先生曾言：「唐人引書，往往於最後句末加也字，不泥原書有無。」但在上列七個表格中，卻有一些句末去也字例，如《上林賦》中的「雜以留夷」、《長楊賦》中的「是以車不安軔」等。另外，李善在一篇賦中注釋賦文時，兩次引到《楚辭》的同一處原文，卻有不同的引文，如《甘泉賦》中的「馳閶闔而入淩兢」與「選巫咸兮叫帝閽」，對這兩句的注釋都是引《離騷》的「吾令帝閽開關兮，倚閶闔而望予」，但引文卻出現兩種情況，此點疑問首先由清代學者梁章鉅在《文選旁證》中指出。對此疑問的解釋，我想有兩種可能性可作原因，一是這種引文屬於王禮卿先生上述體例中的「改書以就文義例」，二是李善以一人之力注釋三十卷的《文選》，且引書頗多，難免有疏漏之處。

四、李善引《楚辭》注釋《文選》西漢賦的學術史意義

李善生活於初唐時期，此前的魏晉六朝是我國學術大發展的時期，在文獻學、訓詁學、文學批評方面都取得了長足的進步。如文獻學初步形成了「四部分類法」，而且這種較爲科學的圖書分類已在李善生活的時期運用於書籍整理上，即魏徵等史官應唐太宗之詔修《隋書·經籍志》，這一對魏晉六朝書籍作全面整理後而成的圖書目錄就是用「經史子集」四部分類編目，這是我國

官制目錄中首次運用四部分類法。而訓詁學在此時更是有較大發展，出現了很多字書著作，日益系統化的雅學和音學成績已被學者廣泛運用於古籍注釋中，很多學者對古代作品進行注釋，包括文學作品的集部，這在《隋書·經籍志》著錄很多，以辭賦為例，如王逸注《楚辭》、蔡邕注班固的《典引》、郭璞注司馬相如的《子虛上林賦》，薛綜注張衡的《二京賦》、張載、劉逵注左思的《三都賦》、徐爰注潘岳的《射雉賦》、孫戫注曹植的《洛神賦》、沈約注《梁武連珠》、何承天注陸機的《連珠》等，可見當時有名的學者都曾對前代或當代的名作進行過注釋，這為初唐時期義疏學的勃興奠定了基礎，而且前代學者對文學作品的注釋更為李善注《文選》提供了便利的條件。前代舊注，李善在注釋《文選》中多采用之。至於文學批評，更是出現了像《文心雕龍》和《詩品》這樣體大而慮周的巨著，對初唐時期的文論風氣有很大的影響。

李善注《文選》的西漢賦時有數十條之多，已經大大超出了最早引《楚辭》注西漢賦的郭璞舊注，甚至還涉及到王逸的《楚辭》注，可見李善對引《楚辭》注《文選》的西漢賦已有自覺的認識。眾所周知，西漢賦是有漢一代的文學代表體裁，本身西漢賦就是承接戰國楚辭發展而來，兩者之間在文學演變上存在千絲萬縷的聯繫，加之西漢時代是「政沿秦制，文尚楚風」，很多西漢帝王和知名賦家在創作上都受到楚國文風的薰染，因此他們的作品中具有《楚辭》的影子也就不足為奇了。對於這一點，古人的認識有一個發展過程，班固是較早注意到《楚辭》與西漢賦之間存在深刻關聯的學者，他在《漢書·藝文志》的「賦」的分類中就表露出了這一看法。班固把屈原的作品稱作「賦」，而且以之領起第一類賦，後續的賦家多為西漢時期的大文人，如枚乘、司馬相如、劉向、王褒等。由此可見，班固已經自覺地認識到屈原所代表的《楚辭》和西漢賦之間存在密切的承繼關係。其後，南朝後期的劉勰對此問題的認識又有新的進展，他在《文心雕龍·辨騷》中曰：「自風雅寢聲，莫或抽緒，奇文鬱起，其離騷哉！固已軒翥詩人之後，奮飛辭家之前。」《詮賦》曰：「賦也者，受命於詩人，拓宇於楚辭也。」可見劉勰對漢賦與《楚辭》的淵源關係看得很清楚，而且成為當時的不易之論。

雖然劉勰已經在理論上說明了《楚辭》對西漢賦的影響，但在西漢賦的注釋方面卻還鮮有對這種理論認識的回應。《文選》李善注總結前人對漢賦的

注釋成績，並將之保留在自己所注的《文選》中，但通過前面表格的整理，除了郭璞《子虛賦》注和《羽獵賦》注中如淳注各一條材料外，前人還極少認真細緻地指出西漢賦中很多化用《楚辭》的事典和語典，這一遺憾直到在李善這裡才算得到彌補。李善引用《楚辭》的材料注釋《文選》中的西漢賦有以下幾點值得注意：首先，李善多是著眼於漢賦中詞句典故對《楚辭》的化用，這種注疏風格與後人評價他「釋事而忘義」是一致的。其次，據前表所列，李善引《楚辭》注西漢賦時，並不拘泥於《楚辭》原文，而是以漢賦為基準，對所需《楚辭》材料「以意綴引」，這更能看出漢賦對《楚辭》的接受風貌。再次，《楚辭》以悲怨風格為主，且想像瑰麗、語多誇誕。就悲怨來說，《文選》所選西漢賦中，司馬相如的《長門賦》與《楚辭》最為契合。而李善在注釋此賦時，所用《楚辭》材料最多，可見他對《長門賦》和《楚辭》之間的相似風格深有慧心。至於想像和語言風格方面，《文選》中的西漢賦多有神仙奇異境界的描寫和鋪排，這其中有《楚辭》的深刻影響，《文心雕龍・辨騷》曰：「名儒辭賦，莫不擬其儀表，所謂金相玉質，百世無匹者也。及漢宣嗟歎，以為皆合經術；揚雄諷味，亦言體同風雅。」針對西漢賦中的這些內容，李善多以《楚辭》注釋其淵源，如《子虛上林賦》中的「孅阿為御」、「鳴玉鸞」、《甘泉賦》中的「馳閶闔而入凌兢」、「選巫咸兮叫帝閽」、《羽獵賦》中的「飛廉雲師」等。

李善引《楚辭》注釋《文選》中的西漢賦，就其方法源流來說，應該受到了郭璞的啟發。在前面部份的表格中，李善在《子虛賦》的郭璞注中就已引出郭璞首先在《子虛賦》中運用了《楚辭》的材料，而且據《晉書・郭璞傳》載，郭璞也曾注釋過《楚辭》，可見他對《子虛上林賦》和《楚辭》都相當熟稔，因此這就使郭璞具備引《楚辭》注西漢賦的學術條件。但《文選》李善注所引到的郭璞《子虛上林賦》注中只出現過一條用到《楚辭》之處，因此大致可以說郭璞對引《楚辭》注釋西漢賦還沒有自覺的意識。

李善之所以能有這樣的表現，除了郭璞的啟發之外，當與《文心雕龍》的認識影響有關。《文心雕龍》自產生之日起，其傳播途徑和影響範圍很難確切考知。學術界也未見關於這方面有價值的看法，但根據現有材料，至少從初唐時代，一些著名的學者和文士應該是接受了《文心雕龍》的認識，尤其是南方的文士，如初唐四傑之一的盧照鄰曾在自己的文章中提到過《文心雕龍》和《詩品》這兩部文學批評作品，而他曾受業於當時南方的著名學者曹

憲學習《蒼》、《雅》與經史，就是這位曹憲又曾做過李善的老師，其對「文選學」在江淮間的興盛功不可沒，李善的「文選學」就是源自曹憲的指導。將這兩條材料合而觀之，我們可以推測，既然受業於曹憲的盧照鄰曾讀過《文心雕龍》，而且此事又發生於《文心雕龍》產生的南方，那麼生活於南方且曾問學於曹憲的李善應當也知道《文心雕龍》的情況。另外，即使《文心雕龍》在當時還未能得到廣泛傳播，但依盧照鄰的情形以及後來著《史通》的著名學者劉知幾也曾提到過《文心雕龍》，那麼也可初步判定《文心雕龍》至少已在當時的上層知識界有了一定的傳播，那麼李善作為當時學者中的翹楚，其博學多識為人所知，他能瞭解《文心雕龍》的情況也是情理中事。綜合這些材料，李善接受《文心雕龍》的認識大致可以成立。順此思路，李善引《楚辭》注《文選》中的西漢賦就有了特殊的意義。

《楚辭》作為古代集部的首部經典作品，這在《隋書‧經籍志》中已經得到確認，王逸注《楚辭》就排在《隋書‧經籍志》的首位。同時魏晉六朝到初唐時期，很多學者曾對《楚辭》進行過研究，《世說新語‧任誕篇》載：「王孝伯言：名士不必須奇才，但使常得無事，痛飲酒，熟讀離騷，便可稱名士。」〔註5〕《隋書‧經籍志》中有隋代釋道騫《楚辭音》一卷，魏徵曰：「隋時有釋道騫，善讀之，能為楚聲，音韻清切，至今傳《楚辭》者，皆祖騫公之音。」李善作為一位博識的學者，其注《文選》引用《楚辭》應與當時這種研究《楚辭》的濃鬱氛圍有關。而漢賦又是當時文人心目中的名作，蕭統的《文選》把「賦」排在所有文學體裁的首位就可見一斑。李善將這兩類存在淵源關係且又在時人心中居於很高地位的文學作品聯繫起來，以注釋的方式指明西漢賦在遣詞造句方面受到《楚辭》的深刻影響。同時李善又吸收了魏晉到初唐時期文獻學和訓詁學的成就，西晉的郭璞曾引《方言》以證《爾雅》，初唐時的曹憲「精諸家文字之書」，而李善曾受業於曹憲，因此郭璞「以字書證字書」的方式必然會沿著這一學術師承影響到李善。同時李善在注釋西漢賦時也曾借鑒過郭璞的訓詁注釋成績，那麼郭璞在訓詁學上的成就必然會從方法論上對李善以集部的《楚辭》證集部的「西漢賦」之語句淵源有所啟發。

關於西漢賦中化用《楚辭》語句的特點，清代學者梁章鉅在《文選旁證》中分析揚雄《羽獵賦》中的「天與地杳」條時就曾指出「子雲蓋祖屈原之語」。

〔註5〕劉義慶著，余嘉錫箋疏，《世說新語箋疏》，中華書局2007年版。

〔註6〕如果我們聯繫李善引《楚辭》注《文選》西漢賦的情況後，再結合以魏晉到唐代的學術發展，便更能感覺到李善是以此爲後人提供一種對《楚辭》與西漢賦之間文學史演變的深刻認識，而這一認識與當時以《文心雕龍》爲代表的文學批評趨向是一致的。

〔註 6〕 梁章鉅著，穆克宏點校，《文選旁證》，福建人民出版社 2000 年版。

論魏晉南朝時期別情詩中的山水描寫

【摘要】：山水獨立成為一種詩歌題材是在魏晉南北朝時期，與此同時，別情詩中也大量運用了山水描寫的內容，以實現情景交融的藝術效果。在魏晉南北朝時期以山水寫別情的歷史演進中，當時的詩人不斷繼承《詩經》、「古詩十九首」的藝術經驗，形成寫景凝練和情景交融的和諧詩境，尤其是謝朓等詩人的藝術貢獻尤為顯著，這使此後的山水詩逐漸突破謝靈運詩的藩籬，而從謝朓詩的藝術創造中走出了全新的發展方向。

【關鍵詞】：山水詩　別情詩　謝朓

　　在我國古代文學發展史中，作為一類重要的詩歌表現題材的離別相思之詩，其中所體現出的深厚婉轉的惆悵情感是決定其能夠成為單獨類別的主要原因。但要將那種蘊涵於心的情感委婉而含蓄地表現出來，並為讀者所感知，這就需要詩人借助形象化的詩歌表現手段來對離別相思的愁緒加以藝術的呈現。正是在這個意義上，以山水為代表的景物描寫便成為我國古代別情詩中表現情感的重要組成部份，寓情於景的表現手法不僅可以使詩人幽渺含蓄的情感得到藝術化的展現，形成含不盡之意見於言外的藝術境界，而且別情詩中的山水描寫在不斷發展的過程中與這時山水詩本身的發展歷程形成互動，從而對推動山水詩創作的深入產生深刻影響。本文循著這種思路，通過考察魏晉南朝時期別情詩中山水描寫的發展特點，進而與此時同步發生的山水詩題材獨立作比較，來分析兩者之間存在的複雜關係。

一

　　我國文學史上最早出現離別描寫的詩歌是《詩經》中的《燕燕》、《渭陽》、《高》、《烝民》、《韓奕》、《采薇》和《有客》等篇章。其中《采薇》中的最後一節是以景物描寫烘託出主人公的相思哀愁。全詩的主題是征戰在外的士卒所面對的艱苦生活和思歸故鄉的渴望之情，採用以薇起興的藝術手法，輔之以章法和詞法上的複沓迭奏，從而將戍役軍士遠別家鄉、歷久不歸的軍旅生活層層寫出，最後以「昔我往矣，楊柳依依，今我來思，雨雪霏霏」一節結尾全詩，突出了還鄉之人在路上飽受飢寒、痛定思痛的哀苦之情，這裡最為人所稱道的是景物描寫與詩歌抒情之間的對比和烘託，「楊柳依依」和「雨雪霏霏」不僅從季節轉換的角度暗示了征人出征和還鄉之間所度過的漫長時間，而且通常認為的美景在這裡卻觸發征人心底的思鄉悲情，更加從反面烘託出了背井離鄉帶給征人的哀傷痛苦，因此王夫之曾評價此段為「以樂景寫哀，以哀景寫樂，一倍增其哀樂」。〔註 1〕景物的前後對比中深刻地概括了時序的流轉無常、今昔的物是人非和人生的年華易逝，可見這種情景反襯的藝術手法使《采薇》取得了獨特的情感表現效果，並使全詩的離別相思主題得到深化。此後以景物描寫離別相思之情的傳統正是在《采薇》的啓發下逐漸為後人所吸收，東晉名士謝玄就曾認為此詩的「楊柳依依」一節為《詩經》中最好的詩句。同時需要指出的是，由於《詩經》時代詩歌藝術表現所處的發展階段，本詩中的景物描寫是選取了具有典型意義的場景作為表現征人生活的背景，而且楊柳之「依依」和雨雪之「霏霏」也說明了作者在抓住了景物的突出特徵時並沒有做更細緻的描寫，這與其主要作用是從側面烘託主人公的生活之艱辛有關，雖然在景物描寫中也蘊含著深幽的悲情，但全詩的最後依然還是要通過主觀的直抒胸臆即「我心傷悲」來凸現詩歌的主題。因此《采薇》標誌著別情詩中以景物寫離別相思的開端，雖然此時的景物描寫是以作為詩歌表現的背景為主，但這為後來別情詩中藝術表現手法的開拓指出了方向。

　　到了漢末時期，《古詩十九首》意味著文人五言詩在中古時代的崛起，並以遊子思婦的離別相思扭轉了漢賦以來鋪張揚厲為主的藝術潮流，而代之以抒情性的詩篇開啓了詩歌重視情感寄託的主流。在描寫遊子思婦的離別相思

〔註 1〕王夫之，《薑齋詩話》，人民文學出版社 1961 年版，第 140 頁。

時，《古詩十九首》中大量運用了比興寄託的藝術手法，其中多是外在自然的景物，如以「胡馬依北風，越鳥巢南枝」來反襯出遊子難以歸家的苦悶之情，以「芙蓉蘭草」的無人可遺象徵了思婦對遠遊他鄉的夫君的思念，以「蘭蕙花」的過時枯萎暗示了思婦對自己韶華易逝的喟歎，並寄託了盼望夫君早日歸來的渴望之情，以「文采雙鴛鴦」揭示出遊子思婦之間相隔萬里卻時刻相思的心情。當然《古詩十九首》中也有對《詩經・采薇》中景物作爲背景的繼承，如《青青河畔草》中的園柳郁郁和青草茂盛、《青青陵上柏》中對洛陽繁華的描寫，這都是爲了從正面或反面突出詩中主人公的悲傷心境。同時相比於《詩經・采薇》的傳統，《古詩十九首》中以景物描寫別情的手法已經有了很大的進步，不僅表現在景物的描寫範圍正在擴大，胡馬、越鳥、芙蓉、蘭草、松柏、蟋蟀、明月等都被用來作爲詩歌表現的意象，其中既有從背景的設置來烘託氣氛，更有作爲創作主體的情感象徵來寄託了遊子思婦的離別相思，這種比興寄託的藝術表現手法正是對《詩經・采薇》傳統的重要發展，這也說明了景物描寫在表現主體情感方面所起作用的日益深化，作者已經可以通過情感的默契聯繫來尋找創作主體與外在景物之間的相似關係，並借助這種相似的聯繫表現自己的內心感情，從而使原本需要直白陳述的感受可以得到含蓄委婉的表達。當然《古詩十九首》還是有一些詩歌中具有直抒胸臆的詞句，如「蕩子行不歸，空床難獨守」、「何不策高足，先居要路津」、「同心而離居，憂傷以終老」等，但詩中那些具有象徵意味的景物意象本身就已包含著作者的情感趨向，這些意象由於和作者的情感形成比附的關係而可以直接顯示作者的意旨。從這個方面來說，《古詩十九首》中的景物描寫的確在藝術表現上有了很大的發展，這也是文人詩主觀創作意識的顯露。

二

通過追溯前代離別相思詩歌中景物描寫的發展，魏晉南北朝時期的別情詩歌創作正是在此基礎上繼續向前推進。此時的景物描寫中開始出現山水成分，這是景物範圍擴大的必然結果。三國時期的曹植在《贈白馬王彪》中首先以山水表現離情，本詩作於曹植回藩與曹彪分別的路上，此時的他已受到其兄曹丕的排擠壓抑，心情極爲苦悶，可以說此詩就是曹植心境的眞實寫照。詩中寫到曹植與曹彪分別時：

　　　　秋風發微涼，寒蟬鳴我側。原野何蕭條，白日忽西匿。

　　　　歸鳥赴喬林，翩翩屬羽翼。孤獸走索群，銜草不遑食。

　　　　感物傷我懷，撫心常太息。〔註2〕

此段是對當時兩人分別場景的展現，「秋風發微涼」交待了此時的季節，同時秋天的蕭瑟陰沉也加重了分別時的悲傷氣氛。在悲秋的氛圍中，詩人的視角從近處的寒蟬哀鳴逐步伸展到蕭條原野的盡頭，那是已經暮靄沉沉的夕陽。天色已晚，倦鳥歸巢，孤獸逐群，眼前之景使得面臨分別的詩人心頭所籠罩的孤獨之感更加沉重。曹植的本段山水描寫是在借鑒了《詩經》中《君子于役》的場景，輔之以《古詩十九首》傳統利用景物作情感寄託的手法，從而使詩人的孤獨感得到藝術化的呈現。最為重要的是，曹植已經懂得場景的安排，觀察視角由近及遠，個中景物與整個場景能夠統一於詩人的情感色彩之中，既有對景物細緻的刻畫，更有整體氛圍的把握，這種獨具匠心的巧意經營與此時詩歌文人化的趨勢是一致的，即詩人對以景寫情已有自覺的認識。

　　由於兩晉時期的詩人遊宦行旅較多，因此別情詩的創作開始呈現繁榮的景象，最為突出的是祖餞詩和遊宦詩。這兩類詩歌在創作氛圍、詩歌風格和創作意識方面都有顯著區別，此時的祖餞詩多為群體創作，是在正式的送行場合進行創作，如《晉書》曾記載過很多次這樣的祖餞之事，如《衛瓘、張華附劉卞傳》載：

　　　　初，卞之并州，昔同時為須昌小吏者十餘人祖餞之。〔註3〕

《劉隗、刁協、戴若思列傳》載：

　　　　（元）帝親幸其營，勞勉將士，臨發祖餞，置酒賦詩。〔註4〕

《宗室列傳》載：

　　　　江州刺史褚裒當之鎮，無忌及丹陽尹桓景等餞於版橋。〔註5〕

《武十三王列傳》載：

　　　　俄而玄至西陽，帝戎服餞元顯於西池，始登舟而玄至新亭。

　　〔註6〕

〔註2〕趙幼文校注，《曹植集校注》，人民文學出版社1998年版，第297～298頁。

〔註3〕房玄齡等著，《晉書》，中華書局點校本，第三十六卷。

〔註4〕房玄齡等著，《晉書》，中華書局點校本，第六十九卷。

〔註5〕房玄齡等著，《晉書》，中華書局點校本，第三十七卷。

〔註6〕房玄齡等著，《晉書》，中華書局點校本，第六十四卷。

據這些記載可知，兩晉時期的祖餞詩受制於這種正式場合的群體創作特點，其詩歌中所呈現的個性特徵並不突出，而且多爲應景文字，因此語言風格典雅有餘而個性不足，情感色彩較爲欠缺。如陸雲作《太尉王公以九錫命大將軍讓公將還京邑祖餞贈此詩》，讚美王公得到天子的襃獎榮歸京邑，大家聚集此地爲之餞行，嘉樂盈耳，雖有離別之悲，但更多的是祖餞氣氛的熱烈。詩中也曾以山水寫離情，

> 昔乃雲來，春林方輝。歲亦暮止，之子言歸。〔註7〕

這是完全模仿《詩經》中《采薇》末節的場景，而失去了原詩那種以寫景烘託悲傷的氛圍，因此此時的祖餞詩在山水描寫方面由於其創作個性的欠缺而較少有價值的開拓。相比於此，遊宦詩由於多爲詩人個體情感的抒發而更多地具有主體的色彩，同時詩人遠離家鄉，遊歷各地，眼界開闊，地域的差異很容易對詩人的心境產生影響而使之將所看到的不同景色寫入詩中，因此在遊宦詩中以山水寫別情就成爲此時別情詩的重要特徵。其中最有特色的是陸機、潘岳和曹攄等詩人。陸機身爲東吳名門之後，西晉統一全國後，他也從家鄉來到都城洛陽以求仕進之路，《赴洛道中作詩二首》就是作於他趕赴洛陽途中，其一曰：

> 總轡登長路，嗚咽辭密親。借問子何之，世網嬰我身。
> 永歎遵北渚，遺思結南津。行行遂已遠，野途曠無人。
> 山澤紛紆余，林薄杳阡眠。虎嘯深谷底，雞鳴高樹巔。
> 哀風中夜流，孤獸更我前。悲情觸物感，沉思鬱纏綿。
> 佇立望故鄉，顧影悽自憐。〔註8〕

此詩寫出了陸機隻身赴洛途中的孤獨之感，辭別親人，雖明知有世俗之網嬰身，但陸機還是趕去洛陽尋找進身之階。詩中的主要部份是描寫途中的所見之景，空曠的野林已距離家鄉很遠了，連綿的遠山湖澤，霧靄之中的樹林更顯縹緲遙遠，這既寫出了陸機行程的路途之遠，其實也暗示了陸機未來所期望的仕途。深谷的虎嘯和樹巔的鳴雞雖非視野所及，但聽覺上的感受更能激起此時孤獨的詩人心頭的淒清悲傷之感。至於「哀風」和「孤獸」顯示了陸機創作中曾受到了曹植《贈白馬王彪》景色描寫的啟發，因此陸機在此既有對傳統的繼承，更有所發展，即詩中的景色經過詩人的剪裁而更具典型特徵，

〔註7〕 逯欽立編，《先秦漢魏晉南北朝詩》，中華書局1983年版，第699頁。
〔註8〕 逯欽立編，《先秦漢魏晉南北朝詩》，中華書局1983年版，第684頁。

幾句山水描寫的點染，疏當有致，野途、山澤、樹林、虎嘯、雞鳴等意象簡
單而含蓄地組成了一幅山野行旅圖，而且視覺和聽覺的雙重感受也成爲觸發
詩人悲感的重要因素，這種詩人的有意安排已顯示了山水描寫與別情悲感之
間正在逐步走向情景交融的境界。潘岳和張協的詩歌中也有此類描寫，如潘
岳《內顧詩》其一：「靜居懷所歡，登城望四澤。桑柘何奕奕，芳林振朱榮。
涤水激素石，初征冰未泮。」曹攄《答趙景猷詩》其五曰：「越登關阻，歷山
川。峻阜隆崇，流水泉泫。曠野冥莽，修途泯綿。鳥鳴雍雍，木落繽紛。薄
寒吹悽，微風交旋。」

　　晉宋之交的著名田園詩人陶淵明在別情詩中也曾以山水寫離別，歷來的
研究者只是認爲陶詩中的《遊斜川》是山水詩，其實陶詩中寫別情的山水成
份也值得關注。如《於王撫軍座送客》：

　　冬日淒且厲，百卉具已腓。爰以履霜節，登高餞將歸。
　　寒氣冒山澤，遊雲倏無依。洲渚思綿邈，風水互乖違。
　　瞻夕欲良讌，離言聿云悲。晨鳥暮來還，懸車斂餘暉。
　　逝止判殊路，旋駕悵遲遲。目送回舟遠，情隨萬化遺。〔註9〕

本詩開篇首先運用總體寫景來渲染離別氣氛，點明題目主旨。冬日淒厲，枯
草叢生，在這濃霜籠罩的寒冷時節，大家聚會於此爲王撫軍餞行。隨後又以
近於水墨畫的筆致描寫寒氣中的遠山、好似無依的遊雲，視野在由近及遠的
同時由上到下，從高遠到平遠，一直伸向遠方的洲渚和即將送客遠行的水路，
既寫出了王撫軍此行的路途遙遠，更將離別的傷感寓情於景，最後全詩是以
景和情並舉作結，尤其是「目送回舟遠」中隱含了一位久立岸邊、不肯離去
的詩人形象，看著回舟漸行漸遠，這將詩人心中對友人離去的悵惘之情很形
象且含蓄地表現出來，後來唐詩絕句的結尾對此繼承很多。難怪方東樹《昭
昧詹言》曰：「景與情俱帶畫意。」這說明陶淵明此詩中的山水景色描寫淡而
有味，在寫意之中飽含對友人離別的深情厚意，這與其田園詩中的自然之趣
是一致的，疏淡之中別有一番意味。除此之外，陶淵明還有一些別情詩中具
有山水描寫的成分，如《庚子歲五月中從都還阻風于規林》其二：「崩浪聒天
響，長風無時息。久遊戀所生，如何淹在茲。」《辛丑歲七月赴假還江陵夜行
途中一首》：「涼風起將夕，夜景湛虛明。昭昭天宇闊，晶晶川上平。」這些
詩句體現了陶淵明在寫景時的自然真趣，如果說「崩浪聒天響」還只是以典

〔註9〕袁行霈箋注，《陶淵明集箋注》，中華書局2003年版，第150頁。

型化的景色來烘托自己久別家鄉的悲情，那麼「夜景湛虛明」中對虛空澄澈的月明之景富含概括的把握已經顯示了山水景色在別情詩中已具有了獨立的審美意義，其中山水景色的自身魅力與後來的山水詩幾無二致，這其實預示了此時山水逐漸走出理窟而為人所欣賞其美感神韻的趨勢。

南朝時期，謝靈運作為我國首位大力創作山水詩的著名詩人，其詩中不僅有大量純粹的登臨遊覽的山水詩作，這是確定山水作為我國古代詩歌中一類重要題材的基本因素，同時他也在某些離別之作中也寫到了山水，如《永初三年七月十六日之郡出發郡》中的「秋岸澄夕陰，火旻團朝露」，《鄰里相送至方山》：「析析就衰林，皎皎明秋月」，《登臨海嶠初發強中作於從弟惠連，見羊何共和之》：「秋泉鳴北澗，哀猿響南巒」。相比於謝靈運那些以「移步換形」的手法形成大全景式構圖的山水詩，這些別情詩中的山水成分已經顯得十分精煉，秋天的傍晚，江水裏倒映著山岸和雲靄，陰沉凝重，秋天的清晨，晶瑩圓實的露珠轉動於草尖樹葉，搖搖欲墜，途中所見的秋景就在「秋岸澄夕陰，火旻團朝露」中得到極富概括地呈現，描寫的景色本身就值得細細欣賞。而「析析就衰林，皎皎明秋月」和「秋泉鳴北澗，哀猿響南巒」則是繼承了漢魏古詩傳統中的對偶描寫，尤其是第二句中上句寫水，下句寫山，這是謝靈運一般山水詩描寫的慣例，而此句的景色在其它意象的映襯下更顯凝練。同時這些詩句語言清新自然，這與「大謝體」一般的典澀凝重、蒼硬奇崛的風格已大不同。繼大謝之後，對山水詩的創作有突出貢獻的是南齊時的謝朓，他以清新流利的詩歌風格而與大謝劃出分界，因此俗稱「小謝體」。其中最能體現小謝風格的山水詩就是謝朓的行役離別詩，如《臨溪送別詩》：

> 悵望南浦時，徒倚北梁步。葉下涼風初，日隱輕霞暮。
>
> 荒城迥異陰，秋溪廣難渡。泣泣其徒然，君子行多路。〔註10〕

相比於以往的送別詩，謝朓詩中的首句以大家熟識的典故點出送別的主題，既交待了送別的地點，又將此地點虛化而產生出送別所共有的悲傷氣氛。中間寫景的幾句通過對江南煙景的輕靈描寫以平遠的視角點出了送別之時的環境，暮靄籠罩，日色漸隱，此時的荒城更顯孤寂陰沉，原本並不寬廣的溪水也難辨涯際，隱含了遠行路途的渺無盡頭，這種朦朧山水的描寫之中實際蘊含了詩人臨別之時的傷感悲淒，青煙薄暮，如夢似幻，但卻籠罩詩人心頭揮散不去。最後兩句點出了臨行分別的悲傷。因此成倬雲評

〔註10〕曹融南校注，《謝宣城集校注》，上海古籍出版社 1991 年版，第 249 頁。

此詩曰：「起結將正意點清，中間寫景處即有情在。」此詩的關鍵正在中間的幾句寓情於景的山水描寫，詩人送別的不盡之意都隱含於這短短四句的景色之中了。除此詩外，謝朓另有《新亭渚別范陵零》：「洞庭張樂地，瀟湘帝子游。雲去蒼梧野，水還江漢流。」《送江水曹還遠館》：「高館臨荒途，清川帶長陌。上有流思人，懷舊忘歸客。塘邊草雜紅，樹際花猶白。日暮有重城，何由盡離席。」《送江兵曹檀主簿朱孝廉還上國》：「方舟泛春渚，攜手趨上京。安知慕歸客，詎憶山中情。香風蕊上發，好鳥葉間鳴。揮袂送君已，獨此夜琴聲。」謝朓在這裡不再如謝靈運那樣鋪敘路途的所見所聞，堆砌繁複眾多的自然意象，而是抓住山水自然中最具特點的生動靈機，淡筆點染，疏朗勾勒，簡單之中卻境界全出，「雲去蒼梧野，水還江漢流」通過視野的遠近交錯不僅寫出了整個送別景色的蒼茫低沉，更從音節字面上形成迴環往復之美。而「塘邊草雜紅，樹際花猶白」則從色彩的對比搭配上造成視覺的美感，繽紛的紅白花朵在綠意的映襯下更顯可愛，同時又以這種樂景的描寫反襯出離別的愈加悲傷。可見，謝朓已經充分吸收了齊梁體詩中的精巧構思，將山水描寫化繁為簡，從而包蘊著詩人不盡的情思，尤其像「獨此夜琴聲」這般以景結情，這就擺脫了漢魏古詩以來多以直接抒情結尾的傳統，對此後絕句的發展影響深遠。

　　南朝後期，以山水寫別情最著名的詩人是何遜，翻檢其詩作，我們可以發現何遜大部份的創作屬於離別相思之作，而且詩中的山水描寫比比皆是。如《與胡興安夜別》：

　　　　居人行轉軾，客子暫維舟。念此一筵笑，分為兩地愁。

　　　　露濕寒塘草，月映清淮流。方抱新離恨，獨守故園秋。〔註11〕

詩中「露濕寒塘草，月映清淮流」明顯受到了齊梁詩風體物細緻的特徵，意象雖多卻注意彼此之間的搭配，絲毫沒有大謝體式意象堆砌的生硬之感，而且這種經過詩人有意識的組合還會透出很多言外之意，草帶寒露，說明此時夜已深沉，江侵月色，是說舟已遠行。帆影消失在茫茫月色之中，唯見「月映清淮流」，同時景色之外還暗示了詩人自己目送友人離去而孤淒悵惘的心境。詩篇最後以「獨守故園秋」結尾，這也是受到了謝朓別情詩的影響，從這裡我們也可看出小謝體在此方面對後世同類詩歌的啓發。何遜所創作的此類詩歌很多，他最值得推崇之處是在情景交融方面能夠「善於捕捉特定時刻

〔註11〕何遜，《何遜集》，中華書局 1980 年版，第 38 頁。

的景物特徵以烘託氣氛，使大致相似的離情別緒在不同的境界和氛圍中各具特色」（葛曉音先生《山水田園詩派研究》）。如他的《相送》：

> 客心已百念，孤遊重千里。江暗雨欲來，浪白風初起。〔註12〕

此詩已經完全脫去了送別詩「點題－寫景－抒情」的以往套路，只是呈現了一位孤獨遊子臨行時的江上景色，尤其是「江暗」兩句，舟將行，而江上雲暗風起，既通過特定時刻的景色寫出了離別時的氛圍，更寓有遊子所面臨的旅途艱難、淒苦之意。詩人只是選取了一個送別的鏡頭，卻將百念的客心都隱含於這個鏡頭所展現的景色中了，讓讀者品味景色之餘更可以體會客子此時的心境。因此陳祚明評價曰：「此景何湛！『山雨欲來風滿樓』，不似此二句生動中富有高渾之氣。」（《采菽堂古詩選》）。到何遜這裡，魏晉南朝別情詩中的山水描寫已經達到了情景交融的境界，而且齊梁詩特有的體物細緻的手法也為塑造山水意境在藝術上準備了充分的條件，唐詩中以山水寫別情的佳作正是循著這種創作的線索發展而來。

三

　　魏晉南朝詩歌的發展繁榮給此時的詩人提出了從題材方面作分類的要求，越到後來，南朝時期的文學總集不斷產生，文學理論中文體分類的趨勢也日漸明顯，這方面以劉勰的《文心雕龍》和蕭統的《文選》最具代表性，其中《文心雕龍》注重作文體的分類，而《文選》作為文學總集是從詩賦文等文學性較重的文體方面再作題材上的細緻區分，其中寓有深刻的題材分類意義和編者的文學觀念，如賦被分為京都、郊祀、畋獵、紀行、遊覽、江海、物色、鳥獸、志、論文、音樂、情等十餘類，詩被分為補亡、述德、勸勵、獻詩、公宴、祖餞、詠史、百一、遊仙、招隱、反招隱、遊覽、詠懷、臨終、哀傷、贈答、行旅、軍戎、郊廟、樂府、輓歌、雜歌、雜詩、雜擬等二十餘類，〔註13〕如果將這些類別名稱和所選賦詩進行對比，我們可以發現蕭統在這裡是以內容為標準，也就是現在通常所言之「題材」。當然這種分類反映了蕭統的文學觀念，與我們今天的題材類別有同有異。本文涉及的別情詩和山水詩在蕭統的《文選》中雖沒有明確的對應，但根據詩歌的內容而言，別情詩多存於「祖餞」和「贈答」兩類，而山水詩則多見於「遊覽」類和「行旅」類。

〔註12〕何遜，《何遜集》，中華書局1980年版，第47頁。
〔註13〕蕭統等編，李善注，《文選》，中華書局1977年版。

　　這種詩歌的題材分類必須根據其內容的確定性為前提，詩中描寫的內容必須帶有區別於其它的本質特徵，這是題材可以單獨成為一類的最基本條件。別情詩是以離別相思的內容為主，而山水詩則以描寫山光水色為重，當然這種對於內容本質的發現必須要在創作過程中逐步完成，《文選》中的詩歌選擇也體現了這種趨勢，以祖餞詩為例，《文選》中有曹植的《送應氏詩二首》、孫楚的《征西官屬送於陟陽侯作詩》、潘岳的《金谷集作詩》、謝瞻的《王撫軍庾西陽集別時為豫章太守庾被徵還東》、謝靈運的《鄰里相送方山詩》、謝朓的《新亭渚別范陵零詩》、沈約的《別范安成詩》，這些詩作都鮮明地體現了祖餞送別詩的基本特點，詩中包括送別地點、送別之人、送別之事以及送別中的傷感之情，可見這些都是祖餞詩構成一類題材的標誌。山水詩也是同理，「遊覽」和「行旅」是《文選》中最符合我們今天所謂的山水詩定義的兩類，其中入選最多的是謝靈運，包括《從遊京口北固應詔》、《晚出西射堂》、《登池上樓》、《遊南亭》、《遊赤石進帆海》、《石壁精舍還湖中作》、《登石門最高頂》、《於南山往北山經湖中瞻眺》、《從斤竹澗越嶺溪行》、《初發郡》、《過始寧墅》、《富春渚》、《七里瀨》、《發江中孤嶼》、《初去郡》、《初發石首城》、《道路憶山中》、《入彭蠡湖》等，如此多的詩作入選「遊覽」和「行旅」，這與謝靈運作為文學史上首位傾力創作的山水詩人是相稱的。可見蕭統的意識中已具備了對別情和山水觀念本質的準確判斷。從謝靈運入選的詩作來看，多為典重凝澀、深雅奇崛之作，這也是山水詩中「大謝體」的基本特徵，可見此時蕭統所認為的山水詩是以「大謝體」為代表的。

　　帶著這樣的標準，我們反觀魏晉南朝時期別情詩中的山水描寫其實是在山水詩向大謝體發展線索之外的另外一路。到了南朝時期，謝靈運的創作標誌著山水詩成為詩歌中獨立題材的開始，蕭統的觀念中也有此認識，但別情詩中的山水描寫也在逐步走向成熟，到謝朓那裏則以「小謝體」的特點而成為山水詩發展的重要一支。大謝運用移步換形的創作手法，按行途中的遊蹤層層鋪展，形成大全景式的構圖特點，極貌寫物，窮力追新，在精細刻畫景色的同時造就了繁複、典重、深麗的藝術境界。而小謝則是注重景物剪裁、意象組合，通過對山水景色的整體把握形成了清逸秀麗的審美之境，最關鍵的是大小謝之間山水與情感的表現關係差異，大謝繼承賦法寫作的鋪敘傳統，較少個人情感的滲透，而小謝則是淵源於以山水寫別情，山水中必然緊密聯繫著詩人創作送別詩時的主觀感情。這種差異在南朝時期的很多詩人的

創作中有著複雜的表現，尤其是大小謝的山水創作形成特點後，一些山水詩人的作品中並存著這兩種風格的詩作，如謝朓中也有大謝體式的創作，如《遊山詩》、《遊敬亭詩》等，風格酷似大謝全景構圖的特點。何遜也有《渡連圻二首》，以奇崛生澀的文字表現了山勢的險峻高聳，字句的生僻和描寫的繁複明顯取法大謝，這與何詩中清曠淡遠的風格差異甚大，但他們由於此類詩歌數量較少，其主要創作傾向是在情景交融式的山水寫別情之作。另外一些山水詩作如宋孝武帝劉駿的《遊覆舟山》、《登作樂山》、《登魯山》、江夏王劉義恭《登景陽樓》、鮑照的《登廬山》、《從庾中郎遊園山石室詩》等也都與大謝體的藝術風格相近，從這些詩歌的題目可見大謝體的風格多在登臨遊覽之作中最為鮮明，蕭統所選謝靈運的詩作中也以此類為主，那麼山水詩在謝靈運手中形成其基本特徵之後，後來者也是多在登臨遊覽中模仿大謝體，這就在無形中與以山水寫別情所形成的小謝體自然區分開了，而魏晉南朝以來別情詩的山水描寫經謝朓的創作後形成一種嶄新而固定的山水詩創作傳統，其中受到送別詩情感趨向制約的寓情於景和情景交融在藝術描寫手法的日漸完善中逐漸獲得展現，這決定了此種山水描寫與登臨遊覽之作在寫作風格上存在著明顯的差異。同時山水景物本身在描寫中所呈現的審美意義也得到很好的保留，這就使得山水詩從大謝式的古意走入到小謝式的近調，主體的創作情感在山水日益精緻的描寫中得到更好地寄託和顯現，並為後來唐詩中山水題材的繼續開拓準備了藝術經驗，在此基礎上，小謝式的傳統才能超越大謝而對此後我國的山水詩創作產生深刻影響。

綜上所述，魏晉南朝時期別情詩中的山水描寫是在繼《詩經》中的背景烘託和漢末《古詩十九首》情感寄託和象徵的傳統之後開始了探索山水自身的描寫經驗及其與詩人情感的融合之路。在此過程中，山水詩作為一類重要的詩歌題材在謝靈運手中變成現實，並受到蕭統等《文選》家的重視，然而別情詩中的山水描寫在經過長時間的創作經驗積累後，到此時也在謝朓的創作中臻於成熟，其寫景凝煉和情景交融的特點形成大謝體之外的另一支而被此後的山水詩所繼承，並成為以後山水詩創作的主要方向了。

論《文心雕龍》對初唐文學的影響

【摘要】《文心雕龍》對初唐文學文化的建設產生重要影響，這突出地反映了初唐時期的文人對文學的理論認識日漸深化，其中受到《文心雕龍》影響所形成的重要認識無不順應了文學向著成熟健康的方面發展，由此也可看出初唐文學文化在中古時代所產生的作用及其原因。

【關鍵詞】《文心雕龍》 初唐文學 影響

《文心雕龍》作爲一部體大思精的文論著作，曾對我國古代文學創作和文學理論認識產生過深遠影響。這種影響雖然在其書產生之初的南北朝後期未能得到充分重視，但隨著時代文化趨向的轉移和發展，初唐時期的文人學士普遍對《文心雕龍》有濃厚的興趣，其中涉及到政治、文學、歷史等各個文化領域有代表性的文人，從他們的認識中或多或少、或明或隱地透露出《文心雕龍》的影響因素。因此考察《文心雕龍》在這時的影響，我們可以對初唐時期的文化建設和狀態有更加深刻的認識。而且此前的研究中，更多集中於《文選》對初唐文化文學的積極推動作用，而對與《文選》產生時代近似、思考更加嚴密龐雜的《文心雕龍》缺乏必要的重視，因此對初唐文化文學的一些問題未能給予合理的解釋。本文試圖在這方面作一些嘗試，以期動態地把握初唐文學文化的基本走向。

一

《文心雕龍》在初唐文人的著作中得到了此前未有的廣泛重視。在其產生之時，除沈約曾經表示推許外，其它文人鮮有提及此書的。但在初唐時，

上至掌握史書編撰的史官，下至普通文士，《文心雕龍》的很多卓識成爲他們表達自己文學文化觀念的核心內容，成爲當時文壇除《文選》之外的又一爲人津津樂道的大著。《文心雕龍》對初唐文學觀影響最大者，莫過於其「原道、徵聖、宗經、正緯、辨騷」的「文之樞紐」，這也是劉勰宏觀把握文學史所得的深刻見識，這裡不僅把文章創作的淵源追溯到上古經典和聖賢製作那裏，而且通過重視頗具審美性的屈原「騷體賦」以表明對文學本體的關注，可見這種認識既保證了文學審美的應有之義，又沒有走到那種偏激的「以道廢文」的儒學文道觀，這代表了一種健康積極的文學認識。這在初唐史家那裏得到了積極回應，以令狐德棻編撰、岑文本所寫的《周書・王褒庾信傳論》的認識爲代表：「原夫文章之作，本乎情性。覃思則變化無方，形言則條流遂廣。雖詩賦與奏議異軫，銘誄與書論殊途，而挼其指要，舉其大抵，莫若以氣爲主，以文傳意。考其殿最，定其區域，摭《六經》百氏之英華，探屈、宋、卿、雲之秘奧。」〔註 1〕這裡明顯吸收了《文心雕龍》「文之樞紐」的思想，把文章創作的源頭歸爲上古經典，同時注意吸取以屈原爲代表的騷賦作家的審美特色，以增強文學創作的美感，而且其中對各個文章體裁都作審美化的要求也與《文心雕龍》的雜文學觀是一致的。

另外對《文心雕龍》作出至高評價的是初唐著名史學家劉知幾，他在《史通》中曰：「詞人屬文，其體非一，譬甘辛殊味，丹素異彩，後來祖述，識昧圓通，家有詆訶，人相掎摭，故劉勰《文心》生焉。」〔註 2〕劉知幾視《文心雕龍》爲整合當時混亂文壇，提出文章創作規範、展望文章創作未來發展方向的著述，而且他把《文心雕龍》與《淮南子》、《論衡》、《法言》等標誌一代學術最高成就，對後世文化發展產生深刻影響的書相併列，可見劉知幾心目中的《文心雕龍》的地位之崇高。因此《史通》在創作目的和一些具體觀念上曾受到《文心雕龍》的深刻影響，《史通》不僅從理論上對魏晉南北朝時期的史學發展作出了論述和總結，其史學思想和成就在我國史學史上可謂獨樹一幟，這與《文心雕龍》在我國文論史上的意義相彷彿。而且《史通》中的一些觀點也與《文心雕龍》相一致，如對班固的評價高於司馬遷、且稱讚班氏「辭惟溫雅，理多愜當，其尤美者，有典誥之風」，這與劉勰在《史傳》中推崇班固極爲類似。

〔註 1〕令狐德棻，《周書》，中華書局 1971 年版，第 745 頁。
〔註 2〕劉知幾，《史通》，遼寧教育出版社 1997 年版，第 85 頁。

除此而外，當時魏徵等人在奉旨編撰《隋書》時曾對前代圖書做過一次極爲全面的整理，《隋書·經籍志》即是此次校書的成果，後人在研究唐前書籍流傳時莫不以此爲基本材料。而在《隋書·經籍志》的「文集」類中列有《文心雕龍》十卷〔註3〕，並標有「梁兼東宮通事舍人劉勰撰」，可見魏徵此時見過劉勰所著的《文心雕龍》，本書並未隨戰火湮滅，而是在輾轉中逐漸傳到了北方，並爲當時的上層文士所知，流入宮廷。同時魏征將之與摯虞的《文章流別集》、李充的《翰林論》、昭明太子蕭統等編撰的《文選》等文章總集歸於一類，這不僅表現了初唐時期劉勰《文心雕龍》所受到的重視，更從深層說明了時人對《文心雕龍》在書籍分類中所處位置的認識觀念。

上述數條材料說明《文心雕龍》在初唐時期已經得到了一些著名文士的注意，並在此時的書目整理和個人著作中體現出來，因此我們有充分的理由和直接的證據說產生於南齊時的《文心雕龍》在初唐時已進入到文人的關注視野之內，並對他們的創作和文學觀念產生或隱或顯的影響。

二

一部書在產生之後會通過日漸廣泛的傳播而在後世的文人中得到越來越多的關注，其中有的是通過文人在自己的作品中明確說明對此書的重視，而更多的情況是透過後世的文學創作和思潮來從更深的思想層面反映出此書在後世所得到的接受和繼承。當然，這種判斷需要以對這部書所體現的思想與後世的文學思潮之間的關係建立在切實可靠的比較研究爲基礎，我們在分析《文心雕龍》在初唐時的處境也可以此爲切入點，通過分析其文學思想與初唐文學思潮的關係來判斷初唐時人對《文心雕龍》的認識。

初唐詩壇繼承南朝詩風，宮廷詩的創作成爲此時上層文人詩歌的重要組成部份，這些詩歌體物細膩，文字精美，對偶工穩，但缺乏深厚的生活內容和眞摯的情感抒發，因此被後來的初唐四傑之一的楊炯批評爲「骨力都盡，剛健不聞」。與這種詩風相表裏，當時興起了編撰類書之風，如《藝文類聚》、《瑤山玉彩》、《初學記》等，都是由此時宮廷著名文士歐陽詢、許敬宗、徐堅等主持。這類書的出現適應了初唐宮廷詩歌創作重詞采而輕情感的特點，或集中歷代典故以滿足詩歌用典，屬於對偶中的「事對」，如《藝文類聚》；

〔註 3〕魏徵等撰，《隋書》，中華書局點校本。

或收集以往麗詞秀句爲時人詩歌語言的創新提供素材，屬於對偶中的「言對」，如《瑤山玉彩》。聞一多先生在《唐詩雜論·類書與詩》中曾將這一文學現象歸結爲「把文學當作學術來研究」〔註4〕，換言之，即是初唐時的文人以近似科學的學術研究態度對待詩歌創作，其中最爲明顯的是此時「文選學」的興起，包括從音義、訓詁、注釋等各個角度對《文選》進行研究。這反映了隨著魏晉六朝文學的發展，對文學的理論認識也日益完善，文學自覺程度的提高必然要求突破此前對文學理解的模糊態度，形成更科學的認識。當然這種科學性也是由淺入深的，作爲其尚未完善的產物，受初唐類書風氣影響下的詩歌有諸多缺點，但畢竟類書的編撰可以爲詩人的創作提供很多材料，同時對前代文學成就和經驗的繼承也可以啓發詩人的創作靈感和思維。相比於以往詩歌創作的偶感興會，顯然這種風氣代表的是更爲科學謹嚴的態度。

　　這種「文學的學術化」的實踐在初唐出現，有著深刻的理論淵源，那就是對南朝文學理論有集大成意義的《文心雕龍》中體現的文學創作思想。這可以從兩個方面論述，首先「文學的學術化」要求人們對待文學要有科學的學習態度，要從歷代文學史的實際出發，科學地總結以往的創作經驗教訓，從而爲後人超越前輩創造條件，因此對前代文學作品的學習就成爲題中應有之義，文學成就的取得必須是個逐漸積累的過程，「學」的重要性不言而喻。中古時期文學理論中對前代文學的繼承有著深入的探討，歸納起來，以兩種意見爲主：曹丕《典論·論文》中的「文氣論」強調作家先天個性的「才」和「氣」而輕視後天的學習，這種個性「雖在父兄，不能以移子弟」，就是說一經形成即很難受到後天的改變；和曹丕的觀點不同的是劉勰的《文心雕龍》，既承認先天個性的存在，但更多的是後天的學習和努力，而且先天的因素必須賴於後天的努力才能成功。由此可見劉勰已經把「學習」視爲文學創作成功的決定因素。正如曹道衡先生在《曹丕和劉勰論作家的個性特點與風格》中指出的：「劉勰並沒有完全拋棄曹丕所謂『氣之清濁有體』之說，還承認『才有天資』。但他著重講的是人要在文學上有所成就，光有『天資』是遠遠不夠的，主要還在於『學』。」〔註5〕而且曹先生還分析《文心雕龍》中對學習的理解主要指書本知識，並能結合當時的文學風氣論述之。可見初唐時期類書的編撰這一現象背後所隱藏的理論根源是《文心雕龍》的這種「重視

〔註4〕聞一多，《唐詩雜論》，上海古籍出版社 1998 年版，第 1 頁。
〔註5〕曹道衡，《中古文學史論文集》，中華書局 2002 年版，第 165 頁。

學習前代文學經驗」的認識，這構成了初唐「文學的學術化」的首個前提。

其次「文學的學術化」要求文學研究的科學方法，必須把文學當作一門科學，形成較爲完備的理性認識，這就需要把原本難以把握的文學創作化爲具體細緻的要素分析，通過這些科學的研究推動文學的發展。而《文心雕龍》的思想核心正是以這種科學態度對待文學，看似虛幻縹緲的文學創作落實到可操作的層面，前面提到的對後天學習的重視就是要作家勤加練習，通過不斷的實踐提高自己的創作水平，「由技進乎道」，從而推動文學的發展。除了這種總體要求外，劉勰具體分析了文學作品的基本構成要素，大的方面如文章的篇章結構和藝術特色，如《定勢》、《情采》等，小到詞句、創作方法、格律，如《麗辭》、《章句》、《聲律》、《比興》、《事類》等。通過這些對文學具體要素的認識，既可以在學習前代優秀作品時有章可尋，同時也可使自己在創作時有法可依，不必再像以前那樣受到認識模糊的限制而無從下手，這種文學欣賞和創作的科學化分析就構成了「文學的學術化」的第二個前提。初唐時期的類書對文學的作用正是由此而來，歐陽詢的《藝文類聚》以收集詩歌和文章典故爲主，這與《文心雕龍·事類》認爲合理的用典有益於文學創作是相一致的。《瑤山玉彩》彙聚了以往詩歌中的雕章繪句，對後來對偶精切、綺錯婉媚的「上官體」有直接影響，這與《文心雕龍·麗辭》重視駢文，講究詞采對偶相一致。以致這種風氣延續到盛唐，玄宗時的《初學記》是應皇子「欲學綴文，須檢事及看文體」〔註6〕之用而產生的一部類書，其編撰宗旨就是「撰集要事並要文，以類相從」，這說明了此時對文學的認識已經進入到非常科學的層面了，欲研究文章必先從語言、聲律、用典入手，進而把握其文體和文學風格的總體特徵，這些都與《文心雕龍》在此方面取得的巨大進步密切相關，這對唐代文學的繁榮起到了直接的推動作用。

三

《文心雕龍》的「通變觀」對初唐時期南北文風的融和有著深刻的影響。作爲前承魏晉風度、後啓盛唐氣象的關鍵時期，初唐文學的最大任務是融和原本殊源分流、風格迥異的南北文學，推動文學進程的快速發展，其中以《隋書·文苑傳序》爲代表：「江左宮商發越，貴於清綺，河朔詞義貞剛，重乎氣

〔註6〕【唐】劉肅，《大唐新語》，中華書局 1984 年版，第 137 頁。

質。氣質則理勝其詞，清綺則文過其意，理深者便於時用，文華者宜於詠歌，此其南北詞人得失之大較也。若能掇彼清音，簡茲累句，各去所短，合其兩長，則文質彬彬，盡善盡美矣。」（《隋書·文學傳序》）這裡不僅比較了南北文學的美學差異及其優劣得失，而且指明了以後文學發展的方向。以往我們理解這段話時，一般只注意其中南北文學的地域性差別，其實在這種表象背後還隱藏了審美風格的時代性特徵。從時代的傳承上說，河朔地區「重乎氣質」的美學特徵明顯繼承了漢魏時期文學中的古樸凝重、寡文尚氣。陳寅恪先生對這一點在《隋唐制度淵源略論稿》中曾有論述，當時北魏漢化政策中所受河西文化甚深，而此時河西的世家大族的文化多以漢魏古法傳家，因此北方文化的特點中不可避免地帶有漢魏古風。而江左的文化發展進程未曾中斷，從魏晉到南朝，文學一直沿著踵事增華的新變之路向前發展。就時代先後看，相比於北方古樸質素之風，顯然「宮商發越」的江左文學更具有超前的新時代特點。《文心雕龍·通變》突破當時「求新變於俗尚之中」的弊端，強調必須追求革新與研究傳統並舉，斟酌古今、隱括雅俗、華實相符，可以說這對扭轉當時文學頹勢具有鮮明的指導作用，黃侃先生在《文心雕龍札記·通變篇》中說：「通變之道，惟在師古，所謂變者，變世俗之文，非變古昔之法也。」〔註7〕此種認識可謂深得劉勰通變觀的精髓，由此可見通變之法要求以古變今，並非陳陳相因的模擬，而是要古今結合，文質兼善。初唐南北文風之間時代和美學對比的關係與《文心雕龍》「通變觀」的思想深相契合。同時《文心雕龍·通變》批評時人「今才穎之士，刻意學文，多略漢篇，師範宋集」，強調應該多向兩漢時的劉向、揚雄等文章家學習以改革當時綺靡文風，可見劉勰本意也是以漢法變今文，實現古今結合。因此初唐統治者和史官倡導的融合南北文風的建議，實際上是對《文心雕龍》「通變觀」的具體實踐，這從根本上改變了浮靡輕豔文風的蔓延，指出了健康積極文學樣式的正確道路，《文心雕龍》對初唐時期的文化政策的指導性作用和深刻影響由此可見一斑。

此外，《文心雕龍》中關於「文質論」的二重性對初唐乃至唐代文人對文學的認識有深遠影響。初唐時期圍繞唐太宗身邊的文人學士一方面對南朝文化的綺靡之風深表不滿，但同時通過自己的文學創作又在延續宮廷詩風的餘

〔註 7〕黃侃，《文心雕龍札記》，上海古籍出版社 2000 年版，第 104 頁。

流，而且後來的很多文人在談及自己的文學認識時，總會與自己的創作所體現的思想有矛盾，這種情況與《文心雕龍》中的「文質論」有密切的關係。郭紹虞先生曾經把《文心雕龍》中的「文質論」分為兩種，一是以《通變篇》為代表，這種文質論是針對文化整體風氣而言的，《文心雕龍‧通變》曰：「黃唐淳而質，虞夏質而辨，商周麗而雅，楚漢侈而豔，魏晉淺而綺，宋初訛而新。」〔註8〕劉勰把商周時代視為文化氛圍最好的時代，之前過於質樸，之後過於浮豔，這種觀念顯然受到儒家傳統文化觀「重道輕文」的影響，這裡帶有理想化色彩的「道」屬於「質」的方面，對文學問題並未具體分析，而是就整體而言的，因此這裡的「文質論」偏重於由文返質，有濃厚的復古色彩。另外就是《情采篇》中的「文質論」，這是針對文學作品中具體的內容和形式的關係，受到當時重視文章詞采華麗的風氣影響，劉勰在此篇中對文采並未完全否定，而是充分肯定文學作品的審美性。〔註9〕郭先生的這種認識極為深刻，《文心雕龍》的這種「文質論」二重性對初唐乃至唐代文人的文學認識的矛盾產生深刻影響。以唐太宗為例，他曾經對周代文化推崇備至，但對其後的時代一概否定，這與《文心雕龍》中的第一種「文質論」相似，同時就文學創作本身說，太宗自己曾經創作很多宮廷詩歌，表現了對南方文化中的審美特徵的極大興趣，對南朝詩風在初唐的延續產生重要作用，這顯然是受到第二種「文質論」的影響。因此「文質論」的不同內涵對文人的思想認識會產生不同的影響，初唐文人在文學創作和理論認識的矛盾正根源於此。當然這種情況一直延續到盛唐，像李白的文學觀和創作中的矛盾也與《文心雕龍》的這種認識密切相關。〔註10〕

綜上所述，初唐文化和文學中有濃重的《文心雕龍》的影響，這時文人對《文心雕龍》的接受不僅有通觀全局的整體意識，也有具體問題的深入思考，但總結的大多數經驗都是以一種宏闊的理論胸襟著眼於文化和文學朝著健康積極的大方向發展，例如「通變觀」的引入突破了已經不適應時代狀況的「新變觀」，對初唐南北文風融合起到積極的推動作用，對「文學的學術化」的推進和對文學聲律的肯定為文學創作提供了具體可行的章法，有利於文學

〔註 8〕【南朝梁】劉勰著，范文瀾注，《文心雕龍注》，人民文學出版社 1958 年版，第 520 頁。

〔註 9〕郭紹虞，《照隅室古典文學論集》，上海古籍出版社 1983 年版，第 157 頁。

〔註10〕關於李白文學觀念中的復古問題，可參見拙文《李白〈古風〉其一再探討》（《中國詩學》第十四輯，人民文學出版社 2010 年版）中的相關論述。

創作的科學進步，同時加強了文學作品的聲韻、對偶、工整之美，推動了近體詩的成熟。而「文質論」的二重性對盛唐文人的理論認識和文化心態的影響之巨更是顯而易見的。因此可以說盛唐文學的高潮是由於初唐文學近百年的深厚積累所致，而其中《文心雕龍》起到的積極主導作用無疑是巨大的，這對保證初唐文風延續南朝文學審美特色時滌蕩其中的頹靡因素有著決定性的意義。相比於《文選》只能對當時南朝文化的發展起推波助瀾的作用，《文心雕龍》的很多認識可以超越時代指向未來，對時代文化的轉折產生既深且巨的影響。正是受此影響，初唐時代的文學文化可以沿著健康的方向穩步前進，推動了盛唐文學高潮的到來。

從崇尚王羲之書法看太宗朝文化淵源和審美理想

【摘要】初唐時期的書法界滲透著王羲之書風的深刻影響，此種風尚的發展起源於南朝特別是蕭梁時期文化的轉變。由此可見，從歷史的縱向角度，唐代與南朝蕭梁有著密切的文化淵源關係。同時這種崇尚王羲之書法背後體現著唐太宗以典雅中正的審美觀念改革南朝尚麗美學的內在要求。

「書聖」王羲之在唐太宗時期曾受到書法藝術界的普遍推崇，唐太宗御撰《晉書·王羲之傳》，把王羲之視為理想書風的代表。前人對此現象從書法藝術史的角度進行了深入的研究，並能從中見出當時的審美風尚，體現了跨學科門類橫向研究的開闊視野。但這也就說明了較少從縱向發展的線索發掘崇尚王羲之書風的淵源。同時已有成果中存在著一些對王羲之書風代表的審美風尚的誤解，這就影響了對太宗審美理想的判斷。本文擬針對這兩個問題進行探討，以加深這方面的理解。

一

初唐時期，書法藝術界被以東晉王羲之的傳統書風所籠罩，不僅由南入北的大書法家歐陽詢、虞世南等在創作上直接受到王羲之的影響，更為重要的是唐太宗從理論上不遺餘力地大加推崇王羲之的書法，其提倡之功必然會對當時書法界學習王羲之的風氣產生積極的推動作用。在這樣的時代背景下，唐太宗於《晉書·王羲之傳》以「傳論」的方式讚譽王羲之的書法：「詳察古今，研精篆素，盡善盡美，其惟王逸少乎？觀其點曳之工，

裁成之妙，煙霏露結，狀若斷而還連；鳳翥龍蟠，勢如斜而反直，玩之不覺其倦，覽之莫識其端，心慕手追，此人而已。其餘區區之類，何足論哉！」〔註1〕這一評價把王羲之的書法推到了至高的位置，更奠定了後世對王羲之的總體認識。

　　唐太宗的這種理解並非來的突兀，而是有著深遠的歷史淵源。對其的追溯必須從這時的書法史的大背景去尋找。魏晉南北朝是我國古代書法藝術取得突飛猛進的時期，產生了一大批享譽書法史的大書法家，他們的書法成為後世書家取法描摹、心慕手追的對象，其中以王羲之、王獻之父子最為著名，對後來者的影響也更大。雖然王氏父子出現的時代較為接近，但是他們代表的書法風格和對後世產生的影響卻有很大的不同。王獻之的書法產生之後，即在南朝宋齊得到大多數書家的推崇，形成「比世皆高尚子敬」的局面，成為當時的主流書風。象晉宋時期的羊欣和邱道護、劉宋時的謝靈運、范曄等當世書法名家都是王獻之書法的傳人，甚至於文化建設頗有建樹的宋文帝劉義隆在書法上也「規模子敬」，其中尤以羊欣最為著名，時有「買王得羊，不失所望」之諺，羊欣摹習王獻之書法的近似程度由此可見一般，這也反映了時人受到王獻之影響之大。

　　這種書法界重視王獻之的風氣到了南朝蕭梁時期才得到扭轉。梁武帝是促成此一轉變的關鍵人物。作為南朝時期在文化上最具修養的帝王，蕭衍提倡復古之風，其初衷並非以王羲之反對王獻之的書風，而是主張師法曹魏書法大家鍾繇。但是由於當時距離鍾繇所處的時代已遠，作品存留無多，因此學習鍾書在當時是有心無力，難以推廣。這時只能退而求其次，那就是學習王羲之的書法，且此時其書跡尚多。因此當時的名家都以王羲之為取法對象，《顏氏家訓·雜藝》：「梁氏秘閣散逸以來，吾見二王真草多矣，家中嘗得十卷，方知陶隱居、阮交州、蕭祭酒諸書，莫不得羲之之體。故是書之淵源，蕭晚節所變，乃是右軍少時法也。」〔註2〕根據顏之推的描述，陶弘景、阮研等蕭梁書家的風格與王羲之之體相似，而蕭子雲「晚節所變」也為右軍早年的書法風格。大同年間的周興奉梁武帝編撰的《千字文》，其中負責抄寫的殷鐵石以羲之之體書之，此書後被梁武帝分賜諸王，在當時上流階層造成很大影響，王羲之之書也因此流行開來。這種《千字文》到陳朝時已在民間流傳，

〔註 1〕 房玄齡等撰，《晉書》，中華書局點校本。
〔註 2〕 【北周】顏之推，《顏之推全集譯注》，齊魯書社 2004 年版，第 286 頁。

而且當時的書家智永以弘揚王羲之書法爲己任，可見原來在上層流傳的王羲之書風此時已深入民間。

這種崇王羲之之風不僅在南方興起傳播，而且也隨南北文化交流日盛而影響到北方風氣，當然北方對王羲之書法的學習有一個由淺入深的過程，北魏後期時，王羲之《小學篇》就已傳入北方。《魏書・任城王傳附元順》：「順，字子和，九歲事師樂安陳豐，初學王羲之《小學篇》數千言，晝夜誦之，旬有五日，一皆通徹。」可見元順所學《小學篇》是以王羲之字體寫就，這也和北魏實行漢化政策後於文化方面取法南朝的大趨勢相一致。而要說北方大規模接受南朝文化的標誌性事件，那就是西魏末年南方大書法家王褒入關。《周書・王褒傳》：「褒識量淵通，志懷沉靜。美風儀，善談笑，博覽史傳，尤工屬文。梁國子祭酒蕭子雲，褒之姑父也，特善草隸。褒少以姻戚，去來其家，遂相模範。俄而名亞子雲，並見重於世。」可見王褒書法源自蕭子雲，而據《顏氏家訓・雜藝》的記載，蕭子雲的書法源自王羲之少年之體。那麼王褒的書法必然會受到王羲之書風的影響。而且王褒也屬琅琊王氏之後，和王羲之同屬一門，淵源一脈，在入關之時曾攜帶世代相傳的王家書跡北來，其中唐代武周時由王褒曾孫晉獻的王羲之作品《萬歲通天貼》，就是王褒所攜之物。最爲重要的是，王褒的到來引起了北朝書風的徹底轉變，正如庾信的到來之於北朝文學的作用一樣。《周書・趙文深傳》：「及平江陵之後，王褒入關，貴遊等翕然並學褒書。」這正說明南朝文學藝術的發展水平遠高於北方，因此南方文士的到來促進了南學北漸的過程，加速南北文化的交融。

當時北周學習王褒書法的貴族中就有唐太宗的父親李淵，唐朝竇蒙《述書賦注》：「高祖（李淵）師王褒得其妙，故有梁朝風格焉。」〔註3〕不僅李淵之書師法王褒，而且據《舊唐書・后妃傳上》載：「高祖太穆皇后竇氏」，「善書，學類高祖之書，人不能辨。」〔註4〕可見唐太宗父母的書風都屬王褒遺脈，這必定也對太宗的書法審美趨向產生深刻影響。

通過對南朝蕭梁到初唐太宗書法史的簡單勾勒，我們可以清晰地看到正是由最初棄王獻之而慕鍾繇，進而學習王羲之，最終確定以王羲之爲主流書風的演變歷程，貫穿其中的是對王羲之的推崇由自發自爲到自覺學習。隨著

〔註3〕【唐】張彥遠撰，劉石校點，《法書要錄》，遼寧教育出版社1998年版，第98頁。

〔註4〕【後唐】劉昫等撰，《舊唐書》中華書局點校本，第2163頁。

這種認識的逐步加深，唐太宗對王羲之近乎癡迷的崇尚也就成為書法史發展的必然結果。由此我們可以看到兩點藝術發展的規律：首先是通常所講的「復古」並非簡單的學習古人，更不是泥古，而是斟酌古今、揚棄並舉的辯證過程。梁武帝最初欲以鍾繇古法改變王獻之的妍媚「今體」，但是在當時崇尚文采的意識深入人心且於文化藝術有所裨益的情況下，完全拋棄「今體」成就中的審美因子而回到鍾繇代表的古樸鄙質的漢隸古意，明顯是抱殘守缺的泥古敗舉。所以推崇王羲之所代表的文質彬彬、耀文含質的書風，既能達到梁武帝的變革「今體」的復古初衷，也能吸收當時已經充分發展的「今體」書風中的審美特色，傳統與當代的結合必然指示的是未來書法文化發展的正確道路，唐代書法的興盛正是這種發展觀催生出的優秀成果。其次魏徵在《隋書·文學傳序》所言之南北文化交融問題並非是兩種地域文化的簡單相加，具體到實踐層面則是一個複雜漫長的歷程，其中北方文化要想取得進步，必要經歷學習摹仿南方先進文化的過程，在這種學習之中逐步滲透進北方文化的可取因素以變革之，最後才能達到南北文化的交融。因此在政治家那種宏觀視野觀照下的問題往往顯得粗略，而藝術家對此的實踐則要複雜艱難地多。

唐代書法藝術的發展過程正是在首先學習南朝書法的基礎上進行的，最後還是初唐時期歐陽詢、虞世南等南方書家在接受南朝藝術的薰陶下開始探索將北朝險勁質樸的漢碑書風融入王羲之的書法，使之更具骨力，超越前代而結出了初唐書法的碩果，並深刻影響了後來如褚遂良、薛稷等書法家。可見初唐的文化藝術是從南朝的文化傳統中走出的，而其中梁武帝時期文化的審美趨向對初唐的影響更是不可忽視。因此我們有理由說在文學藝術的領域，南朝特別是梁武帝時期的文化建設是初唐文化的一個極為重要的淵源。

二

關於對王羲之書法的崇尚之風代表的是何種審美理想，有一些認識的誤區，其中代表性的觀點是這是推崇南方文化的鮮明體現，甚至有的學者在分析唐太宗時期文化中的南方文化審美特徵時，都會舉到對王羲之書法的崇尚作為重要的論據。其實這其中隱含著一個理解的前提，那就是對「南方文化」內涵的認識問題，換言之，就是看待「南方文化」的角度，對此問題的不同理解將會影響到判斷王羲之書風與「南方文化」的關係。如果僅從出現的地

域方面考慮，東晉時的王羲之及其書法顯然可以歸到「南方文化」的範疇內，這也是大多數人分析此問題的基本思路。

相對於這種較爲簡單表面化的認識，美學意義上的「南方文化」則一直爲人所忽視，而從這一角度再來分析王羲之書法與「南方文化」的關係，我們可以有一個更爲深刻的認識。魏晉南北朝的書法藝術對我國書法史最明顯的貢獻是日趨妍媚的「今體」書法佔據了主流書風，得到當時多數書家的認同，並體現於很多書家的創作實踐中。這種「今體」書風是相對於「漢隸古意」而言的。劉師培《中國美術學變遷論》的「南派疏放妍妙，行草之體盛行，羊、劉、蕭、王，師法羲、獻，姿態既逞，隸意日泯」〔註5〕就是說的這種情況。就書法家推動書風發展來說，以「今體」入古意的書法家是王羲之，而對這種風向推波助瀾並向妍媚之風更進一步的是王獻之，因此王氏父子的書法是變革漢法、趨向「今體」的標誌。這種變化趨勢並非是孤立出現的，而是有其深刻的審美文化背景，美學意義中的「南方文化」正是其核心概念。

在當時的各種文學藝術創作領域，都出現了質樸之氣漸隱、尙麗之風日盛的美學轉變趨勢。以詩歌爲例，承接東晉質木無文、淡乎寡味的「玄言詩」之後，南朝開啓了中古詩歌的新變，即清代詩論家沈德潛所言之「性情漸隱，聲色大開」的「詩運轉關」〔註6〕。這時的詩歌大家多崇尙文字的華美，色彩的鮮豔和結構篇章的精心組織，而在情感表達和言志抒情方面開拓無多。象著名的山水詩人謝靈運就是其中的代表，他的詩歌講究鋪排意象，用心於文采的華麗和詞句的對偶，描寫山水景物時採取的視角多爲「移步換景」式的逐個取景，在這種細緻的觀察中力圖全面地把所觀之景反映到作品中，因此謝靈運筆下的山水景致近似我國古代繪畫中的「工筆畫」，他的創作方法也是以窮形盡相的「賦」法爲主，而缺乏比興寄託和情感體悟，這當然是山水詩歌發展之初藝術經驗逐步完善過程中的必要環節，但也對當時乃至後來的詩風產生深刻影響，沿著這條道路踵事增華、變本加厲，最後是情感更爲浮靡纖弱、文采卻更見華麗的宮體詩。對這段詩史，劉勰在《文心雕龍・明詩》曰：「儷採百字之偶，爭價一句之奇，情必極貌以寫物，辭必窮力而追新，此

〔註5〕趙愼修編，《清末民初文人叢書・劉師培》，中國文史出版社1998年版，第117頁。

〔註6〕【清】沈德潛著，霍松林校注，《說詩晬語》，人民文學出版社1998年版，第203頁。

近世之所競也。」〔註7〕《定勢篇》則具體論述道：「自近代辭人，率好詭巧，原其爲體，訛勢所變，厭黷舊式，故穿鑿取新，察其訛意，似難而實無他術也，反正而已。故文反正爲乏，辭反正爲奇。效奇之法，必顚倒文句，上字而抑下，中辭而出外，回互不常，則新色耳。」〔註8〕可見南朝詩歌沉浸在崇尙儷採之風中，只是在文字的安排和句法的運用中求得點滴的創新，風氣之末流近乎文字遊戲，而把抒情言志的優良傳統棄之不顧，美學意義上的「南方文化」即是指這種棄骨而尙麗之風。

　　此風蔓延所及，書法亦有是趨勢。曹魏書法家鍾繇繼承的漢魏古隸在書法界日漸式微，爲更具審美性的「今體」書風所取代。王羲之將隸書的平板質樸推進到具有欹側之態，化字勢的橫張爲縱斂修長，體態更趨勻稱整飭，融隸書骨力於妍巧之形，尤其是王羲之的正楷，既得鍾繇之神，又將筆勢、筆意推向內斂，因此其楷書的端莊精緻具有形巧勢縱的境界，這點深得唐太宗的贊許，可見王羲之的書法集前輩各家之長而去其所短，成爲書法史上承前啓後的里程碑。但是王獻之相比於王羲之，則在新妍的方面更進一步，這就造成其書法骨力的某些弱化，因此有「骨勢不及父而媚趣過之」的說法。因此王獻之的書法給人以逸氣縱橫、超凡灑脫之感，與王羲之的將法度和超越兩相結合還是有區別的。沈尹默先生曾指出，筆法方面，大王主要是內壓，小王是外拓，內壓重骨力，外拓重風采。因此王羲之趨古，王獻之尙新，這兩種審美趨向構成了中國古代書法不同特質的重要分野，而這與南北文化的美學意蘊差別一致。地域之南北古已有之，但審美文化的南北差異則要根據藝術發展的過程來分析。而且相比於政治的分裂，書法美學的南北之分併非同步進行，而是要更晚一些。對這點，劉師培在《中國美術學變遷論》指出：「美術之分南北始於東晉。」〔註9〕這是就時代而言。具體到個人，則是王羲之和王獻之的書風差異，代表了這種書法史審美風尙轉變的分界。

　　就審美風格言，王獻之新妍的「外拓」之法具有明顯的麗彩氣息，這符合美學意義上的「南方文化」的尙麗特色，而王羲之的書法則具有亦古亦今、

〔註7〕 【南朝梁】劉勰著，范文瀾注，《文心雕龍注》，人民文學出版社1958年版，第67頁。

〔註8〕 【南朝梁】劉勰著，范文瀾注，《文心雕龍注》，人民文學出版社1958年版，第537頁。

〔註9〕 趙愼修編，《清末民初文人叢書·劉師培》，中國文史出版社1998年版，第117頁。

既文且質的審美風格，因此從美學意義上說，唐太宗推崇王羲之書法並非是欣賞具有麗彩之氣的南方文化，而是與其在初唐呼喚「文質彬彬」的審美理想密切相連，這在唐太宗和當時的主要文士那裏隨處可見。太宗希望自己創作的詩歌能夠「皆節之以中和，不係之於淫放」，顯然是要以儒家倡導的文質彬彬的「中和」之風革新齊梁以來流蕩文壇的浮靡之氣。以魏徵爲代表的初唐史官更是此種理想的推波助瀾者，《隋書‧文學傳序》：「若能掇彼清音，簡茲累句，各去所短，合其兩長，則文質彬彬，盡善盡美矣。」調和南北文風，折中不同的美學特色，最終達到「文質彬彬，盡善盡美」的理想，因此這些認識都可以爲太宗推崇王羲之書法作注腳。那麼從這種美學意蘊的角度分析，唐太宗心中的王羲之書法是其「中和」審美理想的最佳代表，而不是體現了南方文化的妍麗之態。《書斷‧行書》對此曾有明確評價：「若逸氣縱橫，則羲謝於獻；若簪裾禮樂，則獻不繼羲」，〔註10〕就是說明王羲之的書風更趨於儒家禮樂審美理想的典雅中正，與王獻之代表的「南方文化」之新妍媚趣有明顯不同。

綜上所述，通過對南朝到初唐書法史的梳理，主流書風發生了由學習王獻之向王羲之的轉變，而這與由梁武帝開啓的復古之風緊密相連。北方文化的復蘇也正與這種風氣遙相呼應，最終在唐太宗時期取得合流的結果，王羲之書法的崇高地位因得以確立，由此可見南朝蕭梁的文化建設在文學藝術方面成爲初唐時期文化的一個重要淵源，初唐藝術的發展很大程度上是從學習南朝成果開始的。同時對王羲之書法的推崇成爲太宗在初唐時期提倡「中和」審美理想的重要內容，而這正是變革「南方文化」尚麗美學的舉措之一，我們對此應從美學藝術的角度予以理解才會有清醒的認識。

〔註10〕【唐】張彥遠撰，劉石校點，《法書要錄》，遼寧教育出版社1998年版，第119頁。

詩法傳承與理念創新
——南朝文學和李白創作中「清」的概念的比較

【摘要】：「清」作爲李白詩學理念中的關鍵詞，必然指導和規定著李白詩歌創作和詩學評論的主要旨趣。這其中「清」的內涵既有對魏晉六朝以來重視詩歌形式因素的詩學經驗的借鑒和總結，更有李白結合盛唐詩壇和自己的創作經驗而成的嶄新內涵。最關鍵的是，李白爲「清」注入了自然渾融的高妙境界，這無疑決定了李白詩歌和詩學理念在我國詩學發展史上的承前啓後的重要地位。

【關鍵詞】：李白　清　詩學

李白創作的審美藝術風格是「清新明快」，這已成爲學者共識。同時他也以「清」來評價和規範其它作品，因此對「清」的認識理解便構成了李白文學思想的重要組成部份。李白如此推崇具有「清」的風格的詩作且身體力行之，絕非憑空產生而應該是淵源有自的。通過對其詩文的考察總結，李白的這種創作傾向和南朝文學有著極爲密切的關係，那麼以李白詩文中體現的「清」的概念爲終點，與南朝文學及文論中對「清」的認識進行比較，作一番文學史的溯源，便顯得很有必要。〔註1〕

在正題開始之前，需要澄清兩個問題。首先是關於「清」的概念使用問題。由於我國古代文化較少西方式的嚴密的邏輯論證，更多的具有感性直觀

〔註1〕從中國古典文論的角度，深入對「清」的概念進行深入闡釋的論文，可參見蔣寅先生的《古典詩學的現代詮釋》（中華書局 2003 年版）中之《清：詩美學的核心範疇——詩美學的一個考察》。

的特徵，甚至還有比喻等用法，因此在使用某個概念時，經常缺乏對其外延和內涵進行深入的辨析，這讓後世研究者捉摸不定，「清」這一概念也不能避免此種弊端。故必須先要明確概念使用，惟有正本，才能展開下一步的討論。本文中的「清」是指運用於文學創作和文學批評領域的概念術語，當然對其哲學學術思想上的認識也有涉及，至於其它內容和用法則溢出我們的討論範圍。另外，李白的文學創作和理論建樹存在著相悖離的傾向，這裡我們要去偽存真，以李白的創作為基礎，兼顧其理論主張，發掘其真正的文學思想，還李白所認識的「清」的概念以本來面目。

按照文學史的一般規律，作家的創作是對其理論的實踐，理論則是創作經驗的提煉和昇華，理論和創作應該保持高度一致，這樣的例子不勝枚舉。但是在我國的文學史上卻出現了一些特例即創作與理論相悖離，李白就是其中的代表。那麼這就必須辯清原由，作出取捨，尋找李白真實的文學思想，為進一步的討論打下基礎。〔註2〕

就現存的資料來看，李白的文學理論認識大都散見於其創作的詩辭文賦中，缺乏系統的總結，如《古風》其一、其三，孟棨的《本事詩》中關於李白的一段記載，這是較為集中的體現；其它還有一些零星片斷，如《上安州裴長史書》、《澤畔吟序》、《王右軍》、《送儲邕之武昌》、《經亂離後天恩流夜郎，憶日遊書懷，贈江夏韋太守良宰》、《宣州謝朓樓餞別校書叔雲》、《金陵城西樓月下吟》、《秋夜板橋浦泛月獨酌懷遐謝朓》等。從這些或長或短的論點中，有很多值得注意之處。

首先，李白的《古風》其一歷來受到文學史家和詩論家的重視，被認為是李白文學思想的綱領性認識，這其中表現出明顯的厚古薄今的復古意識，而且對《詩經》以後的文學發展史的認識有諸多偏頗之處。他把「雅、頌」視為正聲，自此衰落後，文學再未達到此高度，「大雅久不作，吾衰竟誰陳……正聲何微茫，哀怨起騷人。」在李白看來，不僅以「哀怨」為特徵的《離騷》等《楚辭》文學很難企及「正聲」傳統，而且自漢代以降文學就處於大倒退中，毫無可取之處。「揚、馬激頹波，開流蕩無垠。……自從建安來，綺麗不

〔註2〕 關於文學史上文論與文學思想的問題，可參見羅宗強先生的《李杜論略》中的相關論述，而其研究成果則以《隋唐五代文學思想史》與《魏晉南北朝文學思想史》為代表。他對「文學思想」問題的開拓成為這方面最早將理論付諸研究實踐的學者。

足珍。」李白認爲，揚雄、司馬相如的漢大賦在文學史上開啓了一股頹波濁流，對以後的文學發展起了很不好的作用，建安開始的魏晉南北朝文學更是不足稱道，這樣說來，李白幾乎把《詩經》以來的文學史一筆抹殺了，《楚辭》、漢大賦、魏晉五言詩等在我國文學發展中的貢獻被全盤否定。

其次，與《古風》其一的認識相表裏，李白對詩歌形式的看法也帶有濃厚的復古色彩。孟棨《本事詩・高逸第三》載：「白才逸氣高，與陳拾遺齊名，先後合德。其論詩云：『梁陳以來，豔薄斯極，沈休文又尚以聲律。將復古道，非我而誰歟？故陳、李二集，律詩殊少。嘗言：『興寄深微，五言不如四言，七言又其靡也，況使束於聲調俳優哉！』」這裡李白明確把自己的文學觀定位於「將復古道」之路上，在詩歌形式上極爲推崇四言，而把五言和七言詩視爲「聲調俳優」之作加以貶抑，因此這真可算是《古風》其一觀點的注腳。

但是把李白其它關於詩歌的認識和以上復古思想加以對照，我們就會發現李白的理論認識本身存在著自相矛盾之處，而且焦點就集中在對魏晉南北朝文學的認識上。一方面，他強調「自從建安來，綺麗不足珍」，另一方面卻在一些詩歌中稱讚魏晉南北朝的詩人。如「蓬萊文章建安骨，中間小謝又清發」(《宣州謝朓樓餞別校書叔雲》)、「解道澄江淨如練，令人長憶謝玄暉」(《金陵城西樓月下吟》)、「我家敬亭下，輒繼謝公作。相去數百年，風期宛如昨」(《遊敬亭寄崔侍御》)、「獨酌板橋浦，古人誰可徵？玄暉難再得，灑酒氣塡膺」(《秋夜板橋浦泛月獨酌懷謝朓》)，由此可見李白對謝朓是推崇備至，同時《贈江夏韋太守良宰》：「覽君荊山作，江鮑堪動色。」說明他對江淹和鮑照的評價也是頗高的。所以在李白的許多短小評論中，六朝文學的地位還是非常高的。

不僅在理論評價中有這樣的矛盾，李白在其創作實踐和理論認識上更顯扞格難通。據《本事詩》的記載，李白把四言詩作爲詩歌中表現「興寄深微」的最佳形式，但是現存李白的詩作中只有兩首四言詩《上崔相百憂草》、《雪讒詩贈友人》，而且寫的質木無文，並不成功。李白寫的最好的詩歌還是樂府歌行體詩，大部份是五言和七言詩。同時在創作中模仿六朝詩歌的作品也很多，象他就特別欣賞謝靈運的《登池上樓》中的「池塘生春草」那一渾然天成的佳句。詩有云：「夢得池塘生春草，使我長價登樓詩。」(《贈從弟南平太守之謠》)；「他日相思一夢君，應得池塘生春草。」(《送舍弟》)，鮑照的詩歌也是李白經常學習的對象，「長風破浪會有時，直掛雲帆濟滄海」(《行路難》

其一）的用意亦與鮑照《擬行路難》十八「莫言草木委霜雪，會應蘇息遇陽春」近似，其對南朝樂府的「吳聲」、「西曲」也有深入學習。

通過以上分析，李白的復古理想只是他文學理論的極少部份，在他對六朝文學的大多數評論以及創作實踐中，稱許和學習佔據了主流的傾向。關於李白文學思想中的復古意識，應該是有其產生原因的，那就是他把政治代替文學，對文學的評論其實表達的是心目中的政治理想。〔註3〕像這樣的情況，文學史上不乏其例。而且一個詩人文學理論思想的形成受到許多因素的制約，政治因素是其中一種。李白在盛唐氣象的激蕩下始終洋溢著文人特有的積極用世精神，「申管、晏之談，謀帝王之術。奮其智慧，願爲輔弼，使寰區大定，海縣清一。」（《代壽山答孟少府移文書》）所以這種宏大的政治理想也會不自覺地滲透到李白的文學理解中，使得他的文學理論被誇張和歪曲而與其眞正的文學實踐相背離，很多評論也失之偏頗。袁行霈先生在《李白〈古風〉（其一）再探討》中對此有過精闢論述，明確指出此詩主要不是論詩，而是論政，重點在論政治與詩歌乃至整個文化的關係。因此我們要準確把握李白的文學思想，就不能被《古風》和《本事詩》的材料所局限，應該有一個更爲全面和深刻的認識。要想如此，李白的創作實踐可說是最準確的途徑。羅宗強先生早在《李杜論略》曾指出：「事實上創作實踐才是他的文學思想的更爲直接、更爲眞實的體現。一個時代的文學主張也是一樣，它不僅反映在文學理論批評的著作裏，而且更充分、更廣泛、更深刻地反映在當時的創作傾向裏，只根據當時的文學理論和批評去判斷當時的文學思想是遠遠不夠的，還必須全面而廣泛地分析當時的創作傾向。」〔註4〕受到這種認識的啓發，李白的創作實踐讓我們有充分的理由相信他對六朝文學的認識決非「自從建安來，綺麗不足珍」一句可以代替，李白的文學思想和創作經驗與六朝文學特別是南朝文學密切相連。

至於具體分析李白的創作與南朝文學的關係，可以有很多途徑，「清」的藝術風格便是其中之一。李白經常以「清」和帶「清」的詞語來表述自己的審美理想和藝術風格，如在《古風》其一中強調「聖代復元古，垂衣貴清眞」，把「清眞」作爲最高的審美追求。《上安州裴長史書》曰：「諸人之文，猶山

〔註 3〕 關於李白《古風》其一文學思想的內涵，可參見拙文《李白〈古風〉其一再探討》。發表於《中國詩學》第十四輯，人民文學出版社 2010 年版。
〔註 4〕 羅宗強，《李杜論略》，內蒙古人民出版社 1980 年版。

無煙霞，春無草樹。李白之文，清雄奔放，名章俊語，絡繹間起，光明洞徹，句句動人。」李白在此以己文對諸人之文，激賞自己「清雄奔放」的藝術風格，而且評論他人之文「猶山無煙霞，春無草樹」，推崇自己之意不言自明。同時他也以「清」極力稱讚別人的佳作，如《經亂離後天恩流夜郎，憶昔遊書懷，贈江夏韋太守良宰》：「覽君荊山作，江鮑堪動色。清水出芙蓉，天然去雕飾。」《澤畔吟序》：「崔公忠憤義烈，形於清辭。慟哭澤畔，哀形翰墨。猶《風》、《雅》之什，聞之者無罪，主之者作鏡。」不僅李白對此有自覺意識，後人的研究亦多重視此處，稍後於李白的杜甫稱讚白詩「清新庾開府，俊逸鮑參軍」，司空圖《題柳柳州集後》論李白曰：「宏拔清厲，乃其詩歌也。」明代詩論家李東陽曰：「太白天才絕出，真所謂清水出芙蓉，天然去雕飾。」這種評價與李白的創作實踐是一致的。按照文學史的普遍規律，任何詩人都應當有其文學淵源，那麼李白也應如此。翻閱李白的作品，他以「清」評價魏晉六朝特別是南朝文學甚多。如《王右軍》：「右軍本清真，瀟灑在風塵。」《送儲邕之武昌》：「諾謂楚人重，詩傳謝朓清。」《宣州謝朓樓餞別校書叔雲》：「蓬萊文章建安骨，中間小謝又清發。」李白的「清水出芙蓉，天然去雕飾」也是來自南朝時人對謝靈運清新自然詩風評價的啟發。因此除王羲之是東晉人外，其餘諸人都是南朝文學的代表詩人。因此南朝文學成為李白文學思想中「清」的概念的重要理論來源。

自從曹丕《典論・論文》中「氣之清濁有體，不可力強而至」開始，以「清」來評論文學創作成為一時風氣，到南朝時期尤為熾烈，這與魏晉時期由清談發展而來的玄學思想密切相連。

「清」是南朝文學評論中使用頻率最高的詞彙之一，大到文化形態的判定，小到具體詩人及作品風格的評價，從創作實踐到文學理論，無不如此。要解決「清」這一概念所代表的內容，必須瞭解當時使用時針對的對象、含義、傾向和思想背景。根據對南朝時最有代表性的文學批評著作《文心雕龍》和《詩品》的統計，《文》中使用「清」評價文學有 30 次，《詩》中也出現了15 次之多。而且《詩品》的宗旨是評價歷代五言詩人優劣，將 112 位詩人分為三等，以「清」而論的人數，上品 11 人中有 3 人，中品 39 人中有 5 人，下品 72 人中有 5 人，因此以上中品出現的比率為高，這些詩人代表了各個時代的最高成就（在其《詩品序》中還出現兩次）。這時「清」大多是與其它詞語連用，如「清綺」、「清鑠」、「清切」、「清省」、「清英」、「清和」、「清峻」、「清

暢」、「清雅」、「清巧」等。由此可見，「清」在南朝時期的文學生活中被廣泛應用，是當時重要的評價標準。除使用數量多之外，受到此風薰染的詩人都是一時之選，在詩壇上具有重要地位。如評何遜詩：「何遜詩實爲清巧，多形似之言」（《顏氏家訓・文章》），〔註5〕評沈約詩：「不閒於經綸，而長於清怨」（《詩品》），〔註6〕評吳均詩：「文體清拔有古氣，好事者或傚之，謂爲吳均體」（《梁書・吳均傳》），〔註7〕評范云詩：「范詩清便宛轉，如流風回雪」（《詩品》），〔註8〕唐初李百藥評自己的學詩心得：「吾上陳應、劉，下述沈、謝，分四聲八病，剛柔清濁，各有端序，音若塤篪」（《中說・天地》）〔註9〕，特意指出沈約「剛柔清濁」的「四聲八病」說。另外有的詩人雖未明確有這方面的記載如謝朓，但是他屬於「永明體」的代表，與沈約過從甚密，而且其詩與何遜作品相似，故而他的藝術風格屬「清」的範疇之列。

　　當時以「清」評價文學，大多含有稱讚頌揚的意味，屬於褒義詞。如《文心雕龍》中具有「清」的風格的作家包括賈誼、張衡、曹丕、嵇康、張華、潘岳、陸雲等，並在文學的發展中給予很高的評價。在《明詩篇》中，將張衡的「清典可味」和「古詩十九首」並提，而「古詩」本身也具「清音獨遠」的特徵（《詩品》），因此崇「清」之意甚明；論嵇康時：「及正始明道，詩雜仙心，何晏之徒，率多浮淺。唯嵇詩清峻，阮旨遙深，故能標焉」，強調正始詩歌唯「清峻」的嵇詩和「遙深」的阮籍最佳；《時序篇》以「結藻清英，流韻綺靡」總結西晉一代文學，論東晉文學時單獨拈出簡文帝的「淵乎清峻」加以讚揚，可見具有「清」的特徵的作家作品在文學史上被屢次褒揚。當時的「潘陸優劣之爭」也可見出南朝時人對「清」的風格的推崇。對於西晉最著名的兩位詩人潘岳和陸機，《世說新語・文學》載：「孫興公曰：『潘文淺而淨，陸文深而蕪。』」〔註10〕《詩品》記載謝混的論述：「潘詩爛若錦繡，無處不佳；陸文如披沙簡金，往往見寶。」通過比較，時人大多認爲潘岳的成就更高。而潘岳之文「藻清豔」（《文選・籍田賦》注引臧榮緒《晉書》）、「清

〔註 5〕顏之推著，王利器校注，《顏氏家訓集解》，中華書局 1993 年版，第 298 頁。
〔註 6〕王叔岷著，《鍾嶸詩品箋證稿》，中華書局 2007 年版，第 310 頁。
〔註 7〕姚思廉，《梁書》，中華書局點校本，第四十九卷。
〔註 8〕王叔岷著，《鍾嶸詩品箋證稿》，中華書局 2007 年版，第 310 頁。
〔註 9〕王通著，張沛校注，《中說校注》中華書局 2013 年版，第 43 頁。
〔註 10〕劉義慶著，余嘉錫箋疏，《世說新語箋疏》，上海古籍出版社 1983 年版，第 327頁。

綺絕世」(《世說新語・文學》注引《晉陽秋》)，可見潘美於陸的重要原因就是其文具有「清」的風格。當然此時也有極少的不同意見，《顏氏家訓・文章》載：「何遜詩實爲清巧，多形似之言，揚都論者，恨其每痛苦辛。饒貧寒氣，不及劉孝綽之雍容也。」其實顏之推和劉孝綽欣賞典正雅潤的文風，以雍容爲特色，何遜的詩歌當然不合他們的審美趣味，但是我們還應看到代表當時文學發展方向的是沈約爲主的「永明」體詩人，而他們及蕭繹對何遜詩是稱讚和喜愛的。同時在《文心雕龍》總結創作經驗的篇目中也屢次推崇「清」的要求。如《養氣》：「是以吐納文藝，務在節宣，清和其心，調暢其氣」，《風骨》：「意氣駿爽，則文風清焉。……若能確乎正式，使文明以健，則風清骨峻，篇體光華」，《定勢》：「賦、頌、歌、詩，則羽儀乎清麗」，《聲律》：「又《詩》人綜韻，率多清切」《章句》：「句之清英，字不妄也」，《才略》中舉了許多具有「清」的特色的作家事例，包括「議惬而賦清」的賈誼、「洋洋清綺」的曹丕、「奕奕清暢」的張華、「循理而清通」的溫嶠等。因此「清」所代表的文學特色是南朝大多數詩人具有的，也爲時人所欣賞，反映了文學發展的方向。難怪魏徵總結南朝文學時說：「江左宮商發越，貴於清綺，……文華者宜於詠歌」(《隋書・文學傳序》)，希望能吸收南朝的「清音」優長以促進未來健康文學樣式的形成。

「清」在南朝時多指明確簡約之意，《世說新語・文學》載：「褚季野語孫安國云：『北人學問，淵綜廣博。』孫答曰：『南人學問，清通簡要。』」〔註11〕褚孫在此區分了南北學術的不同特點，孫安國指出了南方所重的「清通簡要」，這種文化的特長與上文的分析不謀而合，這裡需要注意的是「清」的含義。當時還有關於南北文化分野的討論，如《世說新語・文學》載支道林的一段話，他指出「南人學問，如牖中窺日」，《北史・儒林傳序》：「南人約簡，得其英華；北學深蕪，窮其枝葉。」支氏之意說南人的學術是以小見大，正與《北史》的「約簡」相合。所以「清通簡要」之「清」亦是約簡之意。通過考察，文學中的用法亦如斯。《文心雕龍・誄碑》：「其敘事也該而要，其綴採也雅而澤。清詞轉而不窮，巧義出而卓立。」此「清」即是「該而要」的簡約。《奏啓》：「必斂飭入規，促其音節，辨要輕清，文而不侈，亦啓之大略

〔註11〕劉義慶著，余嘉錫箋疏，《世說新語箋疏》，上海古籍出版社 1983 年版，第 264 頁。

也。」「清」在這裡指「文而不侈」，即有文采但不繁雜淫靡，還是簡約之意。《熔裁》：「士衡才優，而綴辭尤繁；士龍思劣，而雅好清省。」以「繁」、「清」相對，則此「清」指「繁」的反面，即簡約。其它的例子還有不少，如《頌贊》：「原夫頌惟典雅，辭必清鑠」，《章表》：「觀其體贍而律調，辭清而志顯」，《書記》：「敬而不懾，簡而無傲，清美以會其才，炳蔚以文其響」。和陸機相比，潘岳的「清」指其文寫的清新流暢、簡約自然，最擅長的是哀誄之文，這種文體以該要雅澤為特色，語言精練。由此可見，南朝時人所說之「清」是指簡約明確。

在明確了「清」的含義之後，還需對其使用對象有一認識。任何術語在使用時，都有較為集中的對象，當然這種使用受到時代思維的局限。通過整理歸納，這時「清」的使用對象集中在下列一些方面：語言詞彙，如《世說新語·文學》載：「林公辯答清晰，辭氣俱爽」，《顏氏家訓·文章》：「何遜詩實為清巧，多形似之言」，《隋書·經籍志》：「簡文之在東宮，亦好篇什。清辭巧製，止乎衽席之間；雕琢曼藻，思極閨房之內」，〔註12〕《文心雕龍·章句》：「句之清英，字不妄也」，〔註13〕《頌贊》：「原夫頌惟典雅，辭必清鑠」，〔註14〕《詩品》評班婕妤：「《團扇》短章，詞旨清捷」，評戴逵：「安道詩雖嫩弱，有清上之句」，雖是評價前人，但反映的是鍾嶸的認識；音韻格律，如《文心雕龍·聲律》：「又《詩》人綜韻，率多清切」，《中說·天地》記載李百藥的詩學淵源：「上陳應、劉，下述沈、謝，分四聲八病，剛柔清濁，各有端序，音若塤篪」，《詩品序》：「余謂文制，本須諷讀，不可蹇礙，但令清濁流通，口吻調利，斯為足矣」，〔註15〕《詩品》評「古詩十九首」：「人代冥滅，而清音獨遠」，《文心雕龍·才略》：「《樂府》清越」，指的是《樂府》歌詩音韻流暢、悅耳動聽；一種藝術風格，包括文體和詩人，如《文心雕龍·宗經》「風清而不雜」，《定勢》「章、表、奏、議，則準的乎典雅；賦、頌、歌、詩，則羽儀乎清麗」，《詔策》「晉世中興，唯明帝崇才，以溫嶠文清，故引入中書」《銘箴》「唯張載《劍閣》，其才清采」，其例甚多，茲不贅述。

〔註12〕 魏徵等著，《隋書》，中華書局點校本，第三十二卷。
〔註13〕 劉勰著，范文瀾注，《文心雕龍注》，人民文學出版社 1958 年版，第 570 頁。
〔註14〕 劉勰著，范文瀾注，《文心雕龍注》，人民文學出版社 1958 年版，第 158 頁。
〔註15〕 王叔岷著，《鍾嶸詩品箋證稿》，中華書局 2007 年版，第 111～112 頁。

　　因此「清」所修飾的對象大多是文學的細節問題，這與當時處於文學覺醒期相一致，很多本質問題剛開始討論。「永明體」是當時最有代表性的文學樣式，這標誌著在我國文學史上第一次對音韻格律有了自覺意識，而且其主要倡導者沈約曾提出「三易說」，即「易見事，易識字，易讀誦」（《顏氏家訓・文章》），這都是爲文的基礎和細節，並沒有很深的道理，但在此時提出已屬難能可貴。鍾嶸《詩品》中的「自然英旨」說的確很好，但他在具體操作時也不得不從最基本的問題入手，前有反對大明、泰始中「文章殆同書鈔」的不良傾向，這與沈約的「易見事、易識字」一致，要求創作時用典不宜過多，以免影響清晰流暢的文風；後有關注文學的音韻格律，要求「清濁通流，口吻調利」，與沈氏「易讀誦」相仿。而這些要求與「清」所標示的文學特徵類似，它指語言簡約精練、音韻和諧流暢，只有這樣的作品才會「易見事，易識字，易讀誦」，達到謝眺提出的「好詩圓美流轉如彈丸」的要求（《南史・王筠傳》）。此外，「清」在這時已是構成文學作品本質性的重要標準，《文心雕龍・明詩》：「若夫四言正體，則雅潤爲本；五言流調，則清麗居宗。」雖然劉勰強調四言詩爲「正體」，但其衰落在南朝已是不爭的事實，聯繫鍾嶸《詩品序》的「五言居文詞之要，是眾作之有滋味者也」，那麼此時眞正代表文學本質特徵的是五言詩，《定勢》：「賦、頌、歌、詩，則羽儀乎清麗」，也把「清」作爲這幾種美文學體裁的特徵，可見這已是共識。

　　通過以上分析，南朝時期對「清」所代表的文學意義已經有初步認識，成爲時人普遍欣賞的藝術風格，也是文學作品必不可少的審美特徵。儘管對它的運用和認識只是文學作品的語言、韻律和藝術風格之一種，但是從其受關注的熱烈程度，我們明顯可以斷定「清」所凝聚的成果反映了南朝向隋唐文學演進的趨勢和文學本質特徵的發展方向。

　　就文學自身發展規律而言，南朝的成就要遠遠領先於北朝，因此唐代文學必然是站在南朝文學的基礎上來求進一步的突破，初唐時期沿襲南朝末期宮體詩風的狀況就是明證，當然這其中也會孕育變革和發展。「清」的演變軌跡與此文學背景息息相關，當盛唐文學和李白詩歌達到中國詩歌史的頂峰時，「清」所代表的內涵就有了質的飛躍，這其中以李白的認識最爲深刻。

　　《唐音癸籤‧法微（一）》曰：「詩最可貴者清。然有格清、有調清，有思清、有才清。才清者，王、孟、儲、韋之屬是也。若格不清則凡，調不清則冗，思不清則俗。王、楊之流麗，沈宋之豐蔚，高、岑之悲壯，李、杜之雄大，其才不可概以清言，其格與調與思，則無不清者。（魏文帝《典論》云：『文以氣爲主，氣之清濁有體，不可力強而致。』其論七子詩與文章，未嘗不並重清雲。」〔註16〕這裡把「清」作爲盛唐詩歌的主導藝術風範，可謂灼見。不論是王孟之清新自然，還是高岑之慷慨悲壯，抑或是李杜之雄渾博大，雖然在細微處有具體的不同，但都可以「清」來總結當時最核心的文學風格。作爲盛唐氣象的傑出代表，李白詩歌中的「清」要高出眾人之上，「格清」、「才清」、「調清」、「思清」是就文學的才氣、韻律、思想、格調等具體問題而言，可李白是「其才不可概以清言，其格與調與思，則無不清者」，說明其詩表現的「清」也有上述的風格，但同時又超越了那些具體範疇而有了不可言說卻實實在在的境界感，是自然而然、無心自通形成的。

　　李白對「清」的風格的推崇，在理論中有所表述，但更多地是通過其創作實踐呈現出來。在《古風》其一中梳理了《詩經》以來的文學變遷，提出要想改變日益衰頹的文學風氣，必須「聖代復元古，垂衣貴清眞」，把「清眞」作爲由以往文學實踐得出的審美理想加以肯定，指導當時的創作。同時把「清」的內涵上升到「自然」的高度，作爲最高的美學風範，《古風》三十五：「醜女來效顰，還家驚四鄰。壽陵失本步，笑殺邯鄲人。一曲斐然子，雕蟲喪天眞。棘刺造沐猴，三年費精神。功成無所用，楚楚且華身。大雅思文王，頌聲久崩淪。安得郢中質，一揮成風斤？」〔註17〕可以說本詩爲其一的「清眞」作了很好的展開和注釋，那就是詩歌要寫的天眞自然，像西施的美貌那樣，出自本色，東施效顰、邯鄲學步，虛僞地模擬他人，矯揉造作，是可笑而不足取的。《經亂離後天恩流夜郎，憶日遊書懷，贈江夏韋太守良宰》：「清水出芙蓉，天然去雕飾」不僅再次申明主張，而且暗含了自己的思想淵源。南朝時鮑照讚美謝靈運曰：「謝詩如出發芙蓉，自然可愛。」李白的認識就由此而出，在創作中也對謝詩很推崇，因此這時的李白把「清」的風格與「自然」的審美理想聯繫起來。

〔註16〕胡震亨，《唐音癸籤》，人民文學出版社 1981 年版，第 13 頁。
〔註17〕王琦注，《李太白全集》，中華書局 1977 年版，第 133 頁。

　　首先李白詩中表現的「清」和南朝時的認識有繼承，如語言、用典、韻律和思想感情的表達等，都有淋漓盡致地呈現。李白詩歌中出現最多的典故是《莊子》的「大鵬」意象和「功成不受賞」的魯仲連。《上李邕》：「大鵬一日同風起，扶搖直上九萬里。假令風歇時下來，猶能簸卻滄溟水。時人見我恆殊調，見余大言皆冷笑。宣父猶能畏後生，丈夫未可輕年少。」〔註18〕還有一篇《大鵬賦》，李白始終把《莊子》中自由自在的「大鵬」視爲自己的精神象徵，在運用此典時絲毫不隱瞞自己的雄心壯志，寫的清楚明白，使用得貼切恰當，把自己的精神追求形象地展現出來，而且在臨死時也以「大鵬」的衰落自比。魯仲連的典故出現的也很多，《古風》其十：「齊有倜儻生，魯連特高妙。明月出海底，一朝開光耀。卻秦振英聲，後世仰末照。意輕千金贈，顧向平原笑。吾亦澹蕩人，拂衣可同調。」〔註19〕魯仲連「卻秦振英聲」可「意輕千金贈」，李白將之視爲自己的「同調」以表達「澹蕩」的人生哲學，可謂深得古人用心。用語不多、恰如其分地表現思想，從用典就可看出李白詩中的「清」的特色。

　　其次在語言和韻律上，李白的詩歌高度凝練純淨，看似口語般通俗易懂，卻是回味無窮，這是根據「清水出芙蓉」的要求提煉出的詩化語言，讀來珠圓玉潤，音韻和諧流暢。「白髮三千丈，緣愁似個長」，十字將個人的心靈愁緒清晰形象地呈現出來；同爲寫愁，「抽刀斷水水更流，舉杯消愁愁更愁」不僅形象，而且音韻宛轉，有迴環往復的流動感，這讓讀者在欣賞時不禁心有所動。而且李白的詩之所以流傳甚廣，其原因就是語言明白如話，韻律流暢，讀來朗朗上口，如《玉階怨》「玉階生白露，夜久侵羅襪。卻下水晶簾，玲瓏望秋月」、《贈汪倫》「李白乘舟將欲行，忽聞岸上踏歌聲。桃花潭水深千尺，不及汪倫送我情」、《黃鶴樓送孟浩然之廣陵》「故人西辭黃鶴樓，煙花三月下揚州。孤帆遠影碧空盡，惟見長江天際流」、《聞王昌齡左遷龍標，遙有此記》「楊花落盡子規啼，聞道龍標過五溪。我寄愁心與明月，隨風直到夜郎西」、《望廬山瀑布》「日照香爐生紫煙，遙看瀑布掛前川。飛流直下三千尺，疑是銀河落九天」，這些詩歌沒有生僻的字詞，意思簡明易懂，正反映了「清」所指的語言音韻特點。而且李白創作最多的是樂府詩，吸收了南朝「吳聲」、「西曲」的藝術特色，語言清麗明快，情感眞摯樸實，有極強的韻律感，如《子

〔註18〕王琦注，《李太白全集》，中華書局1977年版，第312頁。
〔註19〕王琦注，《李太白全集》，中華書局1977年版，第101頁。

夜吳歌》、《採蓮曲》、《長干行》、《清平調》等，胡適說：「他是有意用『清真』來救『綺麗』之弊的，所以他大膽地運用民間的語言，容納民歌的風格，很少雕飾，最近自然」（《白話文學史》）。由此可見李白詩歌的「清」與南朝文學存在著不少的聯繫。

再次，李白是位極富理想色彩的詩人，那麼天真、自由、傲岸，從沒有要刻意隱藏自己的思想情感，反而時刻充滿青春式的激情敞開自我的心扉，書寫屬於自己的豪情壯志，所以李白詩歌情感完全是爆發式的，猶如滔滔江水，傾瀉不盡，彷彿只有這樣才是他最佳的情感表達方式。因此他的詩情像排山倒海的激流湧動無盡的生命力，給讀者一個完全坦誠、清晰的李白。如《蜀道難》的蕩氣迴腸、《將進酒》的激情澎湃、《行路難》的堅定執著等，這些最有代表性的詩作無不洋溢著李白式的情感湧流，這種明確的情感表達也是「清」的內容之一。

最為重要的是，李白把「自然」這一最高的審美理想充實到「清」的內涵中，從而做到了鍾嶸試圖想做而未達到的事，超越了南朝的認識程度，將「清」這一極具美學意蘊的概念提高到了嶄新的美學境界，當然這主要體現於李白的詩歌創作上。既有「桃花流水杳然去，別有天地非人間」的道家式的超凡脫俗，還有「長風破浪會有時，直掛雲帆濟滄海」的儒家式的積極進取；不僅有「抽刀斷水水更流，舉杯消愁愁更愁」的宛轉低回，還有「天生我才必有用，千金散盡還復來」的自信滿懷，抑或「安能摧眉折腰事權貴，使我不得開心顏」的傲岸獨立，李白的詩歌總是如胸臆般自然流出，抒寫的就是他那飄逸瀟灑的風神和不可遏抑的生命強力，每首能激起欣賞者共鳴的好詩都是李白真正的心聲，表達的都是他的真性情，絲毫沒有刻意的雕琢，也沒有欲說還休般的矯揉造作，讀李白的詩，欣賞到的是暢快淋漓的情感渲泄和精神激越，他完全把自己的所知、所想、所感清楚無遺地呈現在世人眼前，難怪任華論其詩：「文章有奔逸氣，聳高格，清人心神，驚人魂魄。」所以當「自然」與「清」聯繫起來時，「清」的意義就具有理想境界的價值，真是有「斯人清唱何人和」的喟歎，此種涵永不盡的詩情是最自然的聲音，恐怕後人再難以企及，所以明代王世貞說李白的詩「以自然為宗」，「太白諸絕句，信口而成，所謂無意於工而無不工者」，趙翼說：「工麗中別有一種英爽之氣，溢出行墨之外」，此即自然之氣。李白「清雄奔放」之「清」與南朝認識的最大不同正在「自然」涵義的引入，這是最高的審美理想境界。

　　對「清」在文學中的認識是隨著不斷的創作來豐富和發展，任何文學現象都要經歷這樣由淺入深的認識過程。就「清」來說，南朝的認識尚淺，反映的是文學創作的細節問題，而且「清」大多與別的詞連用，含義還不確切，說明這是一個低層次的階段。但畢竟時人已對「清」的風格取得很大認同，折射出文學未來的發展方向。順著南朝開闢的道路，李白通過創作將「清」的認識帶到了非常深入的境地，既包含了對南朝認識成果諸如語言、音韻的繼承，更有用「自然」（「清水出芙蓉，天然去雕飾」《經亂離後天恩流夜郎，憶日遊書懷，贈江夏韋太守良宰》）來提升其價值意義的巨大創新，這正是文學發展的辯證過程；同時體現了對李白的認識是要在文學史的縱向進程中來完成，他的成就是以南朝文學為基礎的，我們從對「清」的比較中可以深刻感受到這一點。

李白《古風》其一再探討

【摘要】李白《古風》其一的前半部份是以《詩經》的頌美大雅之篇爲詩歌史發展的最高代表，在此基礎上否定了此後詩歌史的演變發展歷程，究其實質，這種深刻反映李白「文學觀念」的思想認識根源於中古時期逐漸形成的以上古三代爲盛世理想的極致而後世社會衰敗不返的社會發展史觀。至於本詩後半部份，則是李白熱情歌贊自己身處時代的繁盛，其用意是要表達自己趁時而起、建功立業的壯志情懷。因此通觀《古風》其一，其核心思想就是李白借詩歌批評來展現自己心目中的盛世理想，並希望能夠把握時代的昂揚精神有所作爲，這從深層又與盛唐文化所特有的剛健闊大、輝煌燦爛的時代風貌緊密相通。

【關鍵詞】李白　文學觀念　《古風》其一　盛世理想

在唐代文學批評史上，對李白《古風》其一〔註1〕的理解始終是古今學者爭議的焦點。綜合前人研究，概括起來，不外乎以下兩大觀點：一派是以劉克莊和胡震亨爲代表，他們認爲李白的《古風》其一主要是評論古今詩歌發展的歷史，如劉克莊《後村詩話》云：「此今古詩人斷案也。」〔註2〕胡震亨《李詩通》云：「統論前古詩源，志在刪詩垂後，以此發端，自負不淺。」〔註3〕這一點後來爲乾隆帝繼承，在《唐宋詩醇》中又有細緻的發揮。〔註4〕當代

〔註1〕本文用王琦注，《李太白全集》本，中華書局1977年版。
〔註2〕劉克莊，《後村詩話》，臺北廣文書局有限公司，民國八十七年【1998】版。
〔註3〕胡震亨評注，《李杜詩通》，清順治七年朱茂時刻本。
〔註4〕《御選唐宋詩醇》卷一，清乾隆間浙江書局重刻本。

學者中多數人也贊成此說，如王運熙先生等。〔註5〕另一派則以當代的俞平伯先生和袁行霈先生為代表，俞先生在《李白〈古風〉第一首解析》中提出了「這詩的主題是藉了文學的變遷來說出作者對政治批判的企圖」的觀點。〔註6〕袁行霈先生對這一全新的觀點給予充分肯定，並有進一步的發揮，他認為李白的《古風》其一「主要不是論詩，而是論政，重點在論政治與詩歌乃至整個文化的關係。」〔註7〕就目前研究的狀態來說，王運熙先生和袁行霈先生在前人思考的基礎上又取得了更深入的認識，他們在關注李白此詩前半部份的文學評論時，又對本詩後半部份的「我志在刪述」所代表的內容進行了細緻的解析，王先生認為詩中的「我志在刪述」隱含了李白刪述、編選詩歌來歌頌清平盛世的文化理想，而袁先生則對此作了另一番解釋，他認為李白的志向不僅是要做詩人，更重要的是做政治家。他所謂「我志在刪述」，並不是要學孔子刪詩，而是要想效法孔子寫一部《春秋》，總結歷代政治的得失，以此流傳千古。雖然他們最後得出的觀點針鋒相對，所採用的研究方法各異，王運熙先生是將《古風》其一置於當時的文學觀念演變中來認識。而袁行霈先生則是從字句的訓詁入手，對其中的一些關鍵字句獲得深入的而不是泛泛的理解，進而聯繫李白的思想、志趣及其詩歌的風格來把握全詩的主旨。但其中所隱含的研究趨向卻是一致的，那就是要更為準確、全面、深入地理解李白在本詩中的思想和認識。這種「知其然」的研究實質上是不可避免地忽略了「知其所以然」的方面，換言之，即是缺乏對《古風》其一所體現的思想進行追根溯源的研究，尤其是不能將其置於漢魏六朝以來文論發展的大線索中來把握，其實這才是揭開李白《古風》其一中文學觀念的關鍵。因此本文欲就此角度作一討論。

一

在追溯李白《古風》其一的文學思想淵源之前，首先還是要對本詩的一些具體問題予以澄清。其中最有爭議的問題是關於「揚馬激頹波，開流蕩無垠」一句的理解。袁行霈先生認為司馬相如、揚雄等人激蕩騷體已頹之波，

〔註5〕詳見氏著，《中國古代文論管窺》（增補本）（上海古籍出版社2006年版）《李白〈古風〉其一篇中的兩個問題》、《略談李白的文學思想》和《李白文學思想的復古色彩》。

〔註6〕《文學遺產增刊》第七輯，中華書局1959年版，第97～104頁。

〔註7〕《文學評論》2004年第1期。

變化出漢賦這種新的體裁，廣爲流傳，而且李白在此是肯定了他們開流之功。
〔註8〕安旗先生的觀點與此相異，她指出揚、馬，兩漢賦家揚雄、司馬相如。
頹波，謂詩道頹壞之趨勢。揚、馬爲賦家代表。故曰「開流」；漢賦閎麗恣肆，
故曰「無垠」。二句言漢賦發展情形。〔註9〕這就是說李白認爲漢賦是在楚騷
頹壞的趨勢上愈走愈遠。其實對此句的認識必須結合下句「廢興雖萬變，憲
章亦已淪」來分析，袁先生指出這裡的「廢興」之「興」應當指漢代揚馬之
開流，但在李白心中更加看重的還是大雅正聲所代表的「憲章」，相比於此，
「廢興」縱有萬變，也無法挽回正聲的日漸微茫之勢，這也就是「廢興雖萬
變，憲章亦已淪」一句的深層含義。以「憲章」的標準再看揚馬的開流之功，
李白其實在這裡還是繼續否定了漢賦在文學史上的成績，當然這種否定的前
提是與大雅正聲相比。因此，李白在本詩的前半部份就開宗明義地標明《詩
經》所代表的大雅傳統早已衰落，而以哀怨爲主要特色的楚騷顯示了這種雅
正之音的沉淪，即使後來的漢賦雖在文學的發展史上有興起的跡象，但與「憲
章」所代表的大雅正聲相比，仍屬衰世文學。「自從建安來，綺麗不足珍」更
是對建安以後的文學成就全部否定。經過一番辨析後，我們可以清晰地看出
李白是把《詩經》中的「大雅」正聲視爲文學的理想時代，而將楚辭到初唐
的文學成就一概抹煞。〔註10〕

另外，關於「我志在刪述」中李白的自我期望爲何，學者們也莫衷一是。
袁行霈先生指出李白在此表達了自己欲效法孔子，評判歷史政治得失的願
望，這是由於「絕筆於獲麟」代指孔子所修的「上記隱，下至哀之獲麟」的
《春秋》。王運熙先生則認爲李白是要像孔子刪詩那樣編一個詩歌選集，以歌
頌自己身處的盛世時代。而且王先生對「獲麟」的解釋也有一得之見，他根
據盧照鄰《南陽公集序》的「自獲麟絕筆」來說明李白此時的「獲麟」意義
已不再專門指示孔子修《春秋》，而是寬泛地成爲一個時間概念，李白只是藉
此說明自己編選的詩歌都是盛世時代的優秀作品。以上兩位先生關於「獲麟」
的見解，應以王運熙先生之見爲妥當。理由有二：第一，王先生所持盧照鄰
的論據從訓詁學上講對解釋李白詩中的「獲麟」更有說服力，畢竟他們生活
的時代更爲接近，彼此之間思想認識的共通性也更多。第二，李白《古風》

〔註8〕見《李白〈古風〉（其一）再探討》，《文學評論》2004年第一期。

〔註9〕安旗主編，《李白全集編年注釋》，巴蜀書社1990年版，第937頁。

〔註10〕參見葛曉音《漢唐文學的嬗變》中的《論南北朝隋唐文人對建安前後文風演
變的不同評價——從李白〈古風〉其一談起》，北京大學出版社1990年版。

其一後半部份是對「文質相炳煥」的「聖代」抱有歌頌讚揚之意，認爲自己生活的時代已經達到了古聖先賢所嚮往的「垂衣而治」，文人置身其中而「乘運共躍鱗」，自己的聰明才智得到用武之地，國家也是一派興盛繁榮的景象，因此李白是以「獲麟」特指清平盛世的時間下限，而並非效法孔子修《春秋》褒貶政治得失以使「亂臣賊子懼」。

再次，《古風》其一到底是李白的「文學觀念」還是「文學思想」，也是需要辨清的問題，這決定了我們要從何種角度來考察本詩的思想淵源。古人對文學的理解往往是以兩種形式流露出來，一種是較爲系統而集中的理論闡釋，另一種則是體現於古人創作作品的藝術審美趨向中，這兩種表現方式既有聯繫，又有所區別。一般情況下，理論闡釋和創作傾向在同一個作家身上是一致的，作家在創作中形成的經驗是其理論思考的基礎。但作家對文學的理論思考並非只局限於一己的創作經驗，前人形成的對文學的理論認識和傳統思想根深蒂固的影響都可能會左右作家對文學的看法，因此作家所表露出的理論認識有時與其創作傾向並非完全一致，這在我國中古時代的作家中體現得尤爲明顯。鑒於此，羅宗強先生根據這種作家對文學的理論認識與其創作傾向的矛盾，將作家的理論認識和創作趨向區分爲「文學觀念」和「文學思想」兩大概念，他在《李杜論略》曾指出：「事實上創作實踐才是他（李白）的文學思想的更爲直接、更爲眞實的體現。一個時代的文學主張也是一樣，它不僅反映在文學理論批評的著作裏，而且更充分、更廣泛、更深刻地反映在當時的創作傾向裏，只根據當時的文學理論和批評去判斷當時的文學思想是遠遠不夠的，還必須全面而廣泛地分析當時的創作傾向。」〔註11〕羅先生也正是沿著這樣的方向開創了「文學思想史」的研究，從而打破了以往文學理論批評研究中只是關注作家理論認識的局限。但同時我們也由此可作逆向思考，在分析作家對文學的認識時必須時刻保持對其「文學觀念」和「文學思想」的區分，否則就會混淆這兩種情況而產生理解的歧義。

具體到李白《古風》其一中的文學認識，前人就曾在此方面糾纏不清，歸根結底，都是片面地以李白「文學思想」的內容去規範他「文學觀念」的認識。如周中孚云：「太白雲：自從建安來，綺麗不足珍。昌黎云：齊梁及陳隋，眾作等蟬噪。二公俱有鄙棄六朝之意。嚴久能注云：鄙意謂太白、昌黎詩亦自六朝出，此云云者英雄欺人語耳。少陵云：李侯有佳句，往往

────────────
〔註11〕羅宗強，《李杜論略》，內蒙古人民出版社1980年版。

似陰鏗。此亦以六朝許之。」〔註12〕他注意到李白在創作方面經常汲取六朝詩歌的藝術經驗，顯然不合於《古風》其一中的「自從建安來，綺麗不足珍」的論斷。沈德潛也有同感，並將此歸因於李白「是從來作豪傑語」。當代的王運熙先生分析此種情況時也說：「對於李白思想中的矛盾，受制於詩人的氣質和性格特徵。李白是一位性格狂放、講話常常誇張過份的浪漫詩人。」如果我們以羅宗強先生所持的「文學觀念」和「文學思想」二分的標準反觀李白的《古風》其一與其創作的關係，前代學者在此方面的困擾就很好解決了。顯然李白在《古風》其一中表達的是一種受到傳統思想深刻影響的「文學觀念」，而與其創作所體現的「文學思想」有很大距離。有關李白「文學觀念」的材料並非只有《古風》其一，《本事詩・高逸第三》載：「白才逸氣高，與陳拾遺齊名，先後合德。其論詩云：『梁陳以來，豔薄斯極，沈休文又尚以聲律。將復古道，非我而誰歟？故陳、李二集，律詩殊少。嘗言：『興寄深微，五言不如四言，七言又其靡也，況使束於聲調俳優哉！』」〔註13〕李白極力推崇四言詩的「興寄深微」而否定五言七言詩的「聲調俳優」，這與其詩歌創作實際也不相符，因此《本事詩》中的材料也是李白「文學觀念」的反映。

二

　　既然李白《古風》其一中表達的是「文學觀念」，那麼我們在追溯其淵源時應首先考察此前「文學觀念」的發展線索。在李白乃至更往前的初唐時代，形成一股推崇《詩經》時代並貶抑後世文學的思潮，如王勃的《上吏部裴侍郎啓》、盧照鄰的《駙馬都尉喬君集序》和楊炯的《王勃集序》等。他們都把從《詩經》到屈宋「楚辭」在風格上的差異視爲一種文學史的劇變，《詩經》雅頌所反映的是一種禮樂之道大興的清平盛世，而屈原、宋玉以哀怨爲主的文學作品是對《詩經》雅頌傳統的偏離，這意味著文學發展已經無可挽回地走上了日益顛墜的末衰之路，而且導源於屈、宋創作的這種文學衰變在後來距離《詩經》的傳統愈走愈遠。這種「文學觀念」的認識從表面上看是《詩經》雅頌傳統的典雅醇正與屈宋創作的哀怨纏綿的文學風格的差異，而在實

〔註12〕引自安旗主編，《李白全集編年注釋》中的《古風》其一「集說」條，第940頁。
〔註13〕孟棨，《本事詩》，《歷代詩話續編》本，中華書局1983年版，第14頁。

質上是反映了文學及其時代政治關係之間存在的深層聯繫。從內容方面來說，這種認識在漢魏六朝時期突出地表現在「詩教說」的影響方面。

漢魏六朝「詩教說」在強調文學的倫理政治教化功能方面延續了傳統的諸多認識，這主要體現在注重文學與時代政治的關係問題，任何文學創作都有其產生的時代背景，文學作品的內容和風格與時代風氣緊密相關，因此文學作品的風格特徵必然會反映出時代政治的面影，並且時代風氣的轉移和變化會深刻影響到文學創作風格的變化。除此以外，這一時期的「詩教說」也隨著時代的發展而在一些具體內涵方面悄然發生著變化。這種變化主要表現在「詩教說」在漢魏六朝時期經歷了三個發展階段，即由兩漢時期的美刺諷喻，到西晉發展為頌美雅正，再到南北朝時期的宗經述聖。關於這一問題，葛曉音先生在《論漢魏六朝詩教說的演變及其在詩歌發展中的作用》一文中已經有很充分的論證。〔註14〕李白《古風》其一中前半部份「文學觀念」的內容正是對漢魏六朝時期「詩教說」內涵演變的繼承，把《詩經》中的大雅正聲當作後代難以企及的理想高峰，同時把屈原的怨刺之作作為此後文學創作走上不良文風之路的源頭而大加貶抑。就其內容方面來說，李白《古風》其一的認識與漢魏六朝時期「詩教說」的演變是一種認識上的「源」與「流」的關係，兩者前承後續而共同構成了「詩教說」這一重要文論命題的發展線索，它呈現出的是此命題內涵變化的階段特徵和現象，如果只是從這一層面說明李白《古風》其一的淵源，仍沒有跳出「文學觀念」本身演變的範疇。因此探討「詩教說」如何變化為這樣一種狀態，即影響這一命題出現變化的思想背景才是更為關鍵的研究問題，換言之，即有必要從更廣闊的文化背景方面來進一步分析「詩教說」在漢魏六朝發生變化的原因，只有這樣才能準確解釋李白在繼承前代「文學觀念」並體現於《古風》其一中的認識。

「詩教說」內涵演變中最明顯的變化就是由原本的美刺並舉發展為以頌美為主，影響這一轉折的深層因素首先是在於「詩教說」本身自產生之初就存在著「風雅正變」的認識，《毛詩序》曰：

> 上以風化下，下以風刺上，主文而譎諫，言之者無罪，聞之者
> 足以戒，故曰風。至於王道衰，禮義廢，政教失，國異政，家殊俗，
> 而變風變雅作矣。國史明乎得失之迹，傷人倫之廢，哀刑政之苛，
> 吟詠性情，以風其上，達於事變而懷其舊俗者也。故變風發乎情，

〔註14〕葛曉音，《漢唐文學的嬗變》，北京大學出版社1990年版。

止乎禮義。發乎情，民之性也：止乎禮義，先王之澤也。是以一國
之事，係一人之本，謂之風；言天下之事，行四方之風，謂之雅。
雅者，正也，言王政之所由廢興也。政有小大，故有小雅焉，有大
雅焉。頌者，美盛德之形容，以其成功告於神明者也。〔註15〕

從這段表述中可以清楚地看出「詩教說」雖然在起初之時表面上是將美政與
怨刺兩種功能並舉，但實際內涵中有「雅者，正也」的判斷和產生於「王道
衰，禮義廢，政教失，國異政，家殊俗」的「變風變雅」，因此「雅」與「風」
之間就存在了「正變」關係，而「變雅變風」的出現也說明了王道不興、禮
崩樂壞的時代背景，由此可見這種「正變」關係在根本上是反映出了政治的
盛衰變遷。「正」體現了斯文鼎盛的聖賢政治，而「變」則折射出禮崩樂壞的
混亂時局，前者主要表現在「頌」與「大雅」中，「變風變雅」則是後者的反
映，而且象徵王道政治的「正」顯然要高於政教失範時代的「變」，這種內在
價值的差異就決定了如果遇到一定條件，後代文人在接受「詩教說」時便很
容易只注重頌美政治的方面。與此相關但在理論表述上更簡明的是《禮記・
樂記》的認識，

凡音者，生人心者也。情動於中，故形於聲。聲成文，謂之音。
是故治世之音安以樂，其政和；亂世之音怨以怒，其政乖；亡國之
音哀以思，其民困。〔註16〕

這種「審聲以知音，審音以知樂，審樂以知政」的認識與《毛詩序》的觀念
如出一轍，而且《禮記・樂記》中更以「安以樂」、「怨以怒」和「哀以思」
概括了「治世之音」、「亂世之音」和「亡國之音」，這種對應關係對屈宋作品
的藝術品格在後來的「文學觀念」中被否定產生深刻影響。李白《古風》其
一中的「正聲何微茫，哀怨起騷人」一句，前代學者在解釋此句時多引《史
記・屈原賈生列傳》中的「屈平之作《離騷》，蓋自怨生也」，但具體到李白
本詩中的語境，將「正聲」與屈原的作品相對比，並把這種變化視爲「憲章
已沉淪」，因此這兩者的關係在李白詩中應是「安以樂」的「治世之音」和「怨
以怒」、「哀以思」的「亂世之音」與「亡國之音」的轉折，《詩經》所代表的
大雅正聲在李白的文學觀念中才是「治世之音」，而屈原作品的哀怨風格是被
作爲「亂世之音」和「亡國之音」的代表來認識的，正是在此種意義上，從

〔註15〕《毛詩正義》，北京大學出版社1999年版，第13～18頁。
〔註16〕《禮記譯解》，中華書局2001年版，第526頁。

《詩經》到屈原作品才被許多文人從「文學觀念」方面理解為文學史發展的巨大轉折。

雖然「詩教說」在起始就存在偏向頌美一端的可能，但這種可能變成現實，還需要一定的社會歷史條件，這種條件出現於魏晉易代之際。此時的一些文人在探討往代的政治發展時總是不約而同地將上古三代的清明盛世想像成一種社會發展的最理想狀態而大加讚美，同時上古三代以後的政治演變被看成是一個世風日下、政教淪喪的過程，難以再現當初上古時期的那種人倫有序、彼此仁愛的自然平和，這種認識以嵇康的《太師箴》最具代表性，

> 浩浩太素，陽曜陰凝。二儀陶化，人倫肇興。厥初冥昧，不慮不營。欲以物開，患以事成；犯機觸害，智不救生。宗長歸仁，自然之情。故君道自然，必托賢明。茫茫在昔，罔或不寧。赫胥既往，紹以皇羲；默靜無文，大樸未虧，萬物熙熙，不夭不離。爰及唐虞，猶篤其緒，體資易簡。應天順矩；浠韞其裳，土木其宇。物或失性，懼若在予。疇咨熙載，終禪舜禹。夫統之者勞，仰之者逸，至人重身，棄而不恤，故子卅稱疾，石戶乘桴，許由鞠躬，辭長九州。先王仁愛，愍世憂時，哀萬物之將頹，然後蒞之。下逮德暴，大道淪喪。智慧日用，漸私其親。懼物乖離，攘臂立仁。立巧愈競，繁禮屢陳。刑教爭施，天性喪真。季世陵遲，繼體承資，憑尊恃勢，不友不師，宰割天下，以奉其私。故君位益侈，臣路生心，竭智謀國，不吝灰沉。〔註17〕

在這種充滿理想色彩的社會發展描述中，嵇康將上古三代的「君道自然」、「大樸未虧」與後來的「大道淪喪」、「季世淩遲」形成鮮明的對比，把自己的社會理想寄託於三代的賢明政治，其中飽含對後世乃至自己生活之時政治形勢的極端不滿。與這種社會歷史觀相聯繫的是，阮籍在《樂論》中極力讚美聖人作樂的「順天地之體，成萬物之性」，完全否定了後世的文藝創作，其《樂論》曰：

> 昔者聖人之作樂也，將以順天地之體，成萬物之性也，故定天地八方之音，以迎陰陽八風之聲，均黃鐘中和之律，開群生萬物之情，故律呂協則陰陽和，音聲適而萬物類，男女不易其所，君臣不犯其位，四海同其觀，九州一其節，奏之圜丘而天神下，奏之方丘

〔註17〕 逯欽立輯校，《先秦漢魏晉南北朝詩》，中華書局 1983 年版。

　　而地祉上，天地合其德則萬物合其生，刑賞不用而民自安矣。乾坤
　　易簡，故雅樂不煩；道德平淡，故五聲無味。不煩則陰陽自通，無
　　味則萬物自樂，日遷善成化而不自知。風俗移易而同於是樂，此自
　　然之道，樂之所始也。其後聖人不作，道德荒壞，政法不立，化廢
　　欲行，各有風俗。故造始之教謂之風，習而行之謂之俗。〔註18〕

由此可見，阮籍的《樂論》中的「文學觀念」是根源於嵇康所代表的對三代
盛世理想的想像和對後世政治的完全否定，這種社會歷史觀念與「詩教說」
相結合，必然會產生一種新的文藝觀，即三代賢明政治時代所產生的是符合
中和之律與萬物之情的美好作品，而此後的衰世末俗導致了文藝品格的澆漓
流宕，這就決定了兩個時期的文藝作品有價值上的高下之分，而且也較《毛
詩序》中對《詩經》與時代背景之間關係的分析更加簡單直接。

　　西晉時期，很多文人在論述政治發展線索中都採用了嵇康的社會歷史
發展認識，如劉寔的《崇讓論》把聖王的謙讓之風澤被天下，保持了民風
的純樸和天下的安定，這才有了「《南風》之詩」和「五弦之琴」，此後「推
讓之風息，爭競之心生」致使人心不古，天下分崩。《晉書·劉毅傳》中，
劉毅上疏中也把前聖之世的風俗敦樸視爲盛世的典範，而後世則是「任已
則有不識之弊，聽受則有彼此之偏」，法度大亂，社會政治難以恢復到往古
的盛世。《晉書·劉頌傳》載，劉頌把三代政治的安定歸功於當時「列爵五
等」、「藩屏帝室」的封建制度，而將此後秦漢時期的郡縣制視爲「強弱不
適，制度舛錯」才導致國家衰亡。上述認識發展到郄詵時，進一步把「文
質代變」的理論框架引入到分析歷史演變的過程中，《晉書·郄詵傳》載，
當時的詔書曰：

　　蓋太上以德撫時，易簡無文，至於三代，禮樂大備，制度彌繁。
　　文質之變，其理何由？虞夏之際，聖明係踵，而損益不同。周道既
　　衰，仲尼猶曰從周。因革之宜，又何殊也？聖王既沒，遺制猶存，
　　霸者迭興而翼輔之，王道之缺，其無補乎？何陵遲之不返也？」郄
　　詵對曰：「臣聞上古推賢讓位，教同德一，故易簡而人化；三代世及，
　　季世相承，故文繁而後整。虞夏之相因，而損益不同，非帝王之道
　　異，救弊之路殊也。周當二代之流，承雕僞之極，盡禮樂之致，窮
　　制度之理，其文詳備，仲尼因時宜而曰從周，非殊論也。臣聞聖王

───────────────

〔註18〕陳伯君校注，《阮籍集校注》，中華書局 1987 年版。

之化先禮樂，五霸之興勤政刑。禮樂之化深，政刑之用淺。勤之則
可以小安，墮之則遂陵遲。〔註19〕

從上述問對中，詔書中的問題是從「文質代變」的角度來如何分析三代的
王道政治與後世的霸道政治之間的發展關係。郤詵則是以從「質」趨「文」
的發展線索來說明了上古至周代乃至後世的社會變遷，上古之時「推賢讓
位」，民風淳樸，此後制度逐漸完善，即「文繁而後整」。但在三代中的由
「質」趨「文」過程中，雖有損益不同，但一脈相承的是王道政治，發展
到周代，「承雕偽之極，盡禮樂之致，窮制度之理，其文詳備」，就是「文
質彬彬」的盛世景象。但此後代之而起的是五霸之「政刑」，與周代的「禮
樂大備」有制度效用上的天壤之別，「禮樂之化深，政刑之用淺」的差異必
然促使以霸道治天下的後世出現政教陵遲的局面。可見禮樂大備的周代在
郤詵的認識中是理想的盛世，這不僅比此前籠統的評論三代政治更顯明
確，而且將曾在文藝批評中發揮重要作用的「文質代變」引入到這種社會
歷史分析中，勢必會推動以三代特別是周代為理想盛世的認識影響到此後
文學觀念的發展。

三

作為一種宏觀理論框架的社會歷史觀中的「文質論」，在西晉時期被引
入到三代盛世理想之中，並從禮樂興盛的方面賦予三代的文化文學以崇高的
地位。若這種認識與文學批評中的「文質論」相混淆，就很容易影響文學批
評家對文學發展的判斷和表述。南北朝時期，很多文學批評家的認識常有自
相矛盾之處，多數是由於他們把這兩種「文質論」混為一談，其中以劉勰的
《文心雕龍》最具代表性，他在宏觀論述歷代文學發展和具體分析文學現象
時常有彼此互異的認識，這種矛盾就是源於劉勰是從兩個層面運用「文質
論」。郭紹虞先生在《〈文選〉的選錄標準和它與〈文心雕龍〉的關係》中曾
言：「我覺得《文心雕龍》之論文至少有兩種含義：一種是包括劉勰整個的
理論主張的，一種是就一般的所謂文質講的。」〔註20〕這兩種「文質論」中，
《通變》的「斟酌乎質文之間」是郭先生所說的「包括劉勰整個的理論主張」，
主要體現為「榷而論之，則黃唐淳而質，虞夏質而辨，商周麗而雅，楚漢侈

〔註19〕《晉書》卷五十二，中華書局 1974 年版。
〔註20〕郭紹虞，《照隅室古典文學論集》，上海古籍出版社 1983 年版。

而豔，魏晉淺而綺，宋初訛而新。從質及訛，彌近彌澹。何則？競今疏古，風味氣衰也」。〔註 21〕這種推崇商周雅麗而否定楚漢之後文學發展的認識並不符合其具體分析歷代文學發展的一些論斷，顯然這屬於羅宗強先生所說的「文學觀念」，其中透露出的並非文學史的實際，而是出於對上古三代特別是商周時代理想政治的想像和傳統「詩教說」強調政治背景決定文學發展的認識，從而判定「商周麗而雅」是文學發展的頂峰，此後的文學只能是「從質及訛，彌近彌澹」，難以恢復到商周的雅麗境界。由此可見，定型於西晉時期的對上古三代特別是周代盛世的歷史想像被劉勰吸收到文學批評之中，在歷史評論與文學批評之間起到轉換作用的就是「文質論」。由於「文質論」一方面可以從由「質」趨「文」的角度說明社會歷史變遷，同時又可以從風格方面解釋文學史的嬗變，加之以「詩教說」從中縮和文學與政治的密切關係，這才形成了劉勰在《通變》中的「文學觀念」。這種認識在當時的北方也有回想，如蘇綽以《尚書》體變革文風，以及王通推崇「上明三綱，下達五常」的「周、孔之道」，他們的宗經述聖的做法與劉勰在《通變》中表現出的「文學觀念」是一致的，究其根本，這種認識的背後都有著前代歷史傳統的深刻影響。

初盛唐時期的許多文士繼承了劉勰等人的「文學觀念」，在評述文學發展時肯定代表三代盛世的《詩經》雅頌而批判屈宋之後的文學創作，他們的這種認識並非真的把《詩經》雅頌視為不可逾越的經典，完全抹殺此後的文學成績，而是出於一種對三代盛世的嚮往和追懷，房玄齡等人在修《晉書》時曾評價嵇康的《太師箴》「亦足以明帝王之道焉」，可見他們認同了嵇康在《太師箴》中對上古三代的讚美。另外，宋代王讜所編的《唐語林》曾載有初唐名臣魏徵和封德彝在太宗面前爭執關於古今理政演變的討論，其中封德彝的看法是：

> 三代以後，人漸澆訛，故秦任法律，漢雜霸道，皆欲理而不能，
>
> 豈能理而不欲？徵書生，若信其虛論，必亂國家。

這更說明了嵇康《太師箴》中帶有想像色彩的歷史認識在初盛唐時期依然對文士的文學和政治觀念有很大影響，並促使當時出現一股「憲章禮樂」的推崇《詩經》之風，如張說《赦歸道中作》：「誰能定禮樂，為國著功成？」〔註

〔註21〕劉勰著，范文瀾注，《文心雕龍注》，人民文學出版社 1958 年版。
〔註22〕張說，《赦歸道中作》，《全唐詩》卷 88。

22〕張九齡《東海徐文公神道碑銘》:「動有禮樂之運,言有雅頌之聲。」〔註23〕而代表當時文學觀念的選詩文本《國秀集》曰:「仲尼近禮樂,正雅頌,探古詩三千餘什,皆舞而蹈之,弦而歌之,亦取其順澤者也。近秘書監陳公、國子司業蘇公嘗從容謂芮侯曰:風雅之後,數千載間,詞子才人,禮樂大壞。諷者溺於所譽,志者乖其所之。」〔註24〕因此,這種觀念的流行說明了李白在《古風》中前半部份的文學觀念正是繼承了受前代歷史觀影響的文學認識,他在本詩後半部份所說的「文質相炳煥」也是從政治制度方面著眼,與中古以來推崇三代盛世理想的社會歷史觀是一致的。

　　至於《古風》其一的後半部份,王運熙與袁行霈兩位先生的認識有顯著不同,要解決這部份的問題,俞平伯先生曾提出了很有價值的一個意見,但似乎未引起後人足夠的重視。他分析道:

> 　　我覺得可以用一個傳統的說法來解答——即《詩》和《春秋》的關係。本篇大意,只是《孟子》上的兩句話:「王者之迹熄而《詩》亡,《詩》亡然後《春秋》作。」上句綰上節,下句綰下節,扣得很緊。《詩》有美刺,《春秋》有褒貶,都針對著當時的社會政治的現實,有所反映批判。據說孔子有過這個意圖,司馬遷的《史記》當然是這個意思。李太白在本詩所表示的也正是這個意思。至於太白在他的實踐中能否做到,做到多少,原是另一個問題。但他果真有過這樣的志願,我想,對他的生平和作品的理解會有幫助的。……李白既不曾真學孔子修《春秋》,也不曾學司馬遷作《史記》,這是事實。〔註25〕

俞先生以孟子的「迹熄詩亡」說來解析李白的自我期許,這就牽扯到《詩經》和《春秋》的文化功能之間的差異及其在後世的認識問題。

　　孟子的「迹熄詩亡」說是對西周東周之際歷史的反思,當時周王室的王權失落,曾經鼎盛一時的王道政治已面臨分崩離析的危局,因此象徵禮樂文化精神的《詩經》也隨著政局的動蕩而不復存在。生活於春秋後期的孔子面對「王者之迹熄而《詩》亡」的時代,毅然在《春秋》中貫注周代的禮樂文

〔註23〕張九齡,《東海徐文公神道碑銘》,《全唐文》卷291。

〔註24〕芮挺章,《國秀集》序文。

〔註25〕俞平伯,《李白〈古風〉第一首解析》,《文學遺產增刊》第七輯,中華書局1959年版。

化精神，承擔起原本《詩經》所承擔的文化功能，使之能在禮崩樂壞的世道中對人心風俗有所匡正。〔註26〕可見孟子之時是將《詩經》和《春秋》都與現實政治緊密相連，《詩經》是以美刺精神承載周代禮樂文明，不失溫柔敦厚之風；而《春秋》則是以屬辭比事之法批判現實政治，故《春秋》作而亂臣賊子懼。但兩者之間也有差異，俞先生說：「《詩》有美刺，《春秋》有褒貶，而春秋家的褒貶實比詩人的美刺更進了一步。詩人多微婉其詞，春秋家則詞嚴義正。《春秋》的本身雖離文學爲遠，但繼承《春秋》的《史記》，實是古代最高的散文，司馬遷曾明說，《春秋》的批判性比詩人更加嚴肅切實。」由於作於衰世，並以微言大義的創作形制來賞罰褒貶兩周之際的社會現實，因此《春秋》對現實的批判力度顯然強於《詩經》。而西晉之後的文人對《詩經》的理解日益偏於頌美一端，就更顯出了《詩經》和《春秋》在對待現實方面的差別，一爲積極頌揚，一爲消極批判，這種認識構成了李白創作《古風》其一的前提。

李白在《古風》其一的後半部份將自己生活的時代比作復元古的聖代，達到了聖賢帝王垂衣而治的清平美好，此時的才士趁勢而起，紛紛貢獻自己的聰明才智，從而出現了「文質相炳煥，眾星羅秋旻」的鼎盛局面。從李白的描述中，我們能夠深刻體會到李白對自己生活時代的讚美之情，絲毫看不出他的批判之意。因此葛曉音先生曾對李白在本詩後半部份流露出的時代精神給予充分肯定：「詩人出於對時代復興文王之治的讚美和自豪感，表達了盛唐人趁時而起，建功立業的理想。」由此看來，李白在此並非表明自己要模仿孔子作《春秋》之意。至於他是否真如王運熙先生所說是要編選一部反映時代精神的詩歌選集，根據李白平生所陳述的理想，「申管晏之談，謀帝王之術，奮其智慧，願爲輔弼。使寰區大定，海縣清一」，他一生念念不忘的始終是在政治方面建功立業，奮發有爲，以天下爲己任，安於做一位純粹的文士恐非李白的真正夙願，因此李白在此只是表達了對自己身處的時代做到了盛世重現的感歎和激動，並期盼能在時代精神的激蕩之下有一番作爲。

李白的這種雄心壯志，當然會影響到他對文學的理解，尤其是在一些文學觀念的表達中，難免會滲透著他的政治理想和抱負。從這個意義上來說，

〔註26〕關於孟子的「迹熄詩亡」說的研究，本文參考了劉懷榮先生的《孟子「迹熄〈詩〉亡」說學術價值重詁》，發表於《齊魯學刊》1996年第一期，後收入氏著《中國詩學論稿》，中國文聯出版社1999年版。

李白在《古風》其一後半部份中的「我志在刪述」，並非是在行為的表面模仿孔子刪詩正樂或編修《春秋》，而更應該從李白的內在精神層面去找尋與《詩經》和《春秋》所代表的文化理想的一致之處，那就是無論是《詩經》的頌美，還是《春秋》的批判，根本上都是對盛世理想的肯定，即對「王者之迹」一種飽含深情的嚮往，而這也正符合李白在本詩前半部份中借推崇《詩經》大雅來追懷盛世政治的文學觀念。因此我們不必拘泥於李白自我期許的具體行為，還是應該更加深入地把握他的內在精神，這才能抓住李白在《古風》其一中的實質。

綜上所述，李白《古風》其一中的文學觀念是傳統「詩教說」的影響與以三代特別是周代為理想盛世的社會歷史觀糅合的結果，對《詩經》大雅頌聲的極度推崇在本質上是對三代理想盛世的讚美，並非是對文學史發展的理性思考。因此這種文學觀念與李白的創作實際有很大距離，同時這也啓示我們在分析古人的文學批評時應充分考慮其理論自身的特徵，將其「文學觀念」與「文學思想」區別對待，找到各自演變發展的線索，從而得出更切合實際的認識。而本詩中李白對當代政治的讚美也與其盛世理想緊密相關，他充滿激情地陳述志向是有感於時代精神的昂揚奮發，更多的是表達自己欲在輝煌的時代建立功業的崇高追求，至於其志向本身所借助的表現形式並不重要。總之，李白是在論詩歌發展的歷程中寄託了中古文化傳統積澱形成的盛世理想，並展現了盛唐時代文人共有的高揚自我的個性精神。

儲光羲詩集考略

【摘要】：儲光羲的詩集自唐代以後，在目錄記載的歷史中，經歷了先有七十卷本後有五卷本的過程，油氣竈明清以後，五卷本的詩集成爲儲光羲詩歌作品的基本面貌。本文又對儲光羲目前的詩集作了基本校勘，是以文淵閣四庫本和明銅活字本唐五十家詩集本爲基礎。

【關鍵詞】：儲光羲　目錄學　校勘

儲光羲作爲盛唐時代山水田園詩派的重要作家，他在頗具自然風味的作品中表達了隱逸山野之趣，繼承前代山水田園詩歌尤其是陶淵明的創作經驗，主要通過描寫山林丘壑之美來展現清幽寧靜的審美自然，這種創作傾向使得他與王維、孟浩然等詩人一起以山水田園詩歌構成了盛唐氣象的重要組成部份。本文欲從目錄版本之學入手釐清儲光羲的作品在後代的流傳情況。

儲光羲不見於《舊唐書》和《新唐書》的傳記中，據大曆詩人顧況的《儲光羲詩集原序》記載，儲光羲的文集整理始於家人的努力，並請當時的著名文士王縉（王維弟）爲文集作序，後來文集隨王縉的貶謫而亡佚，王縉序也隨之亡。《舊唐書》王縉本傳載王縉貶謫括州在代宗大曆十二年，可見最早的儲光羲文集當成於此年之前。前書亡佚後，儲溶重新編輯儲光羲文集並請顧況作序，即現存的《儲光羲集原序》。此序中，顧況介紹了儲光羲的生平：

> 開元十四年嚴黃門知考魯國儲公進士高第，與崔國輔員外、綦毋潛著作同時，其明年擢常建少府、王龍標昌齡，此數人皆當時之秀，而侍御聲價隱隱淩轢諸子。其文篇賦論凡七十卷。〔註1〕

〔註 1〕《欽定四款全書》「集部」二，別類一，中華書局影印本。

可見儲光羲在開元十四年由嚴挺之知貢舉時與崔輔國、綦毋潛一起登進士第，在士林俊彥中儲光羲的聲譽要更勝一籌。他的文集包括文篇賦論共七十卷，其中應當包括詩作。這是最早的有關儲光羲較爲可靠的材料，後來的記載多淵源於此。與儲光羲年代相距不遠的殷璠在《河嶽英靈集》與《丹陽集》也曾有儲光羲的一些記載，《河嶽英靈集》「儲光羲」題解云：

> 儲公詩，格高調逸，趣遠情深，削盡常言，挾風雅之道，得浩然之氣。《述華清宮》詩云：「山開鴻蒙色，天轉招搖星。」又《遊茅山》詩云：「山門入松柏，天路涵虛空。」此例數百句，已略見《荊楊集》，不復轉引。璠嘗睹儲公《正論》十五卷，《九經分義疏》二十卷，言博理當，實可謂經國之大才。〔註2〕

《丹陽集》云：

> 光羲詩宏贍縱逸，務在直置。〔註3〕

並把儲光羲置於「延陵二人」條目下，由於《丹陽集》是按詩人籍貫編排，那麼殷璠在此即說明了儲光羲爲延陵人，這與顧況序的記載不合，甚至殷璠在《河嶽英靈集》中曾以「太原王昌齡」與「魯國儲光羲」對舉，可見殷璠的記載中彼此也有自相矛盾之處。歷來有學者對此爭論不休。傅璇琮先生在《唐代詩人叢考》中曾彌合眾說，發爲己見：

> 這裡牽扯到唐人碑傳記載中經常碰到的一個問題，即史傳碑文中所記郡望與籍貫，極易混同。唐人自稱，或爲人作墓誌碑傳，往往稱郡望，這是六朝的門第餘風，沿而未革。〔註4〕

傅先生於此以郡望和出生地的混淆解釋儲光羲籍貫的問題，確實是從當時很多的歷史事例中總結出的經驗，能夠使其中的矛盾得到較爲合理的解決。

從歷代公私目錄來看，《舊唐書·經籍志》未見有儲光羲的作品集著錄，最早著錄儲光羲作品的目錄是《新唐書·藝文志》，其卷五十九載：

> 儲光羲《正論》十五卷兗州人，開元進士第，又詔中書試文章，歷監察御史，安祿山反，陷賊自歸。〔註5〕

同書卷六十載：

〔註2〕傅璇琮編撰，《唐人選唐詩新編》，陝西人民教育出版社1996年版，第178頁。
〔註3〕傅璇琮編撰，《唐人選唐詩新編》，陝西人民教育出版社1996年版，第84頁。
〔註4〕傅璇琮著，《唐代詩人叢考》，中華書局1980年版，第92頁。
〔註5〕宋祁、歐陽修等撰，《新唐書》，中華書局點校本。

　　《儲光羲集》七十卷。〔註6〕

將《舊唐書・經籍志》與《新唐書・藝文志》著錄的文人別集比較後，我們發現《舊唐書・經籍志》中的文人別集著錄止於盧藏用，而《新唐書・藝文志》的文人別集著錄在盧藏用之後接之以《玄宗集》和《德宗集》，這明顯不合於古代書目著錄中帝王居前的慣例，同時劉昫的《舊唐書・經籍志》是以毋煚的《古今書錄》四十卷爲底本修撰的，而《古今書錄》的文人別集俱爲初盛唐前期的作品，因此我們可以大致判定歐陽修等人編撰的《新唐書・藝文志》中的《盧藏用集》之前應該是延續了《古今書錄》和《舊唐書・經籍志》的內容，《玄宗集》後面的內容則爲歐陽修等人親自整理出的書目，由此我們可以說在歐陽修所處的時代，儲光羲的文集應爲七十卷本，至於他們是否真正看到過儲光羲文集的原貌，由於資料匱乏而難於詳考。另外值得注意的是由北宋王堯臣等人於慶曆元年完成的《崇文總目》中沒有著錄儲光羲的文集情況，由於《崇文總目》在宋末元初已無完本，明清僅有簡目流傳。清修四庫全書時，四庫館臣據清朱彝尊傳抄明天一閣藏南宋紹興改定抄本，又輯生動《永樂大典》中所引《崇文總目》內容進行補校，釐爲十二卷。因此我們無法確切說明儲光羲集在北宋時的具體流傳情況，只能依據現有材料說歐陽修等人知曉有《儲光羲集》七十卷，並著錄於《新唐書・藝文志》，而現存的《崇文總目》則沒有著錄儲光羲集。同時歐陽修又向我們提供了儲光羲的另外一部重要著作《正論》十五卷，置於儒家類，同類中的其它書多爲政論性文章著作，以此類推，儲光羲的《正論》也應是政論性作品，可見儲光羲在政治方面也曾有過較高的期望，並寫有這方面的書，這與殷璠在《河嶽英靈集》中稱譽儲光羲「經國之大才」聯繫在一起。此條目下還首次介紹了儲光羲的簡單經歷，涉及到他的籍貫（兗州）、及第時間（開元中進士），曾經做過監察御史，安史之亂中曾身陷賊營，後來自己脫身回朝。

　　歐陽修之後，再次著錄《儲光羲集》的是南宋時期的著名文獻版本學家晁公武和陳振孫。晁公武在《郡齋讀書志》卷十七中載：

　　　　《儲光羲集》五卷，右唐儲光羲也，魯人。登開元十四年進士
　　第，嘗爲監察御史，後從安祿山僞署，賊平，貶死。〔註7〕

〔註6〕 宋祁、歐陽修等撰，《新唐書》，中華書局點校本。
〔註7〕 晁公武著，孫猛校注，《郡齋讀書志》，上海古籍出版社1990年版，第840頁。

可見晁公武之時《儲光羲集》已由七十卷變爲五卷，散佚情況甚多，而且晁公武未標明這五卷的內容構成，不知是否只爲詩集，還是詩文兼收？其關於儲光羲的生平記載與顧序和歐陽修等所載大同小異，籍貫、登第時間與所當官職相同，而儲光羲在安史之亂中的經歷卻又不同。晁公武載儲光羲後來由於接受安祿山的僞職而在後來受到唐王朝的貶謫，並因此而死。歐陽修只是說「陷賊自歸」而未及「貶死」。陳振孫的《直齋書錄解題》卷十九云：

> 《儲光羲集》五卷，唐監察御史魯國儲光羲撰，與崔國輔、綦
> 母潛皆同年進士，天寶末任僞官，貶死。顧況爲集序。〔註8〕

在本卷卷首陳振孫標明體例云：

> 凡無他文而獨有詩，及雖有他文而詩集復獨行者，別爲一類。

因此《直齋書錄解題》卷十九中的《儲光羲集》應全爲詩歌作品，但《直齋書錄解題》文集卷未有儲光羲的其它作品，疑此時可能儲光羲只有詩集五卷留存，而且文集前有顧況的序，可見此本爲儲溶所編。其關於儲光羲的生平與晁公武爲近而小異於前代，並指出集前有顧況之序，爲前代目錄所未見。陳振孫在這裡還有一條與前人不同之處，即關於儲光羲的進士及第時間問題。《直齋書錄解題》卷十九云：

> 《崔國輔集》一卷，唐集賢直學士禮部員外郎崔國輔撰。開元
> 十三年進士，應縣令舉，爲許昌令。天寶中加學士，後以王鉷近親
> 坐貶，詩凡二十八首。臨海李氏本，後又得石林葉氏本，多六首。
>
> 〔註9〕

既然儲光羲與崔國輔同年進士，那麼陳振孫是將儲光羲的進士及第定於開元十三年，而且他對王昌齡的進士及第之年定於開元十四年，《直齋書錄解題·王江寧集》云：

> 唐龍標尉江寧王昌齡少伯撰，與常建俱開元十四年進士，二十
> 二年，選宏辭，超絕群類，爲汜水尉，不護細行，貶龍標，世亂還
> 里，爲刺史閭邱曉所殺，爲詩緒密而思清。〔註10〕

而根據顧況的《儲光羲詩原序》載王昌齡應該在開元十五年即儲光羲中進士的次年進士及第，恰與陳振孫的記載也推後一年，這和儲光羲的情況一致。

〔註 8〕 陳振孫著，《直齋書錄解題》，上海古籍出版社 1987 年版，第 558～559 頁。
〔註 9〕 陳振孫著，《直齋書錄解題》，上海古籍出版社 1987 年版，第 558 頁。
〔註10〕 陳振孫著，《直齋書錄解題》，上海古籍出版社 1987 年版，第 559 頁。

未詳陳振孫以何爲據，更多的學者是贊同開元十四年之說，如後來元代的辛文房《唐才子傳‧儲光羲》和清代徐松的《登科記考》，而陳振孫的說法僅見於此。

南宋時期的文獻學家鄭樵在《通志‧藝文略》中載：

《儲光羲集》七十卷〔註11〕

但這種記載並非說明鄭樵此時存在《儲光羲集》七十卷的本子，他只是在此照抄了歐陽修等人的《新唐書‧藝文志》中關於文人別集的內容，因此綜合晁公武、陳振孫和鄭樵的意見，《儲光羲集》在南宋時期應該只有五卷留存於世，而且這五卷極有可能只是詩歌，陳振孫又提出了儲光羲進士及第時間的新說法，但這一意見在後世並未被採納。根據王昌齡等人的材料，陳振孫很可能把唐人進士及第的時間在著錄時都提前一年。

元代《儲光羲集》在目錄中的著錄情況與南宋時大體相同，馬端臨在《文獻通考》卷二百三十一載：

《儲光羲集》五卷，晁氏曰唐儲光羲也，魯人，登開元十四年

進士第，嘗爲監察御史，後從安祿山僞署，賊平，貶死。〔註12〕

可見馬端臨在此抄錄了晁公武《郡齋讀書志》有關《儲光羲集》的材料，但對文集的內容未有更清晰的描述。元代辛文房《唐才子傳》中有「儲光羲」的個人條目，關於儲光羲的生平經歷，辛文房基本沿襲了殷璠的《河嶽英靈集》與《新唐書‧藝文志》的內容，只有一點與前代不同，即有關儲光羲接受安祿山僞職後的情況，

值安祿山陷長安，輒受僞署，賊平後自歸，貶死嶺南。〔註13〕

這比前代記載的儲光羲的生平又有新進展，說明了儲光羲由於接受僞職而貶謫嶺南，並客死異鄉。關於此點差異，可參見陳鐵民先生《唐才子傳‧儲光羲條》的考辨。

在文集著錄方面，《唐才子傳》載：

有集七十卷，《正論》十五卷，《九經分義疏》二十卷，並傳。

〔註14〕

〔註11〕鄭樵，《通志》，中華書局1987年版，第1766頁。
〔註12〕馬端臨，《文獻通考》，中華書局1986年版，第1845頁。
〔註13〕傅璇琮主編，《唐才子傳校箋》（一），中華書局1987年版，第219頁。
〔註14〕傅璇琮主編，《唐才子傳校箋》（一），中華書局1987年版，第222頁。

辛文房在此應該不是眞正看到過《儲光羲集》的原貌，其所謂「並傳」並非說當時即有完整的《儲光羲集》七十卷留存，畢竟晁公武和陳振孫在南宋時就已只存留五卷本，而且陳氏明確標明五卷本只是詩集，可見辛文房的記載應爲延續了《河嶽英靈集》中的相關內容，而非當時的實際情況。

明代焦竑的《國史經籍志》卷五載：

《儲光羲集》七十卷〔註15〕

但其目錄內容當爲抄錄歐陽修等編撰的《新唐書·藝文志》的內容，因此這一記載並不能反映《儲光羲集》在明代流傳的實際情況。明代高儒的《百川書志》中也收錄《儲光羲集》的條目：

《儲光羲詩集》五卷，御史兗州儲光羲撰。〔註16〕

但明代後期著名文獻學家陳第編《世善堂藏書目錄》卷下載：

《儲光羲集》五卷又詩五卷。〔註17〕

這裡記載與前代大不一樣，在著錄了《儲光羲集》五卷後又加之「詩五卷」，這應該是說《儲光羲集》的五卷中沒有詩，詩單獨成爲一個五卷本，與陳振孫在《直齋書錄解題》所載一致。至於陳第記載的前面五卷之內容爲何，現在已很難知曉。清代公私目錄中《儲光羲集》的著錄以五卷本的詩集爲主，這也反映出今天常見的《儲光羲詩集》的基本情況。乾隆年間的彭元瑞等人編撰的《天祿琳琅書目後編》載：

《唐儲光羲詩集》，一函，二冊。唐儲光羲撰。光羲，兗州人。開元中進士，官監察御史，書五卷，凡詩二百二十四首，前有顧況序，殷璠評語一條，欒城遺言一條。〔註18〕

這裡明確標明儲光羲集中只有詩，並在書名上予以體現，同時統計儲光羲集中有詩二百二十四首，集前有顧況序，可見這是由儲溶編撰而成的《儲光羲集》。

《四庫全書總目提要》集部別集類載：

《儲光羲詩集》，臣等謹案《儲光羲詩集》五卷，陳振孫書錄解題載儲光羲詩五卷，唐監察御史魯國儲光羲撰，與崔國輔、綦毋潛皆同年進士。天寶末任僞官，貶死。《唐書·藝文志》儲光羲《政論》

〔註15〕 焦竑，《國史經籍志》，王雲五主編「萬有文庫」本。商務印書館1936年版。

〔註16〕 高儒，《百川書志》，上海古籍出版社2005年版。

〔註17〕 陳第，《世善堂藏書目錄》，上海古籍出版社2008年版。

〔註18〕 《天祿琳琅書目後編》，上海古籍出版社2007年版。

下注曰兗州人，開元進士第，又詔中書試文章，歷監察御史。安祿
山反，陷賊自歸，與振孫所敘爵里同而任僞官事已小異。又包融集
條下注曰融與儲光羲皆延陵人，與丁仙芝等十八人皆有詩名。殷璠
彙次其詩爲《丹陽集》者，則並其里籍亦異。自相矛盾，莫之詳也。
唐志載其集七十卷，是集前有顧況序，亦稱所著文篇賦論七十卷。
辛文房《唐才子傳》稱又有《九經分疏義》二十卷，與所作《政論》
十五卷並傳，今皆散佚。存者惟此詩五卷耳。其詩源出陶潛，質樸
之中有古雅之味，位置於王維、孟浩然間，殆無愧色。殷璠《河嶽
英靈集》稱其削盡常言，得浩然之氣，非溢美也。乾隆四十三年七
月恭校上。〔註19〕

從《四庫全書總目提要》中，我們可以看出陳振孫《直齋書錄解題》中關
於儲光羲任僞官之事的問題已受到注意，同時還有儲光羲的爵里在《河嶽
英靈集》中的矛盾問題。最值得注意的是相比於前代記載，儲光羲另外兩
書的書名出現了不同。《河嶽英靈集》、《新唐書·藝文志》和《唐才子傳》
都是《正論》十五卷，而《四庫全書總目提要》載爲《政論》十五卷。《河
嶽英靈集》和《唐才子傳》爲《九經分（一作外）義疏》二十卷，而《四
庫全書總目提要》載爲《九經分疏義》二十卷，可見儲光羲的文集情況在
清代尚有問題。

另外，嘉慶年間的版本學家朱伯修《四庫簡明目錄》集部載：

> 《儲光羲詩》六卷，十家本，有明活字本作五卷，與劉隨州、
> 錢考工合印，每頁十八行二十八字，舊爲張月霄藏書，今歸同里勞
> 氏。〔註20〕

這裡朱伯修著錄儲光羲有詩六卷，僅此一見，同時他還指出有「明活字本作
五卷」，應該內容一致，只在分卷有不同，並對版式和藏書處有介紹。與之時
代接近的邵懿辰在《增訂四庫簡明目錄標注》中曾總結：

> 儲光羲詩五卷，唐儲光羲撰，明活字本，與劉隨州、錢考功合
> 印，許氏有影宋鈔本。【續錄】明活字本，十行二十八字，明嘉靖仿
> 宋唐十子本，清雍正刊不分卷本。〔註21〕

〔註19〕《四庫全書總目提要》，萬有文庫排印本，商務印書館1936年版，卷155。
〔註20〕朱伯修，《四庫簡明目錄》，四庫全書本。
〔註21〕邵懿辰著，《增訂四庫簡明目錄標注》，上海古籍出版社1979年版，第653頁。

臺北國立故宮博物院《善本舊籍總目》下集部別集類載：

> 《唐儲光羲詩集》五卷，唐儲光羲撰，明嘉靖間毗陵蔣氏刊中
> 唐詩本。

> 《儲光羲詩集》五卷，唐儲光羲撰。清乾隆間寫文淵閣四庫全
> 書本，二冊。

其中《儲光羲詩集》五卷本當爲彭元瑞等在《天祿琳琅書目後編》中所言之
《唐儲光羲詩集》本。清代後期著名藏書家丁丙在《善本書室藏書志》卷二
十四載：

> 《儲光羲集》五卷（明活字本）

> 光羲，兗州人，開元十四年進士，嘗爲監察御史，值安祿山陷
> 長安，輒受僞署，賊平後貶死嶺南，有集七十卷。《郡齋讀書志》已
> 作五卷，直齋書錄亦作五卷，顧況爲集序，與此合況序，雲嗣息曰
> 溶以鳳毛駿骨，恐墜先志，泣拜請序。是集爲光羲亡後其子所編者，
> 況序後又載殷璠雲儲公格高調逸，趣遠情快，風雅之道，得浩然之
> 氣。又載欒城遺言雲儲光羲詩高處似陶淵明，平處似王摩詰。張金
> 吾愛日精廬收藏此集，亦活字本，楊夢羽葉石君俱有印記，則久爲
> 名家所珍重矣。〔註22〕

根據丁丙所記，儲光羲的文集書名爲《儲光羲集》，與清代大部份的《儲光羲
詩集》不合，而與朱伯修所載相同，亦爲明活字本，可見《儲光羲詩集》一
名在清代開始出現。而且丁丙對《儲光羲集》的源流作了一番較爲詳細的紀
錄，並描述了版本的特點和收藏之處。

當代學者中萬曼先生在《唐集序錄》中對《儲光羲集》進行了總結，其
「《儲光羲詩集》」條目載：

> 顧況《監察御史儲公集序》云：「其文篇賦論凡七十卷」，又云：
> 「嗣息曰溶，亦鳳毛駿骨，恐墜先志，泗千里，泣拜告余，曰：『我
> 先人與王右丞，伯仲之歡也。相國縉雲，嘗以序冠編次，會縉雲之
> 謫，亡焉。後葦據文之士，風流不接，故小子獲忝操簡。』是《儲
> 光羲集》最初曾由王縉編次，並爲之作序，後乃由嗣息儲溶以家集
> 請顧況序，凡七十卷。《新唐書·藝文志》亦作七十卷。此外唐志仍

───────────────
〔註22〕丁丙，《善本書室藏書志》，續修四庫全書本。

著錄儲光羲《政論》十卷，《唐才子傳》稱其又有《九經分疏義》二十卷，今皆散佚。《儲光羲集》，晁公武《郡齋讀書志》及陳振孫《直齋書錄解題》並作五卷，是七十卷本至宋已不存。此五卷本爲詩集，乃後此儲集的祖本。《天祿琳琅》後編十八著錄《唐儲光羲詩集》書五卷，凡詩二百二十四首，《全唐詩》首數同，前有顧況序，殷璠評語一條，欒城遺言一條。殷璠云：『儲公詩格高調逸，趣遠情快，挾風雅之道，得浩然之氣。』欒城遺言云：『儲光羲詩，高處似陶淵明，平處似王摩詰。』」

諸家著錄如張金吾愛日精廬，丁丙善本書室皆爲明活字本，清雍正間有不分卷本。除合集外，未見其它刻本。

邵懿臣《四庫簡明目錄標注》云：「許氏有影宋抄本。」又近人儲皖峰《儲光羲詩集》五卷，又附錄一卷，爲儲氏所輯。〔註23〕

由以上著錄可見，萬曼先生是在綜合了前代學者的意見後對《儲光羲詩集》的源流版本情況進行了較爲完善的考證。但其中有些問題需要說明，如儲光羲所著《政論》十卷和《九經分疏義》二十卷在《新唐書‧藝文志》中著錄爲《正論》十五卷和《九經分義疏》二十卷，而且到元代辛文房的《唐才子傳》中一直如《新唐書‧藝文志》著錄，直到《四庫全書總目提要》中才出現《政論》和《九經分疏義》，且《政論》的卷數仍爲十五卷，而非萬曼先生所言之「十卷」，所以萬曼先生對這兩本書名的著錄應是遵從了《四庫全書總目提要》的情況。但在《政論》的卷數上卻與之不同，未詳萬曼先生有何依據。另外，萬曼先生所說的「清雍正間有不分卷本」在前代的公私目錄中未見有，不知其何從。

綜上所述，根據歷代目錄著述，儲光羲集最早面貌爲七十卷。至宋代晁陳之時，只餘五卷，而且陳振孫明確著錄爲詩集，這應爲後世儲光羲集版本的源頭。雖然此後的有些目錄還有不同的情況，但五卷本已是儲光羲集的大致面貌了。清代康熙年間編輯《全唐詩》時，曾將儲光羲的詩集變爲四卷，其作者小傳也是對《新唐書‧藝文志》所載的繼承。但詩歌內容與明代所流傳的版本沒有差異。後來四庫本又恢復了五卷的面貌，經過與明銅活字本對照，內容沒有歧義。

〔註23〕萬曼，《唐集敘錄》，中華書局 1982 年版，第 56 頁。

現存的儲光羲詩集情況：

國家圖書館

《唐儲光羲詩集》，1 冊，9 行 19 字白口，四周雙邊，單魚尾。選自明代唐四
　　家詩。

《儲光羲集》，五卷，明代銅活字印本，1 冊，9 行 17 字，細黑口，左右雙邊。

《唐儲光羲詩集》，五卷，明嘉靖刻本，10 行 20 字，白口，左右雙邊，單魚
　　尾。選自中唐十二家詩集。

《唐儲光羲詩集》，五卷，明嘉靖 29 年（1550）蔣孝編刻本，選自中唐十二
　　家詩集。

儲氏叢書二種，儲皖峰輯。《儲光羲集》五卷，上海述學社出版部，12 行 30
　　字白口四周雙邊單魚尾，牌記題民國十九年孟夏潛山儲皖峰依文津閣四
　　庫全書本校刊。

《儲光羲詩集》，文淵閣四庫本，上海古籍出版社 1992 年影印版。每半葉八
　　行，每行二十字。

《儲光羲集》，明銅活字本，上海古籍出版社影印，唐五十家詩集。每半葉九
　　行，每行十七字。

校勘情況（以文淵閣四庫本和明銅活字本唐五十家詩集本為基礎）

卷一：

《採蓮詞》：「獨往方自得」，明銅活字本作「住」。「恥邀淇上姝」，明銅活字
　　本作「耻」。「廣江無術阡」，明銅活字本作「衍」。「流下鮫人居，春雁時
　　隱舟」，明銅活字本作「林」、「鴈」。「采采棄日暮」，明銅活字本作「養」。

《猛虎詞》：「爪牙雄武臣」，明銅活字本作「瓜」。

《渭橋北亭作》「望望入秦京」，明銅活字本作「京」。

《述華清宮五首》其五「孰謂非我靈」，明銅活字本作「為」。

《石子松》「五嶽何人宗」，明銅活字本作「臘」。

《架簾藤》「殊勝松柏林」，明銅活字本作「如」。

《至嵩陽觀觀即天皇故宮》：「松柏有清陰」，明銅活字本作「栢」。

《遊茅山》其四：「兼兼外視閑」，明銅活字本作「閒」。

其五「天路涵空虛」，明銅活字本作「極」。

《述降聖觀》「自昔大仙下」，明銅活字本作「太」。

《過新豐道中》「雷雨杳冥冥」，明銅活字本作「冥」。

《夜到洛口入黃河》：「迸泂非修阻」，明銅活字本作「泂」。

《使過彈箏峽作》「雙壁隱靈曜」，明銅活字本作「璧」。

《泊舟貽潘少府》「羅羅疎星沒」，明銅活字本作「踈」。

《仲夏入園中東陂》「環岸垂綠柳」，明銅活字本作「坼」。

《效古》其二「曜靈何赫烈」，明銅活字本作「赤」。

《雜詩》其二「獨好陽雲臺」，明銅活字本作「如」。

《山居貽裴十二迪》「南雁將何歸」，明銅活字本作「鴈」。

卷二：

《薦玄德公廟》「松上升彩烟」，明銅活字本作「煙」。

《上長史王公責躬》「松柏日已堅」，明銅活字本作「栢」。

《至嶽寺即大通大照禪塔上溫上人》「燕息雲滿門」，明銅活字本作「滿雲門」。

《終南幽居獻蘇侍郎三首時拜太祝未上》「暮春天氣和」，明銅活字本作「秋」。

《酬綦毋校書夢耶溪見贈之作》「還東首東道」，明銅活字本作「居」。

《田家即事》「杏花日以滋」，明銅活字本作「荇」。

《同王十三維偶然作》「兄嫂共相譊」，明銅活字本作「饒」。「道遠情日疏」，
　　明銅活字本作「踈」。「黃河流向東」，明銅活字本作「向東流」。

《田家雜興》「君看西王母，千載美容顏」，明銅活字本作「千，母」。

《題辛道士房》「曾垂華髮憂」，明銅活字本作「草」。

《登秦嶺作時陷賊歸國》「隨我行太空」，明銅活字本作「大」。

《哥舒大夫頌德》「韓衛多銳士」，明銅活字本作「魏」。

《秋庭貽馬九》「清睿各孤峙」，明銅活字本缺此字。「群芳趨泛愛」，明銅活
　　字本作「方」。

卷三：

《晚次東亭獻鄭州宋使君文》「洞門清佩響」，明銅活字本作「間」。

「侃侃居文府」，明銅活字本作「怳怳」。

《秋次灞亭寄申大》「會朝幸歲正」，明銅活字本作「眞」。

《鞏城東莊道中左》「幸逢耄耋話」，明銅活字本作「諾」。

《赴馮翊作》「恥從俠烈遊」，明銅活字本作「狹」。

《晚霽中園喜赦作》「濃雲連晦朔」，明銅活字本缺。「家族躍以喜」，明銅活
　　字本缺。

《觀范陽遞俘》「合杳成深渠」，明銅活字本作「杏」。「誰能辨榮枯」，明銅活
　　字本作「茱」。

《送丘健至州敕放作時任下圭縣》「朝集咸林城」，明銅活字本作「成」。「殺
　　氣變木德」，明銅活字本作「奕」。

《登商丘》「維梢歷宋國」，明銅活字本作「稍」。

《群鴉詠》「冢宰收琳琅」，明銅活字本作「家」。

《夏日尋藍田唐丞登高宴集》「閭里隨人幽」，明銅活字本作「井」。

《田家即事答崔二東皋作》「飄飄吐清韻」，明銅活字本作「飇」。

《蘇十三瞻登玉泉寺峰入寺中見贈作》「陽光爍奔箭」，明銅活字本作「鑠」。
　　「恨無荊文璧」，明銅活字本作「壁」。

《酬李處士山中見贈》「跋予北堂業」，明銅活字本作「跂」。「怡然謝朝列」，
　　明銅活字本作「恬」。

《同諸公秋日遊昆明池思古》「淒風披田原」，明銅活字本作「妻」。

《同諸公秋霽曲江俯見南山》「群峰懸中流」，明銅活字本作「依」。

《同諸公送李雲南伐蠻》「斬伐若草木」，明銅活字本作「斯」。「休哉我神皇」，
　　明銅活字本作「林」。

《同王十三維哭殷遙》「筮仕哭貧賤」明銅活字本作「士」。

卷四：

《奉和長史庾公太守徐公應召》「豐鎬頃霾晦」，明銅活字本作「須」。

《獄中貽姚張薛李鄭柳諸公》「哀哀害神理」，明銅活字本作「衰衰」。

《貽鼓吹李丞時信安王北伐李公王之所器者》「仗鉞按邊城」，明銅活字本作
　　「伏」。「嘗思驃騎幕」，明銅活字本作「幕」。

《貽劉高士別》「矯首來天地」，明銅活字本作「池」。

《山中貽崔六琪華》「相思不道遠」，明銅活字本作「想」。「屐履清池上」，明
　　銅活字本作「地」。

《貽餘處士》「終思隱君子」，明銅活字本作「居」。

《劉先生閒居》「期之比天老」，明銅活字本作「此」。

《華陽作貽祖三詠》「淅瀝入溪樹」，明銅活字本作「析」。

《貽袁三拾遺謫作》「如君物望美」，明銅活字本缺。「高帝黜儒生」，明銅活
　　字本作「席」。

《洛中貽朝校書衡朝即日本人也》「伯鸞遊太學」，明銅活字本作「大」。

《貽王處士子文》「撫塙未傷音」，明銅活字本作「翩」。

《貽從軍行》「取勝小非川來朝」，明銅活字本缺。

卷五：

《臨江亭五詠》「梁園多綠樹」，明銅活字本作「柳」。

《餞張七琚任宗城》「況復在君門」，明銅活字本作「前」。

《和張太祝冬祭馬步》「聞永存」，明銅活字本缺。

《秦中送人覲省》「遙遙見故人」，明銅活字本作「餞」。

《送人隨大夫和番》「邊城二月春」，明銅活字本缺。

《送王上人還襄陽》「雖復時來去」，明銅活字本作「詩」。

《江南曲》「逐流牽荇葉」，明銅活字本作「藕」。

《田家即事》「饁妻杏色滿」，明銅活字本作「店」。「皆由命事在，皇天志不
    迷」，明銅活字本缺。

《太學貽張筠》「俄頃變炎涼」，明銅活字本作「奕」。「園林在建業」，明銅活
    字本作「連」。

論荊楚文化與韓愈險怪詩風的關係

【摘要】：韓愈陽山貶謫時期是其詩歌由早期向中期嬗變的關鍵階段。在此過程中，韓愈逐漸形成了自覺追求奇崛險怪的詩歌美學趨向，這其中韓愈貶謫所經歷的荊楚文化起著非常關鍵的催化作用。楚地特有的風物、民俗和景致都給韓愈詩歌提供了眾多怪異的素材，也啟發了他在詩歌創作思維上求變求新的心態。因此，荊楚文化和韓愈險怪詩風形成的互動關係鮮明地體現出文化與文學之間相互發明的互動關係，韓愈也借此形成了自己對詩歌美學的獨特追求。

【關鍵詞】：韓愈　險怪　荊楚文化

　　韓愈詩歌奇崛、奧衍、險怪的特異美學特徵，在中國詩歌史上獨樹一幟，就其險怪詩風的成因，學者們也廣泛關注。不過關於荊楚文化與韓愈險怪詩風之關係，除袁行霈主編的《中國文學史》中簡略提示外〔註1〕，至今還很少有人展開論述。聯繫韓愈的生平，我們不難發現，韓愈第一次南貶與其險怪詩風形成有著密切的關係，荊楚特有的奇異自然地理景觀、巫術文化傳統、南方神話傳說以及楚騷文學精神等等，對韓詩險怪特徵的形成產生了直接的影響。本文擬在前人研究成果的基礎上，探討荊楚文化在韓詩險怪詩風形成中的特殊作用。

〔註1〕 在《中國文學史》第二卷《韓孟詩派與劉禹錫、柳宗元等詩人》一章中對荊楚文化促進韓詩向險怪轉變有所提及，但限於篇幅失之簡略，且以後少有人就此繼續研究。

一

　　依學者的共識，韓詩經歷了早期古樸—中期險怪—後期復歸平淡的變化過程〔註2〕，韓愈第一次陽山之貶謫期正處於其由早期向中期過渡的階段。

　　韓愈早期以創作古詩、樂府爲主，風格蒼涼古直，語言質樸凝重，許多詩篇甚至就是模倣古題樂府，更多的篇目則是《古詩》和《詩經》的翻版，故較少格律的束縛和章節的羈絆，前期的代表作大都體現了這樣的特徵。如朱彝尊評《條山》曰：「語不多，卻近古。」蔣抱玄謂之曰：「此亦漢魏遺音。」朱彝尊評《青青水中蒲》曰：「語淺意深，可謂煉藻繪入平淡，篇法祖《毛詩》，語調則漢魏歌行耳。」何焯亦曰：「三章眞古意。」程學恂評《古風》曰：「此等詩直與《三百篇》一氣。」韓愈前期創作類於此者比比皆是，同時他對當時詩人的評價也是以「古意」爲標準的。凡是合於古者即大力讚賞，如《孟生詩》云：「孟生江海士，古貌又古心。嘗讀古人書，謂言古猶今。作詩三百首，窅默咸池音。」《答孟郊》云：「古心歲自鞭，世路終難拗。」這其中寄寓著韓愈對好友孟郊堅持古心、秉行古道的欣賞，也對這種行爲得不到世人的肯定而沉痛惋惜，這都說明了韓愈前期好古的傾向影響著他生活和文學的方方面面。

　　此種「尚古」的美學追求形成，除韓愈早年所生活的崇尙古學的學術氛圍外，最主要的原因當是韓愈個性中的「尚奇」傾向。韓愈與生俱來就有一種「尚奇」的個性。最早創作的《苄藥歌》所言之「花前醉倒歌者誰？楚狂小子韓退之」就標明著其狂放不羈、任氣使性的個性。隨著生活的進展，這種個性不僅沒有消失，反而愈加強化。《唐國史補》曾記載了一則趣聞：「愈好奇，登華山絕峰，度不可反，發狂慟哭，縣令百計取之乃下。」韓愈的如此愛好眞是不同常人，而且這也影響到他的交友，與其交善、感情最深的孟郊其實也是一位「性介，少諧合」〔註3〕的怪人，韓愈卻「一見而爲忘形交」〔註4〕。這種個性作用最深的莫過於他的文學，因爲文學是作家個性最集中、最精緻化的體現，其產生的最大動力正是作家及其個性，故而也最能體現作家的精神和個性。〔註5〕因此韓愈在表達文學創作思想時也極力推崇此處，如

〔註2〕袁行霈主編，《中國文學史》第二卷，高等教育出版社1999年版。
〔註3〕《新唐書·孟郊傳》。
〔註4〕《新唐書·孟郊傳》。
〔註5〕關於文人心態與文學創作關係的討論，參見劉師懷榮，《才人靈心的詩性呈現——〈唐代文人心態史〉序》，《東方論壇》2000年第1期，又見《中國古代近代文學研究》2000年第9期。

《答孟郊》云：「規模背時利，文字蔑天巧。」《雜詩》云：「古史散左右，詩書置前後；豈殊蠹書蟲，生死文字間。」《縣齋有懷》：「少小尚奇偉，平生足悲吒。猶嫌子夏儒，肯學樊遲稼？事業窺皐稷，文章蔑曹謝。」《與馮宿論文書》：「僕爲文人，每自則意中以爲好，則人必以爲惡矣：小稱意人亦小怪之，大稱意人必大怪之也。」這種尚怪愛奇、不同流俗的性格，連其好友柳宗元都甚爲瞭解，《答韋中立論師道書》曾言：「獨韓愈奮不顧流俗，犯笑悔，收召後學，作《師說》，因抗顏而爲師。世果群怪聚罵，指目牽引，而增與爲言辭。愈以是得狂名，居廠安，炊不暇熟，又挈挈而東，如是者數亦。」由此可見不論在韓愈的生活還是在其文學創作中，總有追奇求新的自覺意識起著非常重要的作用。

由於在韓愈早年生活的中唐時期，多數詩人的詩歌藝術特徵延續了大曆詩風的綺靡纖弱，猶如齊梁詩風復興，後來被稱之爲「氣骨頓衰」，與盛唐詩歌的雄渾博大相去甚遠。韓愈在《薦士》中曾批評齊梁間詩爲「眾作等蟬噪」，因此對當時那種與齊梁詩風相似的纖弱詩歌，他也力圖變革之。「尚古」詩歌創作正是革新當時詩風的重要實踐，這在時人眼中具有新奇的美學風格，而這和韓愈「少小尚奇偉」的個性息息相關。正如《答李翊書》所言：「愈之所爲，不自知起至猶未也，雖然，學之二十餘年矣。始者非三代兩漢之書不敢觀，非聖人之志不敢存，處若忘，行若遺，儼乎其若思，茫乎其若迷。當其取於心而注於手也，惟陳言之務去，戛戛乎其難哉！其觀於人，不知其笑之爲非笑也。如是者亦有年，猶不改，然後識古書之正僞，與雖正而不至焉者；昭然白黑分矣。」這裡的「陳言」正是指大曆以來延續至韓愈生活時的缺乏風骨的不良詩風，「務去」則標明了他變革的思想，這一切也都是「尚奇」個性的深刻作用使然。

韓詩中最早呈現出險怪傾向的作品是在貞元十五年春（799）與孟郊唱和而作爲送行詩的《遠遊聯句》〔註6〕。孟郊的這次遠遊方向正是江南，計劃遊歷之地則有彭澤、沅湘等地，這是孟郊第一次去江南，韓愈則還沒有去過那裏，因而《遠遊聯句》中便出現了詩人根據讀書所得聯想創作的描寫荊楚風物的詩句，孟郊的「楚客宿江上，夜魂檝浪頭。……楚些憑誰弔？賈辭緘恨投。……氣毒放逐域，蓼雜芳菲疇，當春忽淒涼，不枯亦飂飀。」韓愈不甘

〔註 6〕此詩繫年參考《唐五代文學編年史》「中唐卷」的結論，傅璇琮等編，遼海出版社 1998 年版。

落後，唱和道：「魑魅暫出沒，蛟螭忽蜿蟠。昌言拜舜禹，舉蹕淩斗牛。懷糧饋賢屈，乘浮追勝丘。飄然天外步，豈肯區中囚。」尤其是「魑魅暫出沒，蛟螭忽蜿蟠」兩句寫出了荊楚風物的怪異性，顯露了韓詩險怪傾向與荊楚文化的天然聯繫。為何這時的韓愈未到楚地卻寫出了如此詩句？這恐怕應歸功於韓愈對屈原文學作品學習的作用。作為心向古學的韓愈，其文學觀較之於那些保守的古學文士而言，更具通達的態度和博大的胸懷，不僅好其道，而且好其文辭，因此凡是文學史上具有文采的作家，即使不合儒家傳統文學觀，他也可有選擇的學習吸收，屈原就是這樣一位韓愈為之傾心的作家，如《答崔立之書》中韓愈曾把屈原奉為與孟子、司馬遷、司馬相如、揚雄有同等地位的「古之豪傑之士」。《送孟東野序》中韓愈嘗言：「楚大國也，其亡也，以屈原鳴。」將屈原列入「不平則鳴」的「善鳴者」，韓愈對屈原的文學精神和作品也是推崇備至，而屈原的作品是楚文化的集中體現，宋代的黃伯思在《校定楚辭序》中曰：「蓋屈宋諸騷，皆書楚語、作楚聲、紀楚地、名楚物，故可謂之《楚辭》。」那麼韓愈以其「自知讀書，日記數千百言，比長，盡能通六經百家學」之聰慧博學，雖未經湘楚遊歷生活，但通過學習屈原作品亦能寫出有關荊楚風物的詩篇。然而這畢竟相對於韓詩前期創作的尚古總體傾向來說還是偶一為之，除了《遠遊聯句》這樣的靈感激發唱和而成之外，其它有關楚地的創作在失去了催化劑的情況下便極難見到了。

二

　　韓愈於貞元十九年（803）冬至元和元年（806）六月貶謫陽山，後又待命郴州。三年之中，往返湖湘的經歷和在陽山的生活讓韓愈對荊楚文化有了直觀而切身的感受，他以詩人特有的細膩感受把這種種印象充分反映到自己的詩文中。據現存可以繫年的韓詩統計，在這三年多共有六十餘首詩作〔註7〕，其中反映荊楚文化的作品就有四十二首，占總量的四分之三，有的甚至是整首詩都在描寫荊楚文化，如《湘中》、《謁衡嶽廟遂宿嶽寺題門樓》、《岳陽樓別竇司直》、《陪杜侍御遊湘西兩寺》、《宿龍宮灘》、《郴口又贈兩首》等。

〔註 7〕 關於韓詩此時的數量存有疑問，《祭河南張員外文》曰：「余唱君和，百篇在吟。」這與現存之詩的數量有較大差距。這可能是韓愈當時「一時興致之談，未必有之，抑或率爾不存，不可見也」。參《韓昌黎詩繫年集釋》卷二第 184頁，本文中的韓詩繫年皆以此書為準。

如此多的詩歌與荊楚文化有涉在韓愈的創作中前所未有，充分反映了詩人對荊楚文化的深刻理解，且他的審美情趣與荊楚文化的天然聯繫也因這一段經歷而更加親切。

由於政治環境及個人心態的原因，韓愈陽山之貶期間的感情活動和美學追求又分爲兩個階段，貞元二十一年二月以前爲第一階段，他因突遭打擊而懷著巨大的悲憤，開始了痛苦的貶謫生活，因而這時詩歌中對荊楚文化的體現集中於借憑弔受楚文化影響甚深的屈原來抒發一己悲情；貞元二十一年二月以後爲第二階段，這一時期雖有「州家申名使家抑」的不滿，沒有返回京師而只是待命郴州，但相對於前期懷有的滿腔悲憤而言，獲得了朝廷赦免的韓愈，心理的壓力卸去了許多，可以在一種平和自然的心態下盡情欣賞和體味荊楚那充滿異域風情的奇山秀水和特殊民俗，這是韓詩風格發生轉折的關鍵時期。

在第一階段，韓愈詩文中反映的荊楚文化帶有恐怖、陰黯的特點，情感以愁苦爲主。這種愁苦包含有羈旅行役之感、失去自由的拘囚感和生命流逝之感。《同冠峽》云：「羈旅感和鳴，囚拘念輕矯。」〔註8〕《次同冠峽》云：「今日是何朝？天晴物色曉。無心思嶺北，猿鳥莫相撩。」《洞庭湖阻風贈張十一署》：「非懷北歸興，何用勝羈愁？」《和歸工部送僧約》云：「早知皆是自拘囚，不學因循到白頭。」《赴江陵途中寄贈三學士》云：「朝爲青雲士，暮作白首囚。」《縣齋有懷》更是對自己貶謫經歷的全面反思，「懷書出皇都，銜淚渡清灞。身將老寂寞，志欲死閑暇。朝食不盈腸，多衣才掩骼。……捐軀辰在丁，剎閡時方蠟。投荒誠職分，領邑幸寬宥。湖波翻日車，嶺石拆天罅。毒霧恒熏晝，炎風每燒夏。雷威固已加，颶勢仍相借。氣象杳難測，聲音籲可怕。夷言聽未慣，越俗循猶乍。」從中可以看出此時的韓愈對貶謫充滿懼怕，心中的愁苦不言而喻，同時這時的荊楚景象在詩中表現了陰黯、可怖、驚恐的特點，如這般的詩歌還有很多，《送靈師》、《送靈師》、《劉生》等都有所表現，這給韓愈的身心帶來沉重的壓力。

從文學與文化的關係上來說，貶謫前期的韓詩對荊楚文化的感受和反映最終都集中於一點，那就是與楚地緊密聯繫的屈原及其以悲情爲主的文學精神。這時韓愈的精神狀態籠罩在哀怨、憂憤、苦悶的心靈氛圍中，凝結於心的痛楚和難以排遣的憂愁只有借吟詠古人的相似經歷來抒發，與屈原在經

<hr>

〔註8〕本節內的詩歌均作於貞元二十一年二月之前。

歷、心理和地域的多重契合，讓處於逆境中的韓愈找到了知音，滿腔的憤激便不可遏抑地寄託於屈原而融彙成一股情感的洪流。翻閱此時韓詩及文章，屈原的精神隨處可見，而且幾乎都以哀怨沉鬱的憂愁者面目出現。《湘中》：「猿愁魚踴水翻波，自古流傳是汨羅。萍藻滿盤無處奠，空聞漁父叩舷歌。」《送惠師》：「斑竹啼舜妃，清湘沈楚臣。」〔註9〕而且在後來回憶這段不堪回首的的生活時，仍不免語帶悲痛的心思屈原，如《陪杜侍御遊湘西兩寺獨宿》：「靜思屈原沈，遠憶賈誼貶。淑蘭爭妒忌，絳灌共讒諂。」《潭州泊船諸公》：「主人看使范，客子讀《離騷》。」《感春四首》其二：「屈原《離騷》二十五，不肯哺啜糟與醴。」《祭張署文》：「南上湘水，屈氏所沈，二妃行迷，淚染蹤林，山哀浦思，鳥獸叫音。」〔註10〕在這段貶謫生活中，他對屈原「信而見疑，忠而被謗」（《史記‧屈原賈生列傳》）的苦痛和「形容枯槁，行吟澤畔」的寂寞有了精神上的深刻體悟，他詠寫屈原的作品不僅僅是憑弔這位長吟於荊楚的貶者，更多的是借吟詠屈原表達自我苦悶的心靈。

　　如果說，貶謫前期的韓愈體會到的是悲傷、悽愴、哀惋，那麼遇赦量移江陵待命郴州後即第二階段，韓愈的精神苦悶在一定程度上有所減弱，「雖得赦宥恒愁猜」，雖有些須的不滿，但相對於貶謫前期「潺湲淚久迸，詰曲思增繞」的痛苦心境，韓愈已輕鬆許多，「遷者追回流者還，滌瑕蕩垢朝清班」，對自己的未來及國運的中興都充滿了希望。正基於此，韓愈以健筆展現了自己滿腹的期待，詩歌的內容和情感基調也隨之一變，輕快流暢的品格代替了悲愴凄惋的哀音。此時荊楚美景、楚地的民俗文化進入了韓愈的視野。

　　他以大量的篇幅去描寫湖湘自然風光。有的描寫洞庭湖的波瀾壯闊和雄渾氣勢，如《八月十五日夜贈張功曹》曰：「洞庭連天九疑高，蛟龍出沒猩鼯號。」《赴江陵途中寄贈三學士》曰：「春風洞庭浪，出沒驚孤舟。」《岳陽樓別竇司直》：「洞庭九州間，厥大誰與讓？南匯群崖水，北注何奔放。瀦為七百里，吞納各殊狀。自古澄不清，環混無歸向，炎風日搜攪，幽怪多冗長。軒然大波起，宇宙隘而妨。巍峨拔嵩華，騰踔較健壯。聲音一何宏，轟車萬量。」有的描寫衡山的險峻高聳，如《謁衡嶽廟遂宿嶽寺題門樓》：「五嶽祭秩皆三公，四方環鎮嵩當中。火維地荒足妖怪，天假神柄專其雄。噴雲泄霧

〔註 9〕　本節內的《湘中》、《送惠師》等詩文均作於貞元二十一年之前。
〔註10〕　《感春》和《祭張署文》也屬於後來的回憶作品，但描寫的生活心態屬於貶
　　　　謫前期。

藏半腹，雖有絕頂誰能窮？」《送廖道士序》：「五嶽於中州，衡山最遠；南方之山巍然高而大者以百數，獨衡爲宗：最遠而獨爲宗，其神必靈。衡之南八九百里，地益高，山益峻，水清而益駛；其最高而橫絕南北者嶺。」有的描寫江流的湍急和峽谷的深幽，《郴口又贈二首》：「山作劍攢江寫鏡，扁舟斗轉疾於飛」，「雪颭霜翻看不飛，雷驚電激語難聞」。《宿龍宮灘》：「奔流疑激電，驚浪似浮霜。」《陪杜侍御遊湘西兩寺》：「長沙千里平，勝地猶在險。況當江闊處，鬥勢起匡漸。……大廈棟方隆，巨川楫行剡。」則是通過描繪周邊的奔流陸地重點突出了長沙城地勢之險要。

更重要的是，韓愈除細膩地描寫這裡的自然景物，還進一步細緻記敘了民俗文化的「小傳統」，即荊楚所特有的巫術文化和祭祀儀式。《郴州祈雨》：「乞雨女郎魂，羞潔且繁。廟開鼯鼠叫，神降越巫言。旱氣期銷蕩，陰官想駿奔。行看五馬入，蕭颯已隨軒。」這是韓愈應邀觀看百姓求雨的祭祀儀式而寫成的一首五律，其中表現了巫師掌握著通神的本領，表達了人們祈求豐年的希望。《譴瘧鬼》也是荊楚巫術文化在禳除病災方面的表現，「醫師加百毒，薰灌無停機；灸師施艾炷，酷若獵火圍；詛師毒口牙，舌作霹靂飛；符師弄刀筆，丹墨交橫揮」，這裡描述了人們相信巫覡咒禁、丹書符劾能夠驅鬼祛病，也從一個側面反映了荊楚巫術文化的流行。《題木居士二首》：「火透波穿不記春，根如頭面幹如身。偶然題作木居士，便有無窮求福人。」「爲神詎比溝中斷，遇賞還同爨下餘。朽蠹不勝刀鋸力，匠人雖巧欲何如？」這首詩反映了耒陽民間濃厚的淫祀風氣。由此可見當地人信奉「木居士」之風與郴民崇信鬼神之習說明了湘南人民深受「越人」的影響而吸收了崇拜神靈的宗教信仰，這都是荊楚文化「信巫鬼、重淫祀」的遺風在唐代現實生活中的沿續和展現。

再次，韓愈這段時期的詩作中表現荊楚神話的地方也較以往爲多。如《譴瘧鬼》：「咨汝之胄出，門戶何巍巍？祖軒而父頊，未沬於前徽。不修其操行，賤薄似汝稀。」《謁衡嶽廟遂宿嶽寺題門樓》：「火維地荒足妖怪，天假神柄專其雄。」《送廖道士序》：「五嶽於中州，衡山最遠；南方之山巍然而大者以百數，獨衡爲宗：最遠而獨爲宗，其神必靈。」《岳陽樓別竇司直》：「猶疑軒轅帝，張樂就空曠。蛟螭露筍簴。縞練吹組帳，鬼神非人間，節奏頗跌踼。」《鄭群贈簟》：「倒身甘寢百疾愈，卻願天日恒炎曦。」作爲楚地民族始祖的祝融是我國上古神話中的著名人物，其怪異神奇的文化特質引起了韓愈的極大關注，因而成爲這時韓詩中常見的典故題材。

三

自從韓愈貞元十九年蒙受冤屈、南貶陽山，遊歷了荊楚之後，有關荊楚風物、民俗、文化的詩歌作品便層出不窮了，豐富的生活體驗，新異地域的敏感，對屈原文學精神的深度契合，猶如激發文學創作的催化劑，讓韓愈把自己的全部情感都投入到了荊楚文化中，通過對荊楚奇特人文地理景觀的充分描繪，使詩歌的面貌發生了明顯的變化。險峻的高山、奔騰的江流、壯闊的湖泊、深幽的峽谷，這些本身帶有「險」和「怪」特徵的景物大量入詩，使詩作具有了沖決一切的氣勢，而巫術和神話等超自然的事物和力量的再現讓詩歌具有了險怪的因素，給人以新奇眩目的感受。這些險、怪的因素給韓詩注入了鮮活的力量。元和時期，韓愈將遊歷荊楚時的體驗加以發展、凝結、固定的實踐，最終完成了險怪詩風的定型。

韓愈於元和元年六月被召回長安任國子博士，結束了其短暫卻充滿艱辛的貶謫生活，離開了荊楚文化的地域環境而重回國家的政治中心。元和年間，韓愈的險怪詩歌創作進入鼎盛期，代表作包括《南山詩》、《遊青龍寺贈崔大補闕》、《陸渾山火一首和皇甫湜用其韻》、《會合聯句》、《城南聯句》、《和虞部盧四酬翰林錢七赤藤杖歌》等。如果我們細究這些險怪風格的代表作，便不難發現雖然韓愈離開楚地，但荊楚文化依然深刻作用於他的詩歌創作，在意象、意境、想像等方面的特徵都明顯地展現出那三年的貶謫遊歷生活在他詩中的影響。

首先，元和時期韓愈的詩歌所使用的意象最偏愛的仍是荊楚文化的風物，如《答張徹》:「魚鬣欲脫背，虯光先照硎。……愁狖酸骨死，怪花酸魂馨。」《會合聯句》:「狂鯨時孤軒，幽檴雜百種。」《納涼聯句》:「閃紅驚蚴虯，凝赤聳山嶽。」《同宿聯句》:「毛奇睹象犀，羽怪見跗鴆。」《南山詩》:「崢嶸躋冢頂，倏忽雜鼯鼬。」《城南聯句》:「靈麻撮狗虱，村稚啼禽猩。……獠羞螺蠏並，桑蠖見虛指。窺奇摘海異，恣韻激天鯨。」《贈崔立之評事》:「才豪氣猛易語言，往往蛟螭雜螻蚓。」《遊青龍寺贈崔大補闕》:「猿呼鼯嘯鷓鴣啼，惻耳酸腸難濯澣。」《送區弘南歸》:「穆昔南征軍不歸，蟲沙猿鶴伏以飛。洶洶洞庭莽翠微，九疑鑱天荒是非。」《嘲鼾睡二首》其二：「南帝初奮槌，鑿竅洩混沌。」《陸渾山火一首和皇甫湜用其韻》:「虎熊麋豬逮猴猿，水龍鼉龜魚與黿，鴉鴟鵰鷹雉鵠鵾，燖炰孰飛奔。……命黑螭偵焚其元，天關悠悠不可援。」以上愁狖、蛟螭、鼯鼬、猩猿、獠螺、鴉鴟、鯨禽、蚴虯……，這些事物僅屬楚地才有而中原所無，具有驚駭耳目和撼天動地的無窮氣勢，

帶有怪異奇幻的色彩。韓愈使用這些意象時還刻意附加更多增加其氣勢的形容詞以突出其險怪特徵，讓它們在藝術的刻畫中發揮到極致；同時他甚至把眾多的奇怪意象排列疊加集中在一起，著意製造一種靈怪無比的奇險氛圍。如《陸渾山火》用密集的帶有荊楚文化色彩的奇險意象，描寫山火蔓延氣勢之猛烈，彷彿要燃盡整個宇宙，因此他使用如此多的荊楚色彩濃郁的意象，的確收到了意想不到而又在情理之中的效果。

其次是韓愈廣泛使用荊楚風物意象而帶來了詩歌意境的變化。在我國古代詩論中，意境的營造和意象的使用有著至為密切的關係，意象的美學特徵必然對意境的氛圍產生深刻影響，而且意境指的是作者的主觀情意和客觀物境互相交融而形成的藝術境界。因此要分析詩歌意境，就必須注意作者的情意和客觀物象的使用。韓愈在使用那些具有險怪特徵意象時，受到了自己「尚奇」心態的影響。所以在這兩個因素作用下，韓詩體現的意境必會帶有險怪特徵。如《遊青龍寺》中把「萬株紅葉滿」的柿子樹比作「赫赫炎官張火傘」，滿寺火紅的柿樹好似火神祝融手中充滿光熱的火傘，這種新奇的意象讓整個詩歌意境變得不同尋常。《赤藤杖歌》：「共傳滇神出水獻，赤龍拔須血淋漓。又雲義和操火鞭，暝到西極睡所遺」的意境營造也是如此，可見通過這種以荊楚神話為原型的意象比喻，表現了詩人追新求異的強烈個性，那麼詩歌的整體意境也必然會帶有奇險怪異的特點。

再次是想像思維之奇特。對荊楚文化的理解和偏好深入到了韓愈的創作思想中，影響到他審美視角的選擇。如《南山詩》中「崢嶸躋冢頂，倏閃雜鼮鼬。……或覆若曝鼈，或頹若寢獸。」這是形容南山之險峻的兩句詩，關於山之險峻的實際描寫在三年貶謫時期的創作中非常多，但像南山這般想像描繪的，這是首次。在他《郴州祁雨》中曾觀察過鼮鼠，因此當他看到南山時把它比喻成飛動的鼮鼬，曝曬的鼈和寢獸，這些屬於南方的風物放在這裡正好說明南山的多樣美和飛動騰躍的雄偉氣勢，荊楚中的鼮鼬等物恰好可以給人傳達出這種感受。《陸渾山火》和《遊青龍寺》、《赤藤杖歌》更是韓愈運用荊楚文化進行離奇想像的傑作，《遊青龍寺》曰：「秋灰初吹季月管，日出卯南暉景短。友生招我佛寺行，正值萬株紅葉滿。光華閃壁見神鬼，赫赫炎官張火傘。然雲燒樹大實駢，金烏下啄賴蚪卵。」《陸渾山火》中的從「祝融告休酎卑尊」到「又詔巫陽反其魂」是想像在鋪天蓋地的火海裏，火神祝融興高采烈地按尊卑次序大宴賓客，水神遣使上訴天帝，天帝感到很為難，勸

水神暫避其鋒，等待合適時機再給火神以懲處；《赤藤杖歌》：「共傳滇神出水獻，赤龍拔須血淋漓。又雲羲和操火鞭，暝到西極睡所遺。」這些詩歌都是韓愈利用火神祝融神話進行創作的典型例證。當他看到紅葉滿枝的柿子樹時，遠望蔓延洶湧的山火時，細觀形狀奇異的赤藤杖時，都無一例外地和充滿偉力的火神自然地聯繫到一起，通過神奇的聯想把鮮亮的光麗的顏色、雄壯奔騰的火勢、人間罕見的奇物等共有的怪異特徵生動地展現出來。這說明韓愈在告別楚地回到北方時，荊楚文化已經過三年多的生活體驗和創作實踐而沉澱於其思想中，那麼他在觀察外界事物時必然受此想像思維的影響而採取特殊的審美視角。

四

通過學習、運用和發展荊楚文化，韓愈的審美趣味和文學觀念發生了明顯的轉變，即由「崇古」變為「尚怪」，此時他對其它詩人及其作品的稱賞中也有了另一番要求，《醉贈張秘書》：「東野動驚俗，天葩吐奇芬。……險語破鬼膽，高辭媲皇墳。」《答張徹》：「搜奇日有富，嗜善心無寧。」《盧郎中雲夫寄示送盤穀子詩兩章歌以和之》云：「旁無壯士遺屬和，遠憶盧老詩顛狂。開緘忽睹送歸作，字向紙上皆軒昂。」《送無本師歸范陽》：「無本於為文，身大不及膽。吾嘗示之難，勇往無不敢。蛟龍弄角牙，造次欲手攬。……狂詞肆滂葩，低昂見舒慘。」《調張籍》云：「我願生兩翅，捕逐出八荒。精神忽交通，百怪入我腸。刺手拔鯨牙，舉瓢酌天漿。」《薦士》：「有窮者孟郊，受才是雄鷙。冥觀動古今，象外逐幽好。橫空盤硬語，妥帖力排奡。」這時韓愈已不再欣賞那個「古貌又古心」的孟郊了，而代之以「橫空盤硬語，妥帖力排奡」的精神，風格上追求奇險，氣勢上雄放奔騰，這正是韓愈險怪詩風的主要特徵，從其生活經歷和創作實踐來看，對荊楚文化的吸收和創造性運用在韓愈險怪詩趣和詩風的形成中起了舉足輕重的作用，險怪風格最終定型，標示了荊楚文化在詩人思想中的深刻作用。

荊楚文化在韓愈詩風險怪特徵的確立和定型過程中起到了非常重要的作用，貫穿了從最初的貶謫時期創做到最後審美趣味的理論自覺。因此從文化與文學的關係上來探討荊楚文化對韓愈險怪詩風的深刻影響是很有意義的。這種探索可以在以往研究韓詩的視角之外另闢蹊徑，擴大研究的文化視野，提供特殊的認知維度，與前有成果一道豐富對韓詩險怪風格成因的理解。

　　文化與文學存在著與生俱來的密切關係，它們之間的作用是相互的。文化可以最大程度地反映出時代的整體性和本質性特徵，所以其輻射影響必然會滲透到社會的各個方面。作為文化最精緻的表現形式，文學從思想內容到形式語言肯定帶有時代文化的深刻特徵，它總是在特定的文化背景孕育，吸收更多的文化養料，必須依託某種文化背景才能成長，所以我們在欣賞文學時總可以找到隱藏於作品背後卻有著廣泛影響的文化意蘊。只有充分瞭解文化對文學的影響，我們才能對文學有更加透徹的體悟。而且文學從文化的母體中繼承的是能夠代表其本質的內容，因為它們是文化構成中最穩定的因素，必然會在文學中得到體現。同時文學對文化不是單向度的吸收，它可以在創作主體的創造性思考中對文化有所創新和補充，從而豐富文化的內涵，推動文化的發展。因此文化和文學的互動作用既使文化傳統得以保存和發展，又使文學能不斷推陳出新而反作用於文化。

　　荊楚文化和韓愈險怪詩風正是體現了這樣的文化與文學的複雜關係。首先是荊楚文化對韓愈詩風的深刻影響。由於我國疆域遼闊，因此便形成了不同的地域文化景觀。這種地域文化思想在班固《漢書・地理志》中有樸素地表達，「凡民函五常之性，而其剛柔緩急，音聲不同，係水土之風氣，故謂之風」。而且他運用之分析了當時的多種地域文化，荊楚文化是其中重要的一支。班固對此種文化進行了總結：「信巫鬼、重淫祀，……皆急疾有氣勢。」這個認識反映了荊楚文化的本質，而且一直得到繼承，在韓愈生活的時代依然存在。因此韓愈貶謫南方必然會受到這方面的深刻影響，並在他所創作的詩歌中得到充分的體現，從本文第二部份的內容分析看，奇異的地理景觀、荊楚特有的巫術文化、怪異的神話傳說等，這些韓愈詩歌所繼承的荊楚文化內涵恰恰是班固認識到的不同於北方禮樂文化的巫術文化特徵，代表了荊楚文化的本質內容。此種具有「奇險」的文化使得韓愈詩歌出現了一種新奇特異的美學風範，這正是韓愈有意識地繼承荊楚文化本質特徵的結果。因此從文化對文學的影響來說，荊楚文化的地域性本質特徵是推動韓愈詩歌向險怪風格轉變的最大動力。

　　與此同時，韓愈對荊楚文化的繼承又具有基於自我個性選擇的創造精神，那就是打破了屈原《離騷》開創的強烈抒發愁怨的文學精神，代之以把更多的目光投向荊楚風物本身的特異性，使之成為詩歌表現的中心。作為「其衣被詞人，非一代也」的楚騷文學傳統，其對荊楚風物的描寫是為了象徵文

人高潔的品格和忠誠精神。這種模式對後世有深刻影響，與韓愈同時的柳宗元就是受此影響的代表，嚴羽《滄浪詩話》曰：「唐人惟柳子厚深得騷學，退之、李觀皆所不及。」這種評價恰是以楚騷文學精神為標準，韓愈不及柳宗元「深得騷學」正好說明了韓愈對荊楚文化繼承中的創新。煙波浩淼的長江、宏闊壯觀的洞庭湖、險峻高聳的南嶽、南方特有的巫術祭祀儀式、怪異的楚地神話，無不成為韓愈詩歌描寫的中心，而且在追新求異的「尚奇」心態作用下，韓愈把荊楚文化特有的奇險性發揮得淋漓盡致。同時在意象的設置時，韓愈也以荊楚風物的險怪性來突出所比喻事物的特異。由於採用直面荊楚文化本身的新視角，荊楚文化才獲得了從來沒有人寫過的新內容和新氣象，充分展現出文化本身的怪異之美，豐富了人們對荊楚文化的審美認識和感受。

　　因此經歷貶謫生活後，韓愈創造了嶄新的詩歌樣式，在意象上具有雄豪、奔放、奇險的特徵，往往以駭怪、騰躍、飛馳的動態顯示出充滿驚心動魄之感的生命力度美。而這一切的完成正是根源於荊楚文化與韓愈詩歌創作之間的互動關係，荊楚文化既為韓愈詩作提供了豐富的創作養料，同時韓愈也憑藉個性化創作豐富了荊楚文化的內涵，從而實現了獨特的文學理想。

從制禮作樂的「質文代變」到個體創作的「立言不朽」——唐代古文運動中關於文學觀念的新變

【摘要】：中唐古文革新中出現了從提倡制禮作樂的「質文代變」到重視個體創作的「立言不朽」的文學觀念的轉折，這從文化深層體現出中唐文人逐漸注意士人的個性心靈在以文學表達時代特徵的過程中所起到的重要意義。他們以此緊密聯繫時勢，在自己的創作和理念中強烈借鑒先秦時期的「子學精神」，爲中唐古文革新提供了豐富的思想資源，這也爲唐宋古文運動的持續發展作出了有益的的啓示。

【關鍵詞】：古文　文學觀念　中唐　子學精神

源於大量創作實踐凝煉而成的文學觀念，集中反映了一個時代和文人對於「文學」內涵的認識。同時這種觀念一經形成，又會反過來作用於作家的思想狀態、文學取法和創作實踐。隨著時代的發展和思想的變化，對於「文學」的認識也會產生不同，尤其是面臨文學的劇烈變革時，文學觀念的演變更爲引人注目，這種觀念的更新便會對此後的文學發展進程產生深刻影響。唐代古文運動以復古爲革新，從根本上打破了自六朝以來對「文學」的傳統認識，並接受了來自其它學術門類知識的滋養，逐漸形成了極富時代特色的文學觀念，從而爲古文家的創作實踐提供了全新的思想基礎。

一

唐代以前的文學觀念集中表現爲儒家傳統影響下的「詩教」說。這種認識發端於《禮記・樂記》和《毛詩序》。《禮記・樂記》曰：「治世之音安以樂，其政和；亂世之音怨以怒，其政乖；亡國之音哀以思，其民困。」〔註1〕《毛詩序》的表述與此相類，可見儒家原典中的「詩教」說著重強調文學與政治的密切關係，通過文學的創作演變折射出國家政治的治亂興衰，甚至從其表述上明顯反映出這種認識所帶有的文學和政治的直接對應模式。後來隨著時代認識的不斷發展，漢魏六朝時期「詩教」說由美刺並重演化爲偏於頌美一端，〔註2〕很多文人在表達文學見解時也多以稱讚歌功頌德的作品爲主，這在他們看來，既然要表現盛世的繁榮，在文學上則首先是具有「治世之音」，而那些主於譎諫的諷喻製作顯然與盛世的頌揚之聲不合拍，就被後世文人視爲「亂世之音」和「亡國之音」加以排斥。這種認識在《文心雕龍》的《宗經》和《通變》兩篇中就被劉勰結合其「原道」、「徵聖」和「宗經」的理論前提，形成了一種復古的文學史觀，即《宗經》中的「楚豔漢侈，流弊不還，正末歸本，不其懿歟！」〔註3〕和《通變》中的「黃唐淳而質，虞夏質而辨，商周麗而雅，楚漢侈而豔，魏晉淺而綺，宋初訛而新。」〔註4〕這種文學觀視以周孔爲代表的儒家經典爲文學創作的典範，而將此後的文學發展一概否定。劉勰的認識延續到盛唐時代，就發展成爲以張說爲代表的「文儒」型士人對於歷代文學發展的看法，如張說《赦歸道中作》：「誰能定禮樂，爲國著功成？」張九齡《東海徐文公神道碑銘》：「動有禮樂之運，言有雅頌之聲。」究其實質，盛唐時期文儒的代表張說和張九齡的觀念正是漢魏六朝以來「詩教」說演化爲偏於頌美的必然結果。

值得注意的是，南北朝至隋時一些欲求文學變革的文人在反對文學創作的格調日漸低微時都不約而同地主張文學應恢復到禮樂傳統的儒家經典，如南朝劉宋時的裴子野《雕蟲論》：「自是閭閻年少，貴遊總角，罔不擯落六藝，吟詠情性，學者以博依爲務，謂章句爲專魯，淫文破典，斐爾爲功，無被於管絃，非止於禮義，深心主卉木，遠致極風雲。其浮興，其志弱，巧而不要，

〔註1〕王文錦譯解，《禮記譯解》，中華書局2001年版，第526頁。
〔註2〕參見葛曉音，《論漢魏六朝詩教說的演變及其在詩歌發展中的作用》，載《漢唐文學的嬗變》，北京大學出版社1990年版。
〔註3〕劉勰著，范文瀾注，《文心雕龍注》，人民文學出版社1958年版，第23頁。
〔註4〕劉勰著，范文瀾注，《文心雕龍注》，人民文學出版社1958年版，第520頁。

隱而不深，討其宗途，亦有宋之風也。」〔註5〕隋代李諤的《上文帝革文華書》：
「臣聞古先哲王之化民也，必變其視聽，防其嗜欲，塞其邪放之心，示以淳
和之路。五教六行為訓民之本，《詩》《書》《禮》《易》為道義之門。故能家
復孝慈，人知禮讓，正俗調風，莫大於此。其有上書獻賦，制誄鐫銘，皆以
褒德序賢，明勳證理。苟非懲勸，義不徒然。降及後代，風教漸落。」〔註6〕
但他們的思路依舊沒有跳出「詩教」說的巢臼，其「褒德序賢，明勳證理」
之義代表了此時已經偏於頌美的「詩教」說，希望以儒家經典象徵的「治世
之音」取代此後文學發展的一切實績，這無異於要將文學回覆到上古質樸無
華的文風，以此來達到他們所期望的革新世風、重現盛世的理想。但將這種
理論付諸實踐，蘇綽在西魏時所作的文章復古努力最終歸於失敗則說明了此
種純粹模仿的復古並非文學變革的正途。究其實質，裴、李的文學革新思路
與漢魏六朝以來「詩教」說的發展是一致的，基於《詩大序》所揭示的文學
發展與政治情勢的對應關係，將代表盛世理想的儒家經典與後世的衰弊文風
作對比，通過模擬經典以期助於世風的改善。因此這種變革的失敗預示了把
文學和政治進行直接聯繫的傳統「詩教」說所代表的文學觀念已經到了亟需
改變之時。

　　韓、柳之前的一些古文家如李華、蕭穎士、元結、獨孤及等已開古文運
動的先聲，伴隨著安史之亂對唐代政治的巨大影響，他們處於盛唐向中唐的
轉折時期，因此其文學認識呈現出混雜的過渡特點，其中以李華和獨孤及的
觀點為代表，他們既有如盛唐「文儒」型士人那樣的文學認識，李華在《贈
禮部尚書清河孝公崔沔集序》曰：「屈平、宋玉，哀而傷，靡而不返，六經之
道遁矣。」〔註7〕獨孤及在《唐故殿中侍御史贈考工員外郎中蕭府君文章集錄
序》曰：「嘗謂揚、馬言大而迂，屈、宋詞侈而怨。沿其流者或文質交喪，雅
正相奪，盍為之中道乎？」〔註8〕可見李華與獨孤及對歷代文學發展的認識類
似於漢魏六朝演變而來的「詩教」說，視屈宋楚辭為浮靡文風的開端而主張
恢復到六經的經典那裏，藉此對政治風貌有所裨益，這還是將禮樂傳統和政
治盛衰比附聯繫，從而提倡典誥式的古樸之體。然而李華和獨孤及對文學的

〔註5〕嚴可均輯，《全上古三代秦漢三國六朝文》，中華書局 1965 年版。
〔註6〕魏徵等撰，《隋書》卷六十六，中華書局點校本。
〔註7〕董誥等編，《全唐文》，中華書局 1983 年版，卷三百十五。
〔註8〕獨孤及著，劉鵬、李桃校注，蔣寅審定，《毗陵集校注》，遼海出版社 2007 年
　　　版。

認識中也有從個體創作的角度強調文學價值的「立言不朽」的反映，如李華《贈韋司業書》：「丈夫生遇昇平時，自爲文儒士，縱不能公卿坐取，助人主視聽，致俗雍熙，遺名竹帛，尚應優遊道術，以名教爲己任，著一家之言，垂沮勸之益，此其道也。豈直以辭場策試，一第聲名，爲知己相期之分耶？」李華要求在不能「公卿坐取」的情況下能「優遊道術，以名教爲己任，著一家之言，垂沮勸之益」，〔註9〕這顯然是基於文人個體的出處行藏來說的，並將「助人主視聽」的立功和「著一家之言」的立言對比來設計文人如何宏道以不朽。獨孤及在《蕭府君文章集錄序》：「君子修其辭，立其誠。生以比興宏道，歿以述作垂裕，此之謂不朽。」雖然他這裡的「君子」與李華所言之「丈夫」都具有儒家推崇的理想人格色彩，但其中關注的焦點是個體的「修辭立誠」以達「道」，並注意到著作在作者的生前和死後所顯示的不朽價值，這就與以往從文學直接過渡到政治有了明顯的差異。伴隨著這種對創作個體的重視，此時的古文家也將儒道的禮樂傳統變革爲個人修養的道德仁義，如梁肅在《常州刺史獨孤及集後序》曰：「夫大者天道，其次人文，在昔聖王以之經緯百度，臣下以之弼成五教。德又下衰，則怨刺形於歌詠，諷議彰乎史冊，故道德仁義，非文不明；禮樂刑政，非文不立。文之興廢，視世之治亂；文之高下，視才之厚薄。……孝悌積爲行本，文藝成乎餘力。凡立言必忠孝大倫，王霸大略，權正大義，古今大體。其中雖波騰雷動，起伏萬變，而殊流會歸，同志於道。」〔註10〕道德仁義開始進入古文家的理論視野，並且被置於禮樂刑政之前，這是由於名教之行首先在道德仁義的廣被，「孝悌積爲行本」顯示了儒家道德對個體的要求在古文家看來已成爲爲人立行之本，這構成了禮樂刑政所代表的國家政統的基礎。因此古文家之強調「立言不朽」與這種道德仁義成爲儒道重點的趨向互爲表裏，「立言」者必以道德爲核心的「名教」爲己任，而道德仁義的崇高價值則保證「立言」之文的內容，即「立言必忠孝大倫，王霸大略」，並可以傳之後世。

同時這又帶出一個新的問題，即「道」、「君子」和「政治」的關係。因此後來者沿著這樣的思路繼續發展，常袞在《叔父故禮部員外郎墓誌銘》曰：「魯有先大夫，其言立於世，《春秋》謂之不朽，儒有今世行之，後世以成楷則，君子之道，不患時之不逢，患其道之不顯。故賢哲所以啓正宗教，蓋風

〔註 9〕董誥等編，《全唐文》，中華書局 1983 年版，卷三百二十三。
〔註10〕董誥等編，《全唐文》，中華書局 1983 年版，卷五百十九。

於人倫，垂之無窮者矣。」〔註11〕他是借《春秋》故事來說明「道」、「君子」和「時」即「政治」之間的複雜關係，「君子」立言是為了宏道，而不朽之道即使當時默默無聞，也會在後世顯示出其「風於人倫」的價值。因此常袞在此是將三者統一於「立言不朽」所包含的豐富意蘊中，作家為文是以宏道為目的，道之行不在於一時，其價值可以在一個長久的時間中得到顯現，因此處於困境、生不逢時的作家可以此確認自身價值的意義。這樣的理解必然突破前代那種單純重視盛世頌美的觀念，而同時給予衰世中那些具有批判世道、怨刺傷懷的作品以更多的肯定並傳之後世。這等於又將漢魏六朝以來的「詩教」說恢復到其本義的階段，集頌美與諷喻為一體，在「君子」不逢當時與其道行於後世的價值取向中強調諷喻傳統對文章創作產生的影響，這就意味著衰世不再如前代那樣抹殺其在文學發展中的意義，而是以「君子」立言不朽式的作品來象徵禮樂之道維繫人心的作用，文章之道並未像衰世而出現低落，從而使以儒家風雅詩教觀為基礎的文學評價標準更加豐富多樣。

隨後韓愈在此基礎上又做思考，「君子」立言的個體前提值得探討，他在《爭臣論》曰：「君子居其位，則思死其官；未得位，則思修其辭以明其道。」他是在繼承《左傳》中「三不朽」的傳統基礎上把「立功」與「立言」置於個體和時代的關係中來考察，「君子」居位則以「立功」為先，如未得其時，則「立言」以明道。可見韓愈雖然在立功與立言之間設定了去取的先決條件，但立言和立功對人生不朽所具有等同的價值和意義則是不言自明的。其中的「修辭以明道」與李華推崇的「優遊道術，以名教為己任，著一家之言，垂沮勸之益」一脈相承，都希望能通過飽含著自己對儒道感受的「一家之言」來達到在後世「垂沮勸之益」的理想。相比於前代古文家立論於儒道本身的觀念而言，韓愈結合文學史的事實而將這種立言不朽的思想引入到文學批評的領域中，他在《荊潭唱和詩序》曰：「夫和平之音淡薄，而愁思之聲要妙；歡愉之辭難工，而窮苦之言易好也。是故文章之作，恒發於羈旅草野，至若王公貴人，氣滿志得，非性能而好之，則不暇以為。」〔註12〕這裡就把沉淪下僚的文士「恒發於羈旅草野」時所作之「窮苦之言」視為更好的文章，韓愈肯定了個體文人遭遇艱難困苦之時的「不平則鳴」所具有的情感價值。他

〔註11〕董誥等編，《全唐文》，中華書局 1983 年版，卷四百二十。
〔註12〕韓愈著，馬茂元校注，《韓昌黎文集校注》，上海古籍出版社 1985 年版，第 262 頁。

在《送孟東野序》中充分讚賞了屈原代表的失意文士在道不得行時的作品，可見這種對前代文學的把握已經突破了強調頌美爲核心的傳統觀念，對屈原等文人在文學發展的位置給予的全新評價則有賴於以「立言不朽」爲基礎所形成的新文學觀念。

二

從禮樂傳統的「時文代變」到強調個體創作意識的「立言不朽」的轉變，不僅具有革新文學和政治之間如何聯繫的作用，而且「立言不朽」之中還隱含著文學範圍的擴大和對文章內容的新要求。「立言不朽」最早出現於《左傳》中，而作爲儒家另一經典的《論語》中有「述」、「作」之分，就「立言不朽」所昭示的崇高價值看，顯然應歸於「作」之一類。而在儒家看來，「作」只有「知禮樂之情者」方可爲，因此限定於聖人而非普通常人。這種觀念一直延續到漢代，但在實際情況中，秦漢時的著述以經、史、子的形制出現，這其中不乏有作者明確表示自己的作品「成一家之言」，如秦漢諸子和司馬遷的《史記》等，他們以道自任，希望通過系統化的著書立說來達到救時拯弊的目的，因此其著作多以義理論說見長，針對現實中的問題有感而發，雖然各家觀點不盡相同，但其中都貫穿著強烈的政治批判和淑世關懷。即使不爲當世所用，也期望傳之久遠，而這一切都與「立言不朽」的內涵一致。南朝劉勰《文心雕龍・諸子》曰：「諸子者，入道見志之書。太上立德，其次立言，百姓之群居，苦紛雜而莫顯；君子之處世，疾名德而不章。……博明萬事爲子，適辨一理爲論。……夫自六國以前，去聖未遠，故能越世高談，自開戶牖。」〔註13〕他在此注重諸子的「入道見志」的個性化色彩，並將諸子之書看作「立言不朽」之書，正可見「立言不朽」與子書之間在文人創作意識方面所存在的密切關係。

結合魏晉以來對文學性特徵的關注日漸強烈，著述內部的分類傾向也隨著各自特點的顯現而爲人所重視。曹丕在《又與吳質書》曰：「觀古今文人，類不護細行，鮮能以名節自立。而偉長獨懷文抱質，恬淡寡欲，有箕山之志，可謂彬彬君子者矣。著《中論》二十餘篇，成一家之言，辭義典雅，足傳於後，此子爲不朽矣。德璉常斐然有述作之意，其才學足以著書，美志不遂，

〔註13〕劉勰著，范文瀾注，《文心雕龍注》，人民文學出版社 1958 年版，第 310 頁。

良可痛惜。」〔註14〕徐幹的《中論》在《隋書・經籍志》、《舊唐書・經籍志》和《新唐書・藝文志》中都被列於「子」部，曹丕在此稱譽徐幹的《中論》，而沒有把那些詩賦美文置於其間，足見如《中論》這般的子書由於其所具有的「成一家之言」的獨特價值，並可傳於後世，這才是曹丕最為看重的，這種重視「述作」、「著書」並與文章混同的文學觀念與後來將子部與文集區分的認識明顯不同。這種認識在曹植身上也有體現，他的《與楊德祖書》：「吾雖德薄，位為蕃侯，猶庶幾戮力上國，流惠下民，建永世之業，流金石之功，豈徒以翰墨為勳績，辭賦為君子哉？若吾志未果，吾道不行，則將采庶官之實錄，辨時俗之得失，定仁義之衷，成一家之言，雖未能藏之名山，將以傳之於同好，非要之皓首，豈今日之論乎？」〔註15〕可見曹植是想在立功理想不得實現時效法諸子式的著述，「採庶官之實錄，辨時俗之得失，定仁義之衷」，以「成一家之言」的著作流傳後世，而並沒有推崇自己最擅長的辭賦詩文，因此在他們生活的時代，子書式的作品被認為可以不朽，故而受到格外重視。

這種觀念到南朝時隨著時代對文學特徵的認識發展而發生改變，原本以傳之後世求不朽的子書著述為最高追求的觀念被更為強調以詩賦等具有文學意味的體裁創作所取代，這同時也反映出時人對於經、史、子、集各部特點的認識日益清晰。蕭統領銜編撰的文學總集《文選》的序中曾說：「若夫姬公之集，孔父之書，與日月俱懸，鬼神爭奧，孝敬之準式，人倫之師友，豈可重以芟夷？加之剪截老莊，管孟之流，蓋以立意為宗，不以能文為本，今以所撰，又以略諸。若賢人之美辭，忠臣之抗直，謀夫之話，辯士之端，冰釋泉湧，金相玉振，所謂坐狙丘，議稷下，仲連之卻秦軍，食其之下齊城，留侯之發八難，曲逆之吐六奇，蓋乃事美一時，語流千載，概見墳籍，旁出子史，若斯之流，又亦繁博，雖傳之簡牘，而事異篇章，今之所集，亦所不取。至於記事之史，繫年之書，所以褒貶是非，紀別異同，方之篇翰，亦以不同。」〔註16〕這其中就對「孝敬之準式，人倫之師友」的經典、「以立意為宗，不以能文為本」的子書和「記事之史，繫年之書」的史書從各自具有的創作特點方面作了明確的區分，以此來顯示入選

〔註14〕嚴可均輯，《全上古三代秦漢三國六朝文》，中華書局 1983 年版。
〔註15〕趙幼文校注，《曹植集校注》，人民文學出版社 1998 年版，第 154～155 頁。
〔註16〕蕭統編，李善注，《文選》，上海古籍出版社 1986 年版，第 2～3 頁。

的詩文都以「能文爲本」。因此近人王葆心在《古文辭通義》卷十六說:「《昭
明文選》自序謂:老莊之作,管孟之流,立意爲宗,不以能文爲本。書中
例不收諸子篇次,是歧文與子而二之也。」〔註17〕與此相對應的是,其弟
蕭繹在《金樓子·立言》中指出:「至如文者,惟須綺縠紛披,宮徵靡漫,
唇吻遒會,情靈搖蕩。」〔註18〕這是通過對文學作品的本質和境界的把握
揭示出此時對文學特徵認識的新階段,同時經、史、子與以文學作品爲主
的集部的區分在此時也就基本清晰了,後來初唐時期魏徵等人所編的《隋
書·經籍志》就是以四部分類法對前代書籍進行整理編目。

然而當安史之亂使唐代政治陷入空前的混亂後,士人在這場災難中也飽
受遷轉流離之苦,同時也促使他們從以前對盛世氣象的謳歌和嚮往轉到關注
現實。他們在時代劇變的轉折點上感受世積亂離帶來的痛苦,思索時代如此
慘淡的原因,並開始積極探求拯時濟世的良策。這種時代走向的普遍要求與
當時的士人創作和心態息息相關,其中最具代表性的就是元結,而且後世也
多認爲他也是古文運動的先驅之一。《新唐書》本傳載元結「世業載國史,世
系在家諜。少居商餘山,著《元子》十篇,故以元子爲稱。天下兵興,逃亂
入猗玕洞,始稱猗玕子。後家瀼濱,乃自稱浪士。」這種以子自名的風氣由
此開啓,一直延續到晚唐時期,羅庸先生就曾指出這種風氣始於元結。更值
得注意的是,元結此時所作的文章不再以整齊劃一的駢體爲主,而是句式長
短不一,樸拙之氣愈重。同時文章內容也主要是針砭時弊,直面當時已經混
亂不堪的時局和世道,如《七不如七篇》通過對人之「毒、媚、詐、惑、貪、
溺、忍」等方面的簡要剖析指出當時世風日下、人心散漫的淒慘境況,其它
如《丐論》、《惡圓》、《惡曲》等雜文都是他精心結撰以求「多退讓者、多激
發者、多嗟恨者、多傷閔者」的旨意,由此可見,元結此時的文章都是有感
而發,飽含著對社會人生、世道人心強烈的道義關懷,正如其以元子自名,
這種精神旨趣確與先秦諸子代表的關注政治和革新世道的目的是一致的,因
此其著作《漫說》、《元子》、《元和子》等都被列入子部,這說明元結的這種
著述性質類似於諸子成一家之言以求不朽的特點,其表達政治觀念的強烈訴
求也與當時那種立言不朽的時代創作趨向合拍。

〔註17〕王水照主編,《歷代文話》(8),復旦大學出版社2006年版,第7873頁。
〔註18〕蕭繹著,陳志平、熊清元疏證校注,《金樓子疏證校注》,上海古籍出版社2014
年版,第770頁。

　　「子學精神」在這時的興起得益於時代劇變給士人的生活和思想帶來巨大衝擊，同時更多的人也主動回覆到諸子那裏尋求思想的沾漑，這突出地表現在此時的士人在日常生活或學業之初習諸子之書，如侯冕《同朔方節度副使金紫光祿大夫試太常卿兼慈州刺史王府君神道碑》：「藝尚德業，脫略諸子，憲章五經，處吏事也能果斷，居朋友也無忌。」〔註19〕張增《段府君神道碑銘》：「府君溫其在邑，樂且有儀。九流百氏，經目輒誦；四憂十義，因心必達。然猶深居自琛，與物為春，希言中倫，知幾其神。內葆光以恬眞，外行簡以倚仁。子獲奉親之祿，欲養而不待；身寄有涯之生，遷化而無怛。」〔註20〕梁肅《祭權相公文》：「伏以世濟明德，天資上才。默識中照，襟靈洞開。言成典誥，筆落風雷。扣寂窮妙，神交思來。百代退鶩，九流兼該。傾詞人之藪澤，為作者之杓魁。」〔註21〕柳宗元《與李翰林建書》：「僕近求得經史諸子數百卷，嘗候戰悸稍定，時即伏讀，頗見聖人用心、賢士君子立志之分。著書亦數十篇，心病言少次第，不足遠寄，但用自釋。貧者士之常，今僕雖羸餒，亦甘如飴矣。」〔註22〕劉禹錫《彭陽侯令狐氏先廟碑》：「既仕，旁通百家。愛《穀梁子》清而婉，左邱明《國語》辨而工，司馬遷《史記》文而不華，咸手筆朱墨，究其微旨。愷悌以肥家，信誼以急人。德充齒耋，獨享天爵。故休　集於身後，徽章流乎佳城。」〔註23〕李渤《上封事表》：「臣昔負薪，偷暇讀書。至《周禮》見春官外史掌三皇五帝之書，即楚靈王所謂《三墳》《五典》是也。《書敘》又云：『三墳言大道也，五典言常道也。』然則三五之君，君之至者矣。臣曾學《易》，見三皇之道；加之以《書》，見五帝之德；加之以《詩》《禮》，見三王之仁；加之以《春秋》，見五霸之義。尋《戰國策》，極於隋史，見沿代得失，參以百家，統以九流，又遺其繁華，擷其精實，收視黜聽，順其所自，故遊涉中理也。」〔註24〕從這些士人接受諸子之學的趨向看，多以經世致用、考論歷代政治得失為主，可見他們並非欣慕諸子文章的詞采末節，而是注意吸收古人對於政治、歷史之道的思想，即古人是如何結合時代的發展提出解決現實中問題的方法，能為自己在紛繁複雜的

〔註19〕董誥等編，《全唐文》，中華書局1983年版，卷四百四十三。
〔註20〕董誥等編，《全唐文》，中華書局1983年版，卷四百四十五。
〔註21〕董誥等編，《全唐文》，中華書局1983年版，卷五百二十三。
〔註22〕柳宗元，《柳宗元集》，中華書局1979年版，第802頁。
〔註23〕劉禹錫，《劉禹錫集》，中華書局1990年版，第24頁。
〔註24〕董誥等編，《全唐文》，中華書局1983年版，卷七百十二。

時代情勢中尋求治世之策提供理論的啓示。這種趨向也符合劉勰在《文心雕龍》所說的「博明萬事爲子，適辨一理爲論」，不僅對古今世事了熟於心，更能從現實出發運用所掌握的知識提出一整套有利於時代發展的革新措施，並達到「適辨一理爲論」的高度。只有這樣，才能眞正符合此時士人呼籲的「立言不朽」的要求。

就此時學術的發展傾向而言，子學風氣的興起有其內在的因素推動，主要體現在啖、趙《春秋學》的流行，《春秋集傳纂例辨疑》十七卷：《文獻通考》載：《崇文總目》：唐給事中陸淳纂。初，淳以三家三傳不同，故採獲善者，參以啖助、趙匡之說爲集傳。《春秋》又本褒貶之意，更爲微旨條別三家，以朱墨記其勝否，又摭三家得失與經戾者，以啖、趙之說訂正之，爲辨疑。陳振孫《直齋書錄解題》：「以爲《左傳》敘事雖多，解意殊少，公谷傳經密於左氏，至趙、陸則直謂左氏淺於公谷。」晁公武《郡齋讀書志》：「啖氏制疏統例，分別疏通其義，趙氏損益多所發揮，今纂而合之，凡四十篇。」晁、陳都注意到啖、趙之學不同以往之處就在其「解意」和「疏通其義」，即《春秋》隱含的微言大義。而六經之中，《春秋》最能體現儒家對歷史現實的批判之意，其「懲惡而勸善」的旨趣也正是儒家思想中重要的組成部份，從直面現實和一家之言的角度來說，《春秋》與諸子的精神極爲接近。啖、趙選擇《春秋》闡述新義理對於此時學術的轉變確實起到了推波助瀾的作用，如梁肅和崔甫在評價獨孤及時都提到了「不爲章句學」，這正是諸子精神中探求義理，注重現實的集中體現。

此後的韓愈在其文章和立論中對這種精神推崇不已，兩唐書本傳在韓愈讀書日記數千百言，此後精通經史百家之說，可見其學養之深厚。而且他在文章中也屢次強調這種爲學的傾向，如《答侯繼書》：「僕少好學問，自《五經》之外，百氏之書，未有聞而不求，得而不觀者。」《上兵部李侍郎書》：「性本好文學，因困厄悲愁，無所告語，遂得究窮於經傳、史記、百家之說，沉潛乎訓義，反覆乎句讀，礱磨乎事業，而奮發乎文章。」韓愈如此關注諸子之學，這就促使他採取新的觀點對待經典和現實，並能從這種經驗中總結出若干值得重視的規律。首先，他是以一種從現實出發的態度對待儒道和經典，根據時代的發展趨勢，對儒道的內涵作出了新的闡釋，他在《原道》中提出了「足乎己，無待於外之謂德」和「正心誠意」新的儒道觀，從而把士人的「窮則獨善其身」與儒道理想溝通起來，使那些身處窮澤荒野的士人依然堅

守儒道的行為獲得了濟世的意義，這與此時儒道從禮樂理想轉向道德性理的現實是一致的。其次，他倡導的「師道」明顯是針對此時尊師傳統的衰落而來的。這种師道的核心在於激發士子的向學之心，能夠在學習的過程中不斷取得創新，「弟子不必不如師，師不必賢於弟子」，一方面尊師的傳統得以保留，更重要的是弟子能夠在賢師的引導下通過解決現實問題而取得進步，這也是韓愈能在繼承經典的基礎上創新儒道的精神所在，其與現實緊密關聯的特點和鼓勵創立新說的思想也與諸子的從時勢提煉義理、以義理關照現實相合，可見韓愈雖然沒有如諸子那樣有那些成一家之言的著作傳世，但其內在精神確實與諸子相通。再次，韓愈在《答李翊書》曰：「省所謂立言者是也。……抑不知生之志蘄勝於人而取於人邪？將蘄至於古之立言者邪？當其取於心而注於手也；惟陳言之務去，戛戛乎其難哉！」前人多是從為文需創新的角度作解，但如果以諸子精神和立言不朽的方面來重新審視韓愈的「惟陳言之務去」，就不能簡單從文章創作的立場來看待。他是要求後來者要現實的實際出發，經典所提供的只是原則而非解決一切問題的方法，如此時杜佑就強調「君子致用在乎經邦，經邦在乎立事，立事在乎師古，師古在乎隨時。必參今古之宜，窮終始之妙，始可以度其終，古可以行於今」。因此必須把這些經典和當時的實際結合起來，韓愈的「取於心」即是要有現實情勢的觀照，不能拘泥於經典條文，而韓愈在《答劉正夫書》也有此類的認識，如「或問：『為文宜何師？』必謹對曰：『宜師古聖賢人。』曰：『古聖賢人所為書具存，辭皆不同，宜何師？』必謹對曰：『師其意，不師其辭。』又問曰：『文宜易宜難？』必謹對曰：『無難易，惟其是爾。』」劉熙載在《藝概·文概》中分析：「昌黎論文曰：『惟其是爾。』余謂『是』字注腳有二：曰正，曰真。」〔註25〕劉熙載理解的「真」即為韓愈受到子學精神滋養而具有的關注現實、參取古今的特點。因此近人劉咸炘在《文學述林》評說：「中唐韓、柳諸家，承過文之極弊，參子家之質實以矯之，然猶未失文也。……大氐文質之異在於作述，《禮》文約而嚴，多作；《詩》文豐而通，多述。諸子多作，詞賦多述，作者創意造言，述者徵典敷藻，賦詩言志，述之兆也，詞必己出，作之標也。」〔註26〕他這裡就是以諸子特有的「作」的精神來解釋韓愈等古文家取得成功的原因，

〔註25〕劉熙載，《藝概》，上海古籍出版社 1978 年版，第 21 頁。
〔註26〕劉咸炘，《劉咸炘學術論集·文學講義編》，廣西師範大學出版社 2010 年版，第 32～33 頁。

而這種精神的實質正是士人必須通過關注政治現實，使文章創作能夠眞正體現出作者之意和思想，而不是脫離現實模擬經典或亦步亦趨地在文章本身方面求發展。

綜上所述，從制禮作樂傳統代表的「時文代變」到關注創作個體的「立言不朽」，文學與政治的直接聯繫被更加強調主體創作的觀念取代，任何時代的思想都是通過士人的個性心靈來展現，在此意義上，這種立言不朽的新觀念對文學如何反映時代特徵作出了新的回應，而文學史上在逆境中創作的士人因此獲得了新的評價。更重要的是與立言不朽具有密切關聯的「子學精神」在中唐的復興爲士人關注現實，在自己的創作中緊密聯繫時勢提供了豐厚的思想資源，這也是此後的古文運動能沿著正確的道路前進作出了有益的啓示。

附錄：讓「文學史」還原「審美」的面貌

【摘要】時至今日，在堅持文獻考據作爲基本條件的前提下，「文學史」研究還應重視「審美趣味」的培養，讓原本鮮活的文學研究回歸「審美」的基礎之上，並將之貫徹於「文學史」編撰的體例中，以眞正適應文學教育關注「審美力」的本質要求。與此同時，文學史研究者在注重文獻考據之外，應當盡力親近文學作品，反覆閱讀，不斷激發自己對文學作品本身的審美感受，這是「文學史」研究者首先作爲文學批評家的前提，也是「重寫文學史」的學術要求下的自我定位。

【關鍵詞】文學史　審美　文本感受

自十九世紀末二十世紀初以來，以欣賞體味爲主要批評方式的「詩文評」逐漸讓位於重視知識積累和文化傳承的「文學史」〔註1〕，對於「文學」所謂發展規律的探討就成爲「文學史」研究和書寫的題中應有之義。回溯百年來的發展演變，「文學史」在二十世紀學術史舞臺上也曾大展拳腳，其流轉炫目的「表演姿態」曾引得國內外諸多滿懷熱情的學人投身其間，甚至承擔起爲

〔註1〕關於「文學史」，陳平原先生曾經以充滿學理性的語言，作了四個面向的分析，即作爲課程設置「文學史」、作爲著述體例的「文學史」、作爲知識體系的「文學史」和作爲意識形態的「文學史」。這一判斷的出發點主要是基於百年來大學中文系文學教育實踐的總體經驗。本文所言之「文學史」大體與這一概括一致，兼及書籍、教學與實踐意義，書籍爲出版過的「文學史」教材及其透露出的學者的文化心態、研究方式和學術個性，教學主要是大學中文系中文學教育與「文學史」的參與，實踐意義的「文學史」則是寫作「文學史」教材的過程以及與「文學史」相關的研究狀態。限於我的專業，「文學史」多以中國古代文學爲對象。

政治、文化乃至思想學術等各個領域「張目造勢」的時代功能。那些蘊涵著政治隱喻的「文學史」研究曾迅速成爲特定政治年代的「顯學」，〔註2〕而伴隨著時代巨變與思想轉型的異軍突起，「文學史」研究又搖身一變，在中西文化碰撞交流的歷史洪流中激蕩起「重寫」的文化吶喊。〔註3〕進入九十年代後，李澤厚先生一句「思想家退隱，學問家凸顯」的睿智評語，彷彿又預示著「文學史」研究在經歷了歷史的跌宕起伏之後，重又回歸書齋的理性探索和沉潛的思維構建。在二十一世紀文化交流日漸國際化的今天，「文學史」研究這一略顯冷僻卻又引人入勝的領域，呈現出的是「卻顧所來徑，蒼蒼橫翠微」，看似氣象萬千，實則模糊不清，其實並未從此前歧義叢生的思想觀念中走出，更需要學者們在回望先賢研究的得失成敗後，重新思考「文學史」研究到底應該基礎何在，方向何從，學者何爲。從某種意義上，「重寫文學史」的美麗口號依然沒有過時，只是在大量的文學史研究基礎實踐過後，如何去總結這些事件背後的經驗教訓。本文擬就此問題展開，在結合已有「文學史」研究的基礎上，對未來「文學史」的研究策略和應該注意的問題提出一孔之見，求教於方家。

一、以「審美」爲基礎的「文學史」研究

　　二十世紀以來，隨著學術規範化的縝密性日漸提高，主體學科開始衍生出大量的分支學問，這其中就包括原本單純的「文學史」研究，由於各個時代不斷湧現出各種版本的文學史著作，對「文學史」研究的理論反思——「文

〔註2〕 新中國建立後，多次政治運動是從文化領域展開，最典型的是五十年代的「《紅樓夢》研究」的批判運動，而這些帶著濃鬱政治色彩的文學批判都曾深刻影響了當時的文學史研究，使之帶有鮮明的「借經術文飾其政論」的理論色彩。雖然時過境遷，那個年代的文學史研究在後來以較爲純粹的學術理性去判斷，很多結論和研究方法都受到普遍的質疑，但畢竟也反映出解放後我國對於文學史研究在特殊年代的一個值得深思的面影。

〔註3〕 「重寫文學史」是出現於二十世紀八十年代中後期的一次從文學研究領域發生，此後又蔓延至整個文化思想界的一次理論探索，首先是在北京與上海的從事現代文學研究的學者發起，當時參與其事的學者如今都已在各自領域取得令人矚目的成就，如上海的王曉明與陳思和，北京的錢理群、黃子平和陳平原等人。產生的成果如《二十世紀中國文學三人談》、《二十世紀中國小說史》與陳思和王曉明在《上海文論》主持的專欄「重寫文學史」所產生的文章等，其學術影響至今猶在。此後學界每每對「文學史」的研究有所回應時，大多都會與八十年代的「重寫文學史」有著或明或暗的歷史淵源。

學史學」應運而生。其中由董乃斌、陳伯海、劉揚忠三位先生主編的《中國文學史學史》於 2003 年在河北人民出版社出版，成爲「文學史學」這一研究領域初見規模的標誌性著述。此前和此後都有類似內容的著作出版，如趙敏俐、楊樹增二位先生合著的《20 世紀中國古典文學研究史》〔註4〕，與復旦大學黃霖先生主編、集眾多學者之力編成的《二十世紀中國古代文學研究史》〔註5〕，都可稱爲這方面的代表。但明確標示「文學史學」的還是董、陳、劉三位先生的那套書，由此可見「文學史學」的名稱雖新，但其實已基於很長一段時期的寫作實踐了，尤其是改革開放以後各種名目的「文學史」著作層出不窮。〔註6〕

「文學史學」的名稱既已形成，標誌性的著作也堪稱皇皇巨著，卻並未獲得學界一致的「鮮花和掌聲」，陳平原先生就曾在《假如沒有「文學史」》中深表進退兩難的複雜心情，「文學史」雖然有其局限性，但在承擔文學教育方面的重要作用仍不可替代。〔註7〕而南京大學的莫礪鋒先生則曾對此明確表示質疑。他在《「文學史學」獻疑》一文中，主要對「文學史學」的學科成立條件並不樂觀，一是總結文學史編寫規律的時機遠未成熟，二是寫作實踐中存在的問題依然明顯。〔註8〕在此情形下，莫礪鋒先生對「文學史」的內涵意義做出有意義的探討，他認爲：「當我們說『文學史』這個詞的時候，大概有以下兩種意義：一是指文學的發展過程，是一種客觀的歷時性的存在。……二是指人們關於文學發展過程的研究、論述，是一種主觀的敘述、闡釋和評價。」這就提出了如何看待「文學史」的實質這一問題，所謂「客觀」和「主觀」的「文學史」，如果更深一層追問，就是在對「文學史」的書寫中究竟以何爲基礎和中心的問題。

〔註4〕趙敏俐、楊樹增，《20 世紀中國古典文學研究史》，陝西人民教育出版社 1997年版。

〔註5〕黃霖主編，《二十世紀中國古代文學研究史》，東方出版中心 2006 年版。

〔註6〕改革開放後出現具有典型性的「文學史」著作包括面向電大教學所用的《中國文學史綱要》（袁行霈等編撰，北京大學出版社 1998 年版），運用新理論分析的《中國文學史》（章培恒、駱玉明主編，復旦大學出版社 2005 年版），以及社科院文學所學者集體編寫的《中國文學史系列》。而在目前大學中文系承擔教材任務的《中國文學史》，則是由袁行霈先生主編，高等教育出版社 1996年版。就教學影響和總結學術而言，高教版的《中國文學史》應該是目前國內最具權威性的「文學史」教材。

〔註7〕陳平原，《假如沒有「文學史」》，三聯書店 2011 年版。

〔註8〕莫礪鋒，《文學史沉思拾零》，中華書局 2013 年版。

　　借助學術史的經典研究方法，「文學史」的書寫達到的最高境界是「辨章學術，考鏡源流」，就是在充分佔有歷代作家的創作作品、時代特徵和生平資料基礎上，對我國的文學發展歷程進行一番由表及裏的理性梳理，大致勾勒出從上古三代到五四以前我國文學如何一步步發展演變的軌跡，莫礪鋒先生的所謂的「客觀」即在於此。對於這種「客觀」，需要指出的一點是這又與我國古代文學創作的特徵密切相關。吉川幸次郎先生在《中國文學史的一種理解》中曾指出：

　　　　中國的文學史，其形態與其它地域的文明裏的未必相同。至少，在最近時期以前，一直是不同的。被相沿認爲文學之中心的，並不是如同其它文明所往往早就從事的那種虛構之作。純以實在的經驗爲素材的作品則被作爲理所當然。詩歌淨是抒情詩，以詩人自身的個人性質的經驗（特別是日常生活裏的經驗，或許也包括圍繞在人們日常生活四周的自然界中的經驗）爲素材的抒情詩爲其主流。以特異人物的特異生活爲素材、從而必須從事虛構的敘事詩的傳統在這個國家裏是缺乏的。散文也是以敘述實在事件的歷史散文或將身邊的日常事情作爲素材的隨筆式的散文爲中心而發展下來的。
　　〔註9〕

圍繞作家作品而呈現的時代特徵和歷史環境，作家的生卒年和生平經歷，作品反映的作家生活和心態，這些具有「客觀性」的內容是我國文學史得以順利編寫的基本條件。由於這種文學素材本身的「客觀性」，導致文獻歷史考據之學在中國文學史的編寫中大有用武之地，可「辨」、可「考」的重點也在於斯。特別是近些年出土文獻和域外漢籍的發掘和整理，我國文學史已有的「客觀性」不斷受到衝擊，因此大批「文學史」研究者投身其中，樂此不疲，把考證「文學史」材料的「客觀性」作爲研究的第一要義，好像「材料」的迷霧既已廓清，「文學史」的發展規律就不言自明。我國「文學史」的研究在各種版本的文學史著作中大同小異，也與學者們大多下工夫於各類文學史外部材料的考證有關，除非自己手中掌握著在時間和空間維度上足以顛覆傳統的「文學史」材料。

　　與這種注重「文學史」之「客觀」不同的是，莫礪鋒先生鮮明地指出了

〔註9〕吉川幸次郎著，章培恒、駱玉明等譯，《中國詩史》，復旦大學出版社2012年版，第1頁。

「文學史」的「主觀」意義，這才是涉及到「如何研究、撰寫文學史，或對已有的文學史著作進行分析、總結」的關鍵所在。俗話說，論文寫作的模式是「觀點加材料」，既然大家共同享有的材料資源大體一致，爲什麼還能有各具特色和面目的文學史著述出現，根源就在研究者的「觀點」，再具體點就是「誰」在「辨」、「考」，如何「辨」、「考」的問題。說到「觀點」的「主觀性」，文獻歷史「考據」絕非這方面的長處，以桐城古文的觀念而言，更多指向的是「義理」和「辭章」。

「文學」的「徵實」與「虛構」歷來是文學理論和比較文學研究中關注的焦點，吉川幸次郎的看法代表了國外學者看待中國文學史的一種觀念，純粹向壁虛構的文學形態在中國文學史的長河中難覓蹤影，至少是不占主流，這主要基於文學素材的「客觀性」而言。但是文學畢竟是「文學」，除了關心時代特點、作家履歷和文學素材等客觀要素外，更關鍵是的「文學」作爲作家主觀情志體現的載體特徵，它所反映的永遠是作家主觀的情思表達，〔註10〕吸引歷代文學研究者不斷投身於文學史研究的動力應該在探索作家作品背後的那「剪不斷，理還亂」的心境與情感。文學史研究的魅力也多源於此。某種意義上說，「重寫文學史」既不需要時代的召喚，更不需要理論的更新，只要研究者願意捧讀文章，品味作家，一路下來，長此以往，自會形成對中國文學史的獨特判斷，這種「主觀」判斷就是自己的文學史「觀點」。

除了以研究者自我與作家作品形成「莫逆於心」的對話之外，文學史研究的基礎還在於研究者對文學「審美」的體悟與欣賞。陳平原先生在《小說史：理論與實踐》中深刻反思了韋勒克、沃倫的《文學理論》中關於「文學史」的觀念，形成了「文學史」研究在文學研究總體格局中「先鋒派的後衛」的認識：

> 文學史研究要求相對的穩定性和連續性（包括研究對象的選擇、理論框架的設定，乃至某些作家作品的評價），是一種規範化的常規作業，需要學識與才情、廣博與精深、新穎與通達等的平衡和調適。〔註11〕

〔註10〕《詩大序》：「詩者，志之所之也，在心爲志，發言爲詩。」因此，即使中國文學的素材相對質實，但其主觀情志的抒發，依然決定了我國文學具有主觀審美的抒情特徵。參見陳世驤《中國的抒情傳統》，《陳世驤文存》，遼寧教育出版社1998年版。
〔註11〕陳平原，《小說史：理論與實踐》，北京大學出版社2010年版，第5～6頁。

總體說來，在陳平原先生的眼中，「文學史」研究沒有對理論設計的情有獨鍾，也沒有對個性批評的恣意炫耀，關注的永遠是「對研究對象特性的理解和把握，以及始終以研究對象為中心來展開理論設計」。因此他主張：

> 一切以適合對象為標準，合則取之，不合則捨棄，不過份追求理論的完整與邏輯的嚴密。文學史家應該瞭解巴赫金、福柯或者巴爾特的理論，但不應該照搬套用其學說。轉化與變形乃接受中必不可少的「損耗」，這裡強調的是文學史家接受中的轉化與變形帶有明顯的自覺性和自主性。作為研究思路，文學史家不同於批評家之處，就在於其是為了更好地闡釋對象而選擇某一理論。〔註12〕

其實這是針對一切文學史研究所作的理論反思，不論是文學素材過於質實的中國文學，還是以虛構為主流的西方文學而言，仔細體察「研究對象」始終是「文學史」寫作的關注焦點。當然，研究對象的構成要素較為複雜，文學作品與作家必然是其核心，圍繞在它們周圍的時代背景、思想特徵，包括作家的生活過程和作品產生的具體環境，都應納入文學史的研究對象範疇。然而除此之外的作家思想心態、作品的藝術結構及其折射出的審美情趣，更應該成為「文學史」關注的重點內容。而在目前過於凸顯文獻歷史考據的時代氛圍中，對於文學「審美」的細究深考正在日漸遠離文學史研究的中心，則顯得殊為可惜。

韋勒克、沃倫在《文學理論》中曾對文學研究的出發點和文學作品的存在方式做出過精闢的說明：

> 文學研究的合情合理的出發點是解釋和分析作品本身。無論怎麼說，畢竟只有作品能夠判斷我們對作家的生平、社會環境及其文學創作的全過程所產生的興趣是否正確。然而，奇怪的是，過去的文學史卻過份地關注文學的背景，對於作品本身的分析極不重視，反而把大量的精力消耗在對環境及背景的研究上。〔註13〕

這種情況在韋勒克與沃倫看來自有其特殊的時代背景，具體到目前我國的文學史研究中，重視文學史的客觀要素的研究與探索作品本身的文本結構研究已有明顯的分野，而且其背後具有明確的學術追求與文化理想。八十年代以

〔註12〕陳平原，《小說史：理論與實踐》，北京大學出版社 2010 年版，第 21～22 頁。
〔註13〕韋勒克、沃倫著，劉象愚等譯，《文學理論》江蘇教育出版社 2007 年版，第 155 頁。

來，文學研究的社會歷史化趨向日益明顯，固有學術傳統中強調文史綜合的傾向加重這一趨勢，〔註 14〕大批學者在進行文學研究的實踐過程中逐漸形成某些共識，其中最爲突出的是重文獻者視審美分析爲空洞無物，重審美者視文獻考據爲質樸平庸。文獻考據與審美分析本是文學研究的兩翼，原無軒輊之別，但求實之風的盛行使得考據之風更爲流行，導致目前文學研究中的審美分析日漸萎縮。考據所得，經過一番苦工夫的鑽研，確能獲得相對穩定的答案，〔註 15〕而審美分析則由於研究者自身的主觀選擇，更多地滲透著個性與情懷，但不能因審美分析的這種「主觀」而抹殺其對於文學研究的重要意義。

強調「審美」之於文學史研究的重大意義，還根源於文學藝術品的獨特的存在方式及其把握途徑：

> 藝術品就被看成是一個爲某種特別的審美目的服務的完整的符號體系或者符號結構。……藝術品似乎是一種獨特的可以認識的對象，它有特別的本體論的地位。它既不是實在的（物理的，像一尊雕像那樣），也不是精神的（心理上的，像愉快或痛苦的經驗那樣），也不是理想的（像一個三角形那樣）。它是一套存在於各種主觀之間的理想觀念的標準的體系。……只有通過個人的心理經驗方能理解，它建立在其許多句子的聲音結構的基礎上。〔註 16〕

這不僅從文學作品的存在方式角度爲文學史研究中需要「審美」正名，而且還道出了如何把握文學審美的基本方式，即「通過個人的心理經驗」，因爲韋勒克和沃倫認爲「藝術品可以成爲『一個經驗的客體』，……只有通過個人經驗才能接近它，但它又不等同於任何經驗」。其中隱含著「審美」理解的辯證法，每個人對於文學作品的藝術分析只能無限逼近，但不可能窮

〔註 14〕 文學研究的社會歷史化趨勢在古代文學研究領域更爲明顯，尤其是傅璇琮先生的《唐代科舉與文學》出版後，類似研究模式的著作不斷湧現。但後來發展的趨勢顯示，後來的效法者大多圍繞影響「文學」的各種因素展開研究，形成偏於歷史研究而忽視文學自身研究的弊端。葛曉音師在《秦漢魏晉遊仙詩史研究的新創獲》（《北京大學學報》2002 年第 5 期）第一文中已有深入分析。後作爲張宏《秦漢魏晉遊仙詩的淵源流變略論》的序言。

〔註 15〕 參見南帆，《批評拋下文學享清福去了》，《當代文學與文化批評書系‧南帆卷》，北京師範大學出版社 2010 年版。

〔註 16〕 韋勒克、沃倫著，劉象愚等譯，《文學理論》江蘇教育出版社 2007 年版，第 173 頁。

盡一個作品的全部意蘊。這一點可能爲那些標榜追求確論的文學史研究者所輕視，但不能說對於文學作品的這種審美分析毫無意義，畢竟在藝術客體與欣賞主體之間存在著審美經驗的交流，而且隨著這種交流的回返往復，審美意蘊的呈現就更加鮮活而有價值。從這個意義上說，文學史研究中的「審美」分析依然有其不可替代的重要意義。正如維柯在《論我們時代的研究方法》中所言：「關於詩藝……而又想通過文學研究以使之改善，那就有必要吸取一切學問研究的精華。關於這方面那些既無方法可循，而又不是全無章法的地方。」〔註17〕「詩藝」所代表的審美分析雖難以確證，但並非無章可循，有關「詩藝」的研習可以通過加強文學的「審美」判斷力予以補充，以此爲核心還可以吸取其它學問的精華，而不是從根本上徹底放棄對「審美」的不懈追求。

二、「文學史」體例與文學教育的互動

小而言之，呈現於「文學史」編撰中的體例折射出研究者的思想觀念和審美趣味，如林庚先生的《中國文學簡史》，〔註18〕就成爲其文學個性中詩意表達的學術載體；大而言之，「文學史」的體例中必然與時代變動、思潮轉移存在著或顯或隱的關聯，處於新舊文學時代交替的胡適以提倡白話的觀念貫穿《白話文學史》，把「文學史」書寫變成新文學取代舊文學的角力場。「文學史」的框架體例如何與研究者的學術個性構成彼此映襯的複雜關係，早已爲學界所矚目，最近陳平原先生在《作爲學科的文學史》中又突發奇想式地勾勒出「文學史」與文學教育、文學課堂之間互動幽微的關係，成爲我們再次思索「文學史」其實存在著看似略顯沉悶而又實際關乎文學「審美趣味」如何培養的「百年大計」。

「文學史」的體例可以根據不同的分類標準作出大致的劃分，總的來說，「創作主體」和「擬想讀者」這兩大標準與「文學史」的編寫體例影響最巨，而且對文學教育中是如何實踐的問題密切相聯。對於中國上下五千年的歷史

〔註17〕維柯，《維柯論人文教育》，廣西師範大學出版社2005年版，第149～150頁。
〔註18〕參見葛曉音師，《詩性與理性的完美結合──林庚先生的古代文學研究》，《文學遺產》2000年第1期。陳國球，《文學史書寫形態與文化政治》中的《「文化匱乏」與「詩性書寫」──林庚〈中國文學史〉探索》，北京大學出版社2004年版。

進行總結，就「創作主體」，無外乎兩種方式，即「成一家之言」式的獨撰和「彌倫群言，唯務折衷」式的集體編著。這兩種方式各有短長，「獨撰」所長在體現自家的文學思想，具有鮮明的學術個性，短處則在可能會對學界已有的研究成果吸收不足。而「集體編著」則是長在集合眾家的智慧而短於體系汗漫、個性黯淡。從「擬想讀者」的角度去劃分，陳平原先生在《小說史：理論與實踐》中已有說明，他根據讀者的期待視野，將「文學史」分為三種，即「研究型文學史」、「教學型文學史」和「普及型文學史」。〔註19〕依照這兩大分類，「獨撰」近於「研究型文學史」，而「集體編著」多為「教科書文學史」和「普及型文學史」。

其實「創作主體」與「讀者」本是相反相成的關係，研究者在編寫「文學史」之前必會仔細思考自己的著述會有哪些人看，只有極少數者才會採取「閉門造車」的態度，對自己的創作有足夠的信心。而讀者也自會根據閱讀興趣尋求合適的「文學史」，這其中能將兩方準確捏合在一起的「文學史」，就可算是成功的作品了。「文學史」除了有作為社會上的普通書籍以作流通外，還承擔著在大學和科研院所進行文學「傳道授業」的重要功能，從某種意義上，這才是「文學史」得以不斷延續的立身之本。在此視角下，創作主體與讀者就被轉化成「師生關係」，而「文學史」就成了傳播文學知識、培養文學意識的重要載體。陳平原先生最近關注到「文學教育」與「文學史」編寫乃至講授的複雜關係，更多地也是源於此類角度的思索。〔註20〕

說到此處，「文學教育」對於「文學史」的編寫體例確實有著十分重要的規範意義，如再結合各種「文學史」編寫的經驗教訓，將其置於我國大學中文系教育的大背景中，則更有價值。「文學史」研究在我國經歷了百餘年的發展歷程，其開端是在西學東漸的時代背景下取代了我國傳統的「詩文評」，而成為文學教育的重點課程，並將其設置於大學中文系的教學體系中，因此，它與生俱來地就不再是我國古典傳統中簡單式的文學鑒賞，而逐漸成長為一個承載國族文化象徵的知識體系。「文學史」的這一宏大品格賦予大學中文系的文學教育以深厚的底蘊，已成為不爭的事實，與傳統的「詩文評」相比，其利弊得失也值得反思，尤其是就此後的文學教育發展中出現的問題更顯得有針對性。

〔註19〕陳平原，《小說史：理論與實踐》，北京大學出版社2010年版，第24頁。
〔註20〕陳平原，《「文學」如何「教育」——關於「文學課堂」的追懷、重構與闡釋》，
　　　　《作為學科的文學史》，北京大學出版社2011年版。

　　陳平原先生在其論著中曾不止一次地指出現在大學中文系的「文學史」教育導致很多學生無法眞正進入文學作品的細讀，所寫的論文大多是經過簡單的文本分析後，就立即進入知識權力等宏大理論的建構中。〔註 21〕這其實道出了「文學史」教學在中文系文學教育中的尷尬處境，以知識傳播爲主要功能的「文學史」體例已讓文學教育中本該有的「審美趣味」逐漸失落了，這也促使當前很多學者深入思考學科視野中的「文學史」體例到底應該以何種方式改善，才能使得兼具知識傳承與審美趣味兩者於一體的文學教育更好地發揮作用，從而讓莘莘學子在「文學史」的閱讀學習中既能細緻入微地領會詩文之「美」，又能全面深入地掌握中國文學發展的學術脈絡。

　　追索前輩學者在「文學史」教學中總結的經驗，或許可以給我們更多的啓迪。南京大學的程千帆先生在《我和校讎學》一文中說到：

> 我歷來主張研究文學，要將考證與批評密切地結合起來，將文獻學與文藝學密切地結合起來。文學批評應當建立在考據的基礎上，文藝學研究應當建立在文獻學知識的基礎上。從事文學，特別是古代文學研究的人，不一定人人成爲文獻學家，但應當人人懂得並會利用校讎學知識。〔註 22〕

這是多年教學經驗積纍的「夫子自道」，「文學史」的研究總體上被分爲「文獻學」與「文藝學」，文獻考據是基礎與條件，而文學批評是依歸和指向。程千帆先生在文學教育中的這種方式在其學生身上得到有效的印證，蔣寅先生曾通過總結在南京大學的學習經歷而指出，程千帆先生教給他的更多的是洞察幽微的文藝審美批評。〔註 23〕由此可見，與「審美」密切相關的文學批評能力的培養被程千帆視爲文學教育的重心。此外，作爲老一輩學者的代表，吳小如先生在《我和中國文學史》中也曾提及：「如果自己不會寫文言文和作舊體詩，上課給學生講古代詩文是搔不到癢處的。」〔註 24〕這種「知」「能」

〔註 21〕薩義德在《回到語文學》一文中也有精到的分析，《人文主義與民主批評》，上海三聯書店 2013 年版。

〔註 22〕張世林編，《家學與師承》（第二卷），廣西師範大學出版社 2007 年版，第 20頁。

〔註 23〕蔣寅、鞏本棟、張伯偉，《書紳錄》，四川大學《新國學》第一期，巴蜀書社 2008 年版。

〔註 24〕張世林編，《家學與師承》（第二卷），廣西師範大學出版社 2007 年版，第 285頁。

相濟的學養在老一輩學者身上隨處可見，〔註25〕他們背後的「文學史」視野絕不是來自教科書式的呆板知識，而是基於大量閱讀經驗和創作體會之上的審美感受的摸索與深化。他進而指出大學中文系的本科生應該兼通「文」、「語」兩大部份，「義理」、「考據」、「辭章」兼而有之，由此而上，還必須「通古今之變」，這就表明了吳先生看待「文學史」教學，主張先加強審美感性經驗的基本功，後注重知識體系的建構，否則「學生頭腦中還沒有足夠的感性材料，聽了不免茫然」，本末倒置的結果必然使得文學教育走到空洞無物的境地。

老先生的經驗之談可以為現在如何改善「文學史」體例以適應文學教育提供必要的參照，文學作為一門講求「審美趣味」的學科，其基礎必然在審美經驗的提煉與領悟，即使是我國文學中有重視現實生活素材的「徵實」趨向，也應該注意深入挖掘其背後隱含的美學意義，否則「文學史」研究就基本等同於純粹的歷史研究。同時還應注意「文學史」體例中「審美」基礎與「知識」建構的關係，讓學生在更多地接觸「文學史」的感性材料後，再去嘗試「文學史」龐大的知識結構，是以後中文系「文學史」研究積極適應「文學教育」本質的應有體例。不論是從「文學」作為學科的本質，還是「文學史」內部體系的建構，這其中培育學生的「審美經驗」的基本功都是必不可缺的重要一環，更是值得學者們在研究「文學史」的過程中倍加努力的方向。

三、走向文學內部研究的「文學史」觀念

韋勒克、沃倫的《文學理論》自從在我國翻譯出版後，其中對於「文學史」研究的諸多理念深刻影響了後來的文學研究者，陳平原先生在《小說史：理論與實踐》中反思自己的文學史研究時，就曾借助《文學理論》中關於「文學史」、「文學理論」和「文學批評」三分天下的觀念。這種分類方式著眼於對待「文學」的三個視角，陳平原先生將之歸結為「文學理論追求徹底性，文學批評強調品味，而文學史則注重通觀」。〔註26〕需要指出的是，在這種三分天下的態勢下，「文學史」的研究最具整合意義，「通觀」必然帶來「瞻前顧後」的調和作用，意味著「文學史」研究既可以明確借鑒「文學理論」的

〔註25〕陝西師範大學的古典文學研究名家霍松林先生在其教學經驗的總結中也曾強調「知能並重」的意義，即研究「文學史」的學者應該具備古典詩文創作的基本經驗，研究和創作相輔相成，藉此可以體會文學的審美感受，培養辨別文學高下的審美趣味。見《霍松林治學錄》，《淮陰師範學院學報》2002（1）。
〔註26〕陳平原，《小說史：理論與實踐》，北京大學出版社2013年版，第4頁。

犀利武器，又可以充分享用「文學批評」對「文學」的涵泳品味。最佳的「文學史」研究當然是能夠做到三者的完美結合，但在具體的實踐操作中，出現的狀況並不樂觀，韋勒克、沃倫的《文學理論》就曾指出：「寫一部文學史，即寫一部即是文學的又是歷史的書，是可能的嗎？應當承認，大多數的文學史著作，要麼是社會史，要麼是文學作品中所闡釋的思想史，要麼只是寫下對那些多少按編年順序加以排列的具體的文學作品的印象和評價。……上述這些文學史家和許多其它文學時間們僅只是把文學視爲圖解民族史或社會史的文獻，而另外有一派人則認爲文學首先是藝術，但他們卻似乎寫不了文學史。他們寫了一系列互不連接的討論個別作家的文章，試圖探索這些作家之間的『互相影響』，但是卻缺乏任何眞正的歷史進化的概念。」〔註27〕文學史研究在「文學理論」和「文學批評」的夾縫中最終走向兩個極端，眞正意義的完美的「文學史」並未出現，因此韋勒克、沃倫發出了「爲什麼還沒有人試圖廣泛地探索作爲藝術的文學的進化過程呢」這樣的疑問。要解答這一疑惑，還應該從「文學史」研究的「主體」角度進行思考，畢竟「文學史」研究落實到具體的實踐操作，離不開寫作主體的個性與選擇。「獨撰」式的「文學史」自不待言，即使是集體編撰的「文學史」，透露出的也必然是一個相對集中的思想線索。

如果轉換這種分類標準，而採用「主體」的素養這一視角，那麼關於文學研究的風格劃分又是另外一番風景。法國評論家阿爾貝·蒂博代在《六說文學批評》〔註28〕中按此「評論主體」的風格，將文學研究分爲「自發的批評」、「職業的批評」和「大師的批評」。這其中「職業的批評」更多地對應的是「文學史研究」，然而蒂博代對此卻是「愛恨交加」，有褒有貶。他指出了「職業的批評」兼具重視歷史、強調評判和追求闡釋的平衡，但也列舉了可能出現的兩種危險——「並非每寫必讀」和「遲疑症」，即「文學史」思維可能會使寫作主體不必具體細讀文學作品，只需按照某種框架設計填充材料即可，或是由於過份注重考證細節而無法進入整體的「文學史」。所以他給出的解決方法更值得當前文學史研究借鑒，那就是注重「趣味」的養成，這是「尋美的批評」的核心。

「文學史」發展至今，已經形成自給自足的研究體系學術風格，尤其是

〔註27〕韋勒克、沃倫，《文學理論》，江蘇教育出版社 2007 年版，第 302 頁。
〔註28〕蒂博代著，趙堅譯，郭宏安校，《六說文學批評》，三聯書店 2002 年版。

在當前學科體系的規範之內，研究程序化的傾向日趨明顯，南帆先生曾對此表示憂慮：

> 至少在目前，「考據」更為投合學院體制。見仁見智，趣味無爭辯，靈魂的冒險或者思想遊戲，這一切更像是機智和才氣的產物，甚至有徒逞口舌之利的嫌疑。學院必須有「硬」知識，必須提交「科學論斷」。對於文學研究來說，一個結論必須是故紙堆裏翻出來的，而不是拍拍腦袋想出來的。……一系列成文不成文的規定形成了文學系的某些價值觀念：重學者而輕文人，重語言學而輕文學，重古典文學而輕現當代文學，重文學史而輕文學理論。〔註29〕

這種意見大致反映了目前「文學史」研究的普遍情形，因此蒂博代重視「趣味」的趨向在文學研究中就更顯其針對性，尤其是對「文學史」研究者如何確立文學評論的基本態度更有指導作用。「文學史」的撰寫固然有判斷、分類、解釋的作用，學養、知識積纍和理論借鑒不可或缺，但這一切的基礎首先應該是直面文學作品的「趣味」養成，這是一切「文學史」分析的起點。一位好的「文學史」家首先是一位好的批評家。在蒂博代看來，「好的批評家，像代理檢察長一樣，應該進入訴訟雙方及他們的的律師的內心世界，在辯論中分清哪些是職業需要，哪些是誇大其詞。」保持「審美趣味」對於「文學史」研究的活力是研究主體始終如一的責任，也是「文學史」研究者在文學教育的環境中給予受眾真正文學感受的唯一途徑，否則教育出的學生對於文學作品，必然是「看了也似不曾看，不曾看也似看了」〔註30〕。失去了對文學審美的敏感和對具體作品的親近，會使得「文學史」的研究和教學走向蒂博代所說的「半死不活的學究氣中」。

也正是對「審美」素養的呼喚與重視，韋勒克與沃倫在《文學理論》中，將「文學史」置於「文學的內部研究」之中。作為獨立意義存在的「文學史」應該呈現的是關注文學內部的藝術發展演變的過程，因此韻律、節奏、意象分析、文體、文學類型、藝術風格等都成為文學的內部研究的重要組成部份。在此基礎上，才能構建作為藝術的「文學」的「史」的脈絡。

當然還要注意研究者審美趣味的個性化與「文學史」要求的「通觀」共

〔註29〕 南帆，《當代文學與文化批評書系‧南帆卷》，北京師範大學出版社 2010 年版，第 375 頁。
〔註30〕 朱熹，《朱子語類》，中華書局 1986 年版，第 171 頁。

性之間如何調和的問題。研究者沉溺於文學魅力的發揮，往往具有自我鮮明的學術個性，蒂博代對此看得很清楚：「不應該在趣味問題上追求精確。我們應該把精確當成趣味和對趣味健康的判斷最危險的敵人。」他把「趣味」限定爲「那種精神感覺，那種先天或後天的識別美和傾心於美的能力，一種對準則作出判斷而本身又沒有準則的本能。」〔註31〕要作好這種研究個性與「文學史」研究中強調通觀的平衡，大體要從兩個層面注意，一是研究者自身必須注重對作家作品的反覆閱讀，許多評論家對作家作品持之以恒地進行藝術與審美的關注，只有在與作者和作品的不斷對話中，才能獲取更多的鮮活的審美經驗，這一過程也是使得自我的審美經驗不斷穩定和成長的基本保證，審美經驗的不斷積纍可以從多側面、多角度持續逼近文學藝術作品的審美價值，也是對作家作品美學內涵再創造的過程。蒂博代在《批評中的創造》中曾說：

> 任何一位批評家都不能完全甚至近似地與一位藝術家的整個氣質相吻合，但是沒有任何一位大藝術家不曾引起不同的觀點，這些無窮無盡的彼此不同的看法可能與他本人相吻合正如一個有無數個邊的多邊形能和圓迭合一樣。於是我們對盧梭，對夏多布里昂，對雨果，有了一定數量的不完的片面的觀點，它們作爲批評家和藝術家之間的誤差是不精確的，但從某個側面來看，它們又是精確的，因爲批評家之間的誤差互相糾正，在每個作品周圍維持著蘇格拉底式對話的氣氛，進行著一種繼續創造的黑暗與光明、陽光和陰影、色調和生命的跳動的變幻。……由批評所進行的藝術家的繼續創造，同時從另一個意義上來說，也是由藝術家進行的作品的繼續創造。〔註32〕

除了批評家的持續閱讀和對作品的多角度闡釋外，還可以從歷史的縱向線索中建構審美趣味的鏈條，即「美學生活並非處在人人各行其是的狀態，它包含著趣味的共同趨勢，這種趨勢可以把相隔很遠的前人與後人聯繫在一起，其中最爲完整的形式就是人們所說的趣味大幹線和總局，即西方的傳統鏈條。」

〔註31〕蒂博代著，趙堅譯，郭宏安校，《六說文學批評》，三聯書店 2002 年版，第 158 頁。

〔註32〕蒂博代著，趙堅譯，郭宏安校，《六說文學批評》，三聯書店 2002 年版，第 211 頁。

　　這兩種培養「審美趣味」的途徑和方式實際構成了我們真正的「文學史」觀，任何作家作品的審美解讀沒有終點，批評家每一次的閱讀作品都是對其美學內涵的嶄新開始，而不同的批評家又可以從不同的方向去深入剖析作品的美學意蘊，在此意義上的不同的文學研究，對於作為藝術的文學的發展過程的「文學史」而言，可算是鮮活而細膩的素材。至於放眼於歷史長河中的「趣味大幹線」，則是眾多文學研究者個人努力之後建構起的美學脈絡，這是「文學史」得以成立乃至成熟的實質。這種成立乃至成熟絕不意味著完美「文學史」的出現，而是歷代「文學史」研究者共同努力的方向，在這個意義上說「重寫文學史」是每個時代的必然命題，所以「重寫文學史」永無止境，「文學史」永遠都在重寫。

　　不論是苦心孤詣地追求「文學史」的個性化，還是雄心勃勃地希望進入「文學史」的「趣味大幹線」，都不能脫離對文學作品本身的「溫情與敬意」。不必期待完美「文學史」的出現，只要研究者能夠持之以恒、老老實實地體味文學「審美」的真諦，自家的「文學史」必然會凸顯。關於此種態度，薩義德在《回到語文學》中的思想可資借鑒：「讓一個文本的讀者從一種快速的、浮淺的閱讀，直接進入對於龐大的權力結構的全面甚或具體的陳述，或者含糊地進入有利的拯救之治療體系，也就是放棄所有人文主義實踐的永恒的基礎。那個基礎實際上就是我所說的語文學，也就是對言詞和修辭的一種詳細、耐心的審查，一種終其一生的關注。」〔註33〕文獻考據之學雖然是「文學史」研究之必需，而且在人文學講求「科學規範」的今日，還有愈演愈烈之勢，但依然保留讓「文學史」還原「審美」的面貌的那一份憧憬，更應成為深刻推動「文學史」走向文學內部研究的源頭活水。呼喚更多的「文學史」研究者真正走入文學的內在，畢竟「文學」帶給人的首先是審美的愉悅和心靈的震顫，正如陳思和先生所言：「從今天的標準來看，比較有價值的是對作家作品進行美學的、歷史的分析，而不是從道德的、黨派的觀點進行批評。……人性對作品而言，人格對作家而言，主體的投入是對批評家的閱讀和批評而言，三者的結合是最理想的批評。」〔註34〕這話對今日的「文學史」研究仍然值得學人深思。

〔註33〕薩義德著，朱生堅譯，胡桑校，《人文主義與民主批評》，上海三聯書店 2013 年版，第 71 頁。

〔註34〕陳思和，《當代文學與文化批評書系·陳思和卷》，北京師範大學出版社 2010 年版，第 427 頁。

考古學家的「世界眼光」與「中國情懷」
——張光直先生的文化觀簡論

【摘要】二十世紀八十年代，作爲溝通中外考古學聯繫的著名學者，張光直先生始終體現著考古學家的「世界眼光」與「中國情懷」。他認爲世界考古學的理論與實踐無法繞過中國考古學的檢驗，同時作爲從事的職業體現文化根源性特徵的考古學家，必須追求和尊重其背後的文化情懷。因此，張光直先生治學思想呈現出的，不僅是考古學作爲「科學」的「客觀性」和作爲「人文學」的「民族性」特徵，更是延續了民國以來的學人在強化國族文化情懷的基礎上，希圖將中國古典學術積極融入世界語境的不懈努力。

【關鍵詞】張光直　世界眼光　中國情懷

談論上世紀八九十年代溝通中外考古學的學術氛圍，恐怕張光直先生的貢獻是無論如何也不能繞過的一道豐碑，這不僅基於他不遺餘力地奔波於世界各地，積極尋求中國考古學融入世界的途徑和可能，更體現於他通過一系列著述，爲中國考古學引入了當時世界社會科學領域的新方法與新觀念，溝通了中國與世界在考古學領域的生氣勃勃的對話，同時也讓世界逐漸重視中國的考古學研究。

將眞切記錄張光直先生學術思想的著作引入國內的舉措，始於三聯書店和遼寧教育出版社的回應，在世紀之交滿足了大陸學界近距離瞭解其學術履跡的要求。其中三聯印行了《中國青銅時代》、《中國青銅時代二集》、《考古人類學隨筆》、《番薯人的故事》、《中國考古學論文集》和《考古學專題六講》

等。〔註1〕遼教社的「張光直學術作品集」，其中包括《商文明》、《考古學：關於其若干基本概念和理論的再思考》、《古代中國考古學》和《美術、神話和祭祀》等四部著作，〔註2〕幾乎全面囊括了張先生對於中國考古學在理論層面和實踐層面的深入思考，帶動了知識界和文化界對考古學的熱情和喜愛，並深刻影響了大學中諸多學子投身於考古學研究這一古老而又現代的學科中。隨著時光的推移，上述已出版的張先生的著作逐漸售罄，已很難在坊間找到，三聯書店因此於 2012 年將張先生的著述進行整合，刊行「張光直作品系列」的精裝本九冊，讓學界得以借助追憶張先生的學術，重新回味上世紀八九十年代考古學的「光榮與夢想」。

很多青年學者在最初隨手翻閱《四海爲家》時所生發的激動與驚異，不僅爲其中考古文史學界的耆宿泰斗追憶張光直先生的真摯之情所感染，更爲書本扉頁上的張先生的照片所吸引，清臞秀勁的面龐與睿智篤定的目光，略顯瘦弱的身軀卻蘊涵著無窮的研究動力，尤其是看到身患病恙的張先生被人攙扶著走到商丘的考古發掘工地時，不禁潸然淚下，這其中確實充滿著探尋文化之根的堅毅與執著，用余英時先生文章中的話就是「他是一座沒有爆發的火山，但是他的光和熱已永遠留在人間」。〔註3〕

張光直先生作爲我國文革後溝通大陸與世界考古學界的一座橋梁，而爲文史研究界的後學所敬仰，其對於商周考古的灼見銳識也不知啓發了多少從事古代文史研究的學者。然而從考古學的專業眼光去發掘張先生對我國考古學發展的價值與意義，已經在《四海爲家》所收錄的文章中展露無餘，而且大多帶有個人的感情色彩，如何透過閱讀張先生在大陸已出版的著作，在二十一世紀的今日，重新回望張先生的學術貢獻，站在中西學術會同融貫的宏

〔註1〕 三聯書店首先於 1983 年出版了張光直先生的《中國青銅時代》，作爲國內讀者最早瞭解其治學思想的起始。後又於 1999 年集中出版了《中國青銅時代》、《中國考古學論文集》、《考古人類學隨筆》、番著人的故事》等四種，2010 年 1 月出版《考古學專題六講》。這是三聯書店自二十世紀八十年代以來出版張光直先生著述的大體歷程，可謂是八十年代興起的「文化熱」在考古學研究領域的絕佳體現。

〔註2〕 相比於三聯書店出版張光直先生著述的「長期作業」，遼教社在 2002 年 2 月以「張光直學術作品集」的名義集中出版了《商文明》等四部著作，成爲展示該社學術品味和前瞻眼光的出版範例之一。

〔註3〕 余英時，《一座沒有爆發的火山──悼亡友張光直》，《四海爲家──追念考古學家張光直》，三聯書店 2002 年版，第 205 頁。

闊視野中，去勾勒和描繪張光直先生的精神與氣韻，應該會對未來的考古學發展有所助益。

一、考古學的「世界眼光」

張光直先生作爲我國現代考古學的先驅李濟先生的得意門生，首先在臺灣大學人類學系完成大學學業，這也爲師生二人亦師亦友的融洽關係打下了良好的基礎。兩人對於中國考古學的現代化推進可謂志同道合，然而如何對待未來的考古學研究規劃，兩人在實踐步驟上卻有著不同的考慮，這在李濟寫給張光直的信件中可以窺見。1957 年 5 月 11 日李濟先生去信張光直，提及自己未來對於臺灣考古學的發展：

> 我很懇切地希望你明年暑假能回臺灣來加入史語所……現在的南港，是很可愛的一個讀書環境，我們這裡有將近十八萬卷的書，卅萬張以上的檔案，二萬五千片以上的有文字的甲骨；十萬件以上的考古標本等等。這是有志作研究工作的人一個工作的福地。我希望你明年暑假能回來。不要再留戀美國，美國自然是可留戀的，但作學問是要自己開闢一個境界的。……我最親切的希望，爲能幫助你們這一群年青力壯又有做學問志趣的，把傅孟眞先生卅年前所燃的這一把新史學的聖火負責傳遞下去。你是我寄望最深的一位。

〔註4〕

大約半年後的 1958 年 1 月 17 日，李濟先生再次在給張光直的心中袒露心跡，極力勸說張光直先生能夠回臺工作：

> 你願意 1959 年回臺北，實在是我的好消息，歡喜不盡，我今年六十二歲了，唯一的希望是我經手的事能有人接下去，你是我寄望最多的一位；最近出洋的幾位，我都希望他們陸續回來。〔註5〕

從這些話語中可以看出李濟先生對於張光直先生這一代年輕學人寄予厚望，希望他們可以將自己未盡的考古學研究事業繼續向前推進，其中的出發點也說的頗爲顯豁，那就是「傅孟眞先生卅年前所燃的這一把新史學的聖火負責

〔註4〕 李卉、陳星燦編，《傳薪有斯人——李濟、凌純聲、高去尋、夏鼐與張光直通信集》，三聯書店 2005 年版，第 19～20 頁。

〔註5〕 李卉、陳星燦編，《傳薪有斯人——李濟、凌純聲、高去尋、夏鼐與張光直通信集》，三聯書店 2005 年版，第 24 頁。

傳遞下去」，由此可見李濟先生在當時仍大力推崇傅斯年所開創的「新史學，亦即「上窮碧落下黃泉，動手動腳找材料」的史料學，李濟依然希望張光直等後學能夠沿著這一路徑開拓考古學的新境界。

李濟先生的希望不可謂不重，言語中的情感不可謂不真摯，然而張光直先生對於自己的研究乃至未來考古學的整體發展則有更為深遠的考慮，這在李零先生《我心中的張光直先生》一文中有所展示：

> 50 年代後的張先生，他是國際化的學者。因為大學畢業後，他嫌臺灣憋氣，環境狹小（除整理大陸發掘的舊材料，只能做原住民考古），覺得要做有博大眼光的考古學，還非走出國門不可，於是負笈美國，移居海外。〔註6〕

其實張光直先生曾在不同的場合多次提到過自己沒有如李濟先生所期望的那樣，回到臺灣，而是留在美國工作的原因，主要基於在臺灣進行考古學研究的格局過於狹小，而在美國的學習讓他逐漸感到考古學未來發展的國際化趨勢已非常明確，要適應並預流這一發展趨勢，工作的最佳選擇必定是在美國。追溯兩人對於考古學未來發展的期待，產生差異的根源在於兩人所處時代的不同。李濟先生成長於晚清民國之際，面對西方學術的強勢，自然生出一種民族自立情緒感染下的為中國學術爭一席之地的認識，這在他 1920 年前後所寫的求學自傳中得到印證：

> 他（李濟）的志向是想把中國人的腦袋量清楚，來與世界人類的腦袋比較一下，尋去他所屬的人種在天演路上的階級出來。要是有機【會】，他還想去新疆、青海、西藏、印度、波斯去刨墳掘墓、斷碑尋古迹，找些人家不要的古董來尋繹中國人的原始出來。〔註7〕

這其中既有「師夷長技以自強」的學術思路，更多的則是借考古學與人類學的研究為中國爭自立自強的民族情感，這一點在李濟寫給出國留學的張光直的信中依然有所流露，如 1956 年 5 月 5 日的信中：

> 今年哈佛燕京對臺灣算是優待了，除了臺大的一名訪問學者外，又送了一名給史語所，勞延煊又得了他們的獎學金。這一態度的轉變，可能有好些緣因，但你們的工作成績應該是一個較重要的

〔註6〕 李零，《我心中的張光直先生》，《四海為家——追念考古學家張光直》，三聯書店 2002 年版，第 80 頁。

〔註7〕 李光謨、李寧編，《李濟學術隨筆》，上海人民出版社 2008 年版，第 4 頁。

因素。所以中國人（當然包括學生）在外國的優異表現，光榮不只
是個人的，同時也是國家的，民族的。要是不自愛不自敬的話，所
得的不名譽，可以延長到同樣的範圍。〔註8〕

上述話語可做鼓舞民族精神的教育範例。距離 1920 年的求學自傳，時光已過去近 40 年，李濟先生的民族情懷依然如故，因此他對張光直先生工作的期待必定會染上這般的感情色彩，即延續傅斯年的學術薪火，大力發展臺灣的考古學事業，將來爲中國考古學在世界考古學領域中掙得重要地位。

而張光直先生在美國哈佛大學經過新考古學的教育洗禮，就預示了與李濟先生在考古學中折射出的民族情懷有著顯著的不同。其實從這時開始，張光直先生對考古學的「世界眼光」已然形成，此後無論是他所提倡的中國大陸考古學應具有「理論多元化、方法系統化、技術國際化」的主張，還是他對西方考古學 60 餘年的發展歷程的回顧反思，都已在他的《古代中國考古學》的寫作中奠定了認識和理論的雛形。後來他對臺灣考古學提出的期望也飽含著突破臺灣本土而與周邊建立更廣泛的學術聯繫的趨向，這在《臺灣考古何處去？》、《臺灣考古學者該與福建和東南亞交流了》等文章中有所體現。因此，張光直先生已由李濟先生考古學寄託的民族情懷轉而發展到以「世界眼光」矚目考古學的新境界了，這應該是借兩個人的學術探索而展現了考古學發展的兩個時代。

通觀張光直先生的著作與學術活動，一方面是大家所公認的「他搭建起中西方考古學界交流的橋梁」，另一方面還應矚目於張光直先生在研究中如何處理中國考古學與西方考古學的關係，以及兩者對於一般性的社會科學原理所具有的地位問題。陳星燦先生曾評價張光直先生「把中國考古學的研究納入到西方考古學的語境和體系中去，爲此奮鬥一生」，這一認識從大的方面看固然不錯，如果更爲細緻地分析張光直先生溝通中西考古學的學術貢獻，那麼就不得不聯繫他的「世界眼光」和「中國情懷」，而這兩點構成了張光直先生考古學整體觀的基本底色。

有關張光直先生在考古學方面的「世界眼光」的談論，以李零先生和李水城先生的表述最具代表性。李零先生在談及張光直先生《連續與破裂：一個文明起源學說的草稿》背後所隱涵的意義時曾言：

〔註8〕李卉、陳星燦編，《傳薪有斯人——李濟、凌純聲、高去尋、夏鼐與張光直通信集》，三聯書店 2005 年版，第 11 頁。

　　有人會說，他（張光直）還是沒有擺脫中國人「師夷長技以制
夷」的固有思路。甚至他們會說，張先生的說法與《新儒家宣言》
也有幾分相似。但我理解，他的《草稿》並不是顛覆西方文明的宣
言，而只是顛覆西方偏見的宣言。他只是希望恢復古與今、中與外，
即世界兩極的平等對話，希望藉此獲得一種新的世界眼光。〔註9〕

李水城先生則根據張光直先生的《考古學專題六講》中的論文思想總結道：

　　此即他長期倡導的用世界性眼光研究中國古代文明的觀點。他
希望透過對中國文明進程的瞭解和發展模式的建立，對人類社會的
發展和社會科學理論的內涵做出創造性的貢獻。〔註10〕

上述兩位學者抓住了張光直先生在考古學研究中一以貫之的精髓，相較之
下，尤其是李零先生的評價更為透徹，他指出張光直先生「世界眼光」的兩
重涵義，一方面是張氏在考古學研究中滲透的文化觀念並非單純狹隘的民族
情感的意氣之爭，東西方文化之間發展到張光直先生之時，已經擺脫了短長
對立的彼此之分，這也正是張光直與李濟在對待未來考古發展時態度差異體
現出的「古、今」之別。另一方面，在李零先生看來，張光直先生所秉持的
是一種「世界兩極的平等對話」，希望中國與西方兩種文化系統共同可以為社
會科學理論與人類社會的發展貢獻力量，這就要在「恢復古與今、中與外」
的基礎上打破「古、今」和「中、外」的認識對立，兩大文化系統實現完全
意義上的平等對話。這兩重涵義既區分了張光直先生的認識與傳統意義上民
族文化優劣的爭論之間有本質的差異，同時又能指出其在考古學未來趨勢發
展方面的非凡洞見。

　　這一非凡洞見用張光直先生自己的文字表述，即為他在《中國古代史在
世界史上的重要性》一文中所指出的：

　　根據中國上古史，我們可以清楚、有力地揭示人類歷史變遷的
新的法則。這種法則很可能代表全世界大部份地區文化連續體的變
化法則。因此，在建立全世界都適用的法則時，我們不但要使用西
方的歷史經驗，也尤其要使用中國的歷史經驗。

〔註9〕 李零，《我心中的張光直先生》，收入《四海為家——追念考古學家張光直》，
　　　　三聯書店 2002 年版，第 82 頁。

〔註10〕 李水城，《張光直先生與北大》，收入《四海為家——追念考古學家張光直》，
　　　　三聯書店 2002 年版，第 104 頁。

這一認識透露出張先生並非那種「三十年河東，三十年河西」式的過度推崇中國傳統文化的復興，也不是「東風壓倒西風」式的擡高中國文化而貶抑西方文明，而是提出中國與西方的考古歷史經驗對於社會科學整體性法則的普遍意義都應具有實踐性價值。好比一把鋒利的工具，能夠適用於所有的對象客體，才能證明其具有普世性的價值，社會科學理論的普世性也應作如是觀。關於此點，徐平芳先生在介紹張光直對考古學理論通則的認識時就曾特別指出：

> 中國文明起源程序與世界上大多數非西方的古代文明的起源相似，但是與我們一向奉爲圭臬的西方社會科學所定的規律不相符合——清楚地指出中國古史對社會科學一般原理的制定上面可以做重大貢獻的方向。換句話說，它使我們覺察到了一件重要的事實，即一般社會科學上所謂原理原則，都是從西方文明史的發展規律裏面歸納出來的。我們今後對社會科學要有個新的要求，就是說，任何有一般適用性的社會科學的原理，是一定要在廣大的非西方世界的歷史中考驗過的，或是在這個歷史的基礎上制定出來的。退一步說，任何一個原理原則，一定要通過中國史實的考驗，才能說它可能有世界的通用性。〔註11〕

經歷了西方學術一統天下的時代之後，以張光直先生爲代表的身兼中西文化交流重任的學者們，日益意識到反思社會科學總體原則時應將中國與西方兩大文明系統的材料置於其中通盤考慮，得出的結論才是最近於實際情形的，他們所夢寐以求的普世性的社會科學理論也一定要紮實建基於平等對待中西文明的「世界眼光」之上。

二、作爲學術底色的「中國情懷」

在張光直先生看來，運用「世界眼光」於建立社會科學總體原則的前提則是中國人文社會科學應該做好躋身世界主流的準備了。他在《中國人文社會科學該躋身世界主流》一文中指出了如何實現這一目標的具體途徑：

> 第一，跳出中國的圈子，徹底瞭解各個學科主流中的關鍵問題、核心問題。第二，研究中國豐富的資料在分析過後是否對這些屬於

〔註11〕徐蘋芳，《悼念張光直》，收入《四海爲家——追念考古學家張光直》，三聯書店 2002 年版，第 8～9 頁。

全人類的問題有新的貢獻。第三，如果有所貢獻，一定要用世界性的學者（即不限於漢學家）能夠看懂的語言寫出來。〔註12〕

抓住關鍵問題是不同文明之間平等對話的基本前提，這是學術研究中具備「世界眼光」的重中之重，其次就是「世界眼光」必然要求「世界性的語言」，這也是張光直先生在很多場合強調學術翻譯對於異質文明之間相互交流的重要問題，他在《中國考古向何處去》的訪談錄中談到：

翻譯好比一面窗戶，如果玻璃上塗抹得厲害，根本看不見外面的風景，那就失去了存在的意義。〔註13〕

可見「世界眼光」與「世界語言」在文明對話中同等重要。張光直先生從普世性的理論出發，重視包括中國與西方在內的所有文明體系的材料對於普世理論建構具有的價值意義，並爲此在考古學界內積極倡導「世界眼光」的學術趨向，甚至還爲這種發展趨勢設想出種種切實可行的舉措。當然，張光直先生也是這一「世界眼光」的身體力行者，不遺餘力地加強中國大陸與國外考古學界的學術交流，我們在關注張先生的具體行動時，還應深刻體會他站在理論制高點而對考古學界整體發展所一直秉持的「世界眼光」。

當然，前文中指出張光直先生與李濟先生之間在對待考古學發展上的態度差異，並不是簡單地認定張氏就完全是一位考古學的「世界主義者」，只不過在經歷了西方中心論與民族情感覺醒後的自我確認兩個「正、反」階段後，張光直先生慢慢進入到了「合」的階段，他已將對考古學的那份「中國情懷」內化於「世界眼光」之中。在不止一次的場合，張光直先生總是強調自己的學術研究對象是「中國考古學」，他也是站在推進中國考古學的立場上，積極介入世界考古學理論必須接受中國的考古材料的檢驗，這就爲中國考古學能夠眞正被納入到世界考古學體系之中找到一條合適的路徑。

他在考古學研究中所展現的「中國情懷」，我們也許盡可以用「愛國的民族情感」去解釋，但若追溯其中深層的思想脈絡，則不能不注意到關於人文科學在民國時代就已開始的發展歷程，以及代表性學者所作的理論思考。

「科學」與「民主」在五四運動之後成爲中國新知識分子追求學術發展的核心主題，其中對「科學」的認識帶有現代意義的普世價值，即全世界對於「科學」的探索都秉承一貫的發展模式，中國在當時追求「科學」的進步

〔註12〕張光直，《考古人類學隨筆》，三聯書店 1999 年版，第 81 頁。
〔註13〕張光直，《考古人類學隨筆》，三聯書店 1999 年版，第 186 頁。

就是要力爭趕超西方發達的科學技術。然而，需要注意的是「科學」這一概念之下包括「自然科學」與「人文科學」，具有現代性意義的「科學」觀更適用於「自然科學」的發展，而對於哲學、歷史、文學等「人文科學」則更凸顯其「民族性」差異。關於此點，馮友蘭先生曾指出：

> 我們常說，德國哲學，英國哲學等，卻很少說，德國化學，英國化學等。假令有人說德國化學英國化學等，他的意思大概亦是說德國的化學，英國的化學，而不必是德國底化學，英國底化學。因為化學只有一個，我們不能於其上加上德國底，或英國底等形容詞。

〔註14〕

在馮友蘭看來，化學作為一種「科學」，它所代表的是普遍、公共的義理，任何國家的科學家都必須遵從這一普遍的義理，因此無所謂國別的差異。而人文科學則完全不同，哲學、歷史、文學等研究都有其個性化的表現，無謂對錯而只有好與不好的區別，上升到民族層面，則體現為民族性集體認知的差異。因此沿著這一思路，馮友蘭於20世紀80年代在開始寫作《中國哲學史新編》的「全書緒論」中嘗言：

> 「中國哲學史」講的是「中國」的哲學的歷史，或「中國的」哲學的歷史，不是「哲學在中國」。我們可以寫一部「中國數學史」。這個史實際上是「數學在中國」或「數學在中國的發展」，因為「數學就是數學」，沒有「中國的」數學。但哲學、文學則不同。確實有「中國的」哲學，「中國的」文學，或總稱曰「中國的」文化。

〔註15〕

這就把「人文科學」的民族性和「自然科學」的公共性解釋得很清楚了。

馮友蘭先生在上世紀80年代所思考的學術研究的「民族性」成為當時代表中國大陸人文學界熱烈關注且要亟待解決的重大問題，幾乎所有的人文學者都被這樣的思想所感染，並將此滲透進自己的學術研究中，張光直先生的考古學研究也是對這一思想潮流的回應。考古學依據其手段、技術和研究對象的劃分，可以劃分於「自然科學」的類別，然而除此以外，考古學還承擔著民族文明起源、文化個性的梳理和民族觀念的發展等問題的探討。張光直先生無疑也從「人文」與「自然」兩個方面對考古學的學科屬性有所認識。

〔註14〕馮友蘭，《三松堂全集》第五卷，河南人民出版社2012年版，第305～306頁。
〔註15〕馮友蘭，《中國哲學史新編》，人民出版社2001年版，第39頁。

如果說他以「世界眼光」要求國際考古學界正視中國考古材料對普世社會科學理論建構具有重要價值，是出於「自然科學」的公理思維，那麼他極力強調中國文化有其自身發展規律的認識就明顯將自己的考古研究也部份地歸入了「人文科學」的範疇，恰恰顯示了張光直先生的「中國情懷」。而且這一認識其實也是構成他呼籲國際考古學界重視中國材料的文化根源，即西方文明無法籠罩中國文化的發展，而在研究的理論和方法上又有趨同的趨勢，那麼就必須認真對待中國文化的發展模式，這就是他的「中國情懷」比李濟先生在考古中貫穿的民族情感更深一步之所在。面對學術接軌成為 20 世紀 80 年代後中國學界的主流話語後，張光直先生恰逢其時地參與到這一頗具時代意義的學術歷史進程中，他對中國考古學的理解既有積極參與「國際視野」框架的宏觀期待，更有植根於中國傳統學人思想土壤中所體現的「中國情懷」，即學術研究背後隱含的對民族情感的深厚認同。

　　蘇秉琦先生在《「迎接 21 世紀的中國考古學」國際學術討論會論文集》致辭中曾滿懷欣喜地預見：

> 21 世紀的中國考古學將是「世界性的中國考古學」。「目的是一個，把中國擺在世界當中，深入一層地再認識中國在世界村中的位置。」〔註16〕

從「世界」審視中國考古學與再認識「中國」在世界村中的位置是相輔相成且彼此呼應的，既彰顯學術研究的普世性價值，又蘊含「中國傳統學術」所孜孜以求的人文關懷。張光直先生無疑開啟並深刻參與了 20 世紀 80 年代以來中國考古學的新時代，而且以其研究中的「世界眼光」與「中國情懷」昭示並引領著此後中國考古學研究的發展方向。他仍然是那位站在中西文化交流之橋上深情眺望中國考古學遠景的學者，那深邃堅毅、篤定銳利的目光始終未曾離開他一直引以為傲且寄託幽懷的中國考古學研究。當我們在二十一世紀的今日，再次走入張光直先生託付終生的學術世界時，不能不由衷地想起錢穆先生在《國史大綱》滿懷深情的信念：「所謂對其本國已往歷史略有所知者，尤必附隨一種對其本國已往歷史之溫情與敬意。」這恐怕是深具國族文化情懷的學人畢生追求的夙願。

〔註16〕蘇秉琦先生在開幕式上的致辭，《「迎接 21 世紀的中國考古學」國際學術討論會論文集》，科學出版社 1998 年版，第 1 頁。

後　記

　　在我看來，「後記」是學術著作中最有意思，也最見性情的文字。很多學者在案頭文章中充滿理性地研討問題，卻在「後記」中抒發自己的幽情與感慨。從某種意義上說，「後記」如果整理出一部發展史，那一定是記錄當代中國學人流轉嬗變的學案史和心態史，其中必然兼具思想、情懷與想像。我也是懷著這樣的情緒，在後記中追懷自大學以來學習的點滴記憶。

　　在千禧之年，我從一名懵懂無知的高中生跨進了大學的校門，當初選擇「漢語言文學」作爲專業，曾使很多人不解和疑惑，然而我依然堅持了自己的選擇，而且在這一專業中以「中國古代文學」作爲研究方向，並走到了今天。很慶幸沒有改變自己的初衷，文學研究在當代的學術領域中看似邊緣，但其中的堂奧只有眞正進入才能感受其深邃的魅力。古人嘗言「一物不知，學者之恥」，正是憑藉這樣的信念和毅力，一代代學人以個人之力追求著司馬遷所言之「究天人之際、通古今之變、成一家之言」的至高境界，這其中或許有莊子式的「以有涯逐無涯」的無奈，但更多的是在個人學術修爲中追求自強不息、厚德載物、正心誠意的人文精神。如果這個世界還有能將理性與感性、理想與現實、志業與生活完美結合的專業，那一定是「中國古代文學」專業！

　　這本微薄的論文集記載了我從本科到博士以來的學習經歷，其中《論荊楚文化與韓愈險怪詩風形成的關係》是當年在青島大學時的本科畢業論文，走向學術研究的道路上，這篇小文可謂是起點，也有著「最初的夢想」，看似不經意的選題，卻早已規定了自己未來十餘年的發展方向，後來選擇唐宋文學作爲具體的研究方向，這當中有著冥冥之中的必然。而上編的《初唐「文

儒」與河東王氏文學研究》則是我在陝西師範大學文學院攻讀碩士學位時完成的學位論文,雖然在概念辨析和論述深度上充滿稚嫩,但從文化史的縱深角度審視中國古代文人的文學世界和心靈表現,則是自己一直以來夢寐以求的設想,這篇論文算是截取一個時段進行的專題嘗試。至於本書集下編的十餘篇文章,則多是在北京大學中文系攻讀博士學位時撰寫的,其中上至漢代,下至中晚唐,時段大體與俗稱的「中古」接近,這也是本書集名曰「中古文學與文化叢稿」的由來,所涉及的內容集中於《史記》、《文選》、《文心雕龍》、李白、韓愈、中唐古文革新等本階段重要的文學史論題,旁及書法史、文化史和古代文論的一些問題,但思路是一致的,就是想藉此對本階段文學史的關鍵環節作出符合歷史實際且與先行研究又有所不同的研究。文屬草創,意在探索,尚祈方家指正。

錢穆先生曾對「文獻」作出過精到的闡釋,由「文」而及「獻」,背後的「人」最值得關注。在我撰寫論文的過程中,最值得珍藏的就是數遇良師,這其中包括青島大學文學院的劉懷榮教授、陝西師範大學文學院的傅紹良教授和北京大學中文系的葛曉音教授。他們在我求學的過程中,給我最好的指導和最大的關心,從學術研究到工作指導,甚至個人生活,都曾給予無微不至的關懷。在編輯這本書集時,又讓我想起從本科到博士之間的學習生活的點點滴滴,師恩難忘,謹以此獻上最深的感激之情。

除了上述傳道授業解惑的導師外,還有青島大學的范嘉晨老師,陝西師範大學的張新科老師,北京大學中文系的杜曉勤老師、傅剛老師、李鵬飛老師,中國社科院文學研究所的劉寧老師、劉躍進老師、蔣寅老師,山東大學文學院的李劍鋒老師等,都對我的學術成長給予過幫助。我希望今後能以自己的不斷努力回報各位老師的關懷。感謝花木蘭文化出版社的高情厚誼,他們對學術的嚴謹態度和高超的編輯水平,為本書集增色不少,令人平添望外之喜!

最後將本書獻給對我的父母、我的妻子和兒子,正是他們的幫助,才讓我能夠學有餘暇,從事於自己喜歡和熱愛的專業研究。尤其是李昊駿小傢伙,使我在學術之外更明白了生命成長的意義和價值。感謝你們!

2016 年 8 月 18 日於濟南

時值曉音師七十壽辰之日

參考文獻

1. 【隋】王通，《文中子中說譯注》黑龍江人民出版社 2003 年版。
2. 【清】蔣清翔，《王子安集注》上海古籍出版社 1995 年版。
3. 楊伯峻譯注，《論語譯注》，中華書局 1980 年版。
4. 楊伯峻譯注，《孟子譯注》，中華書局 1960 年版。
5. 【清】王先謙注，《荀子集解》，上海書店出版社 1986 年版。
6. 【東漢】班固著、顏師古注，《漢書》，中華書局點校本 1962 年版。
7. 【東漢】應劭著，王利器注，《風俗通義校注》，中華書局 1981 年版。
8. 【東漢】桓譚著，《新論》，上海人民出版社 1977 年版。
9. 【東漢】王充著、北京大學歷史系注釋，《論衡注釋》，中華書局 1979 年版。
10. 【晉】杜預注，【唐】孔穎達正義，《春秋左傳正義》，北京大學出版社 1999 年版。
11. 【梁】蕭統編，《文選》，上海古籍出版社 1986 年版。
12. 【梁】庾信著，倪璠注，《庾子山集注》，中華書局 1980 年版。
13. 【唐】房玄齡等修撰，《晉書》，中華書局點校本 1974 年版。
14. 【唐】令狐德棻等修撰，《周書》，中華書局點校本 1971 年版。
15. 【唐】李延壽著，《南史》，中華書局點校本 1975 年版。
16. 【唐】魏徵等撰，《隋書》，中華書局點校本 1973 年版。
17. 【唐】吳兢著，《貞觀政要》，嶽麓書社 2000 年版。
18. 【唐】劉肅著，許德楠、李鼎霞點校，《大唐新語》，中華書局 1984 年版。
19. 【唐】劉餗著，程毅中點校，《隋唐嘉話》，中華書局 1979 年版。
20. 【唐】張鷟著，趙守儼點校，《朝野僉載》，中華書局 1979 年版。

21.【唐】王讜著，周勛初校證，《唐語林校證》，中華書局 1987 年版。

22.【五代】劉昫等，《舊唐書》，中華書局點校本 1975 年版。

23.【五代】王定保著、姜漢椿校注《唐摭言校注》上海社會科學院出版社 2003 年版。

24.【宋】司馬光著、胡三省注，《資治通鑒》，中華書局 1979 年版。

25.【宋】朱熹撰，《四書章句集注》，中華書局 1983 年版。

26.【宋】嚴羽著、郭紹虞校釋，《滄浪詩話校釋》，人民文學出版社 1983 年版。

27.【明】高棅，《唐詩品彙》，上海古籍出版社 1988 年版。

28.【明】胡應麟，《詩藪》，上海古籍出版社 1958 年版。

29.【明】胡震亨，《唐音葵籤》，上海古籍出版社 1981 年版。

30.【明】王夫之著《讀通鑒論》，中華書局 1976 年版。

31.【清】趙翼著、王樹民校注，《廿二史箚記校注》中華書局 1984 年版。

32.【清】王鳴盛著，《十七史商榷》上海書店出版社 2005 年版。

33.【清】嚴可均輯，《全上古三代秦漢三國六朝文》，中華書局 1958 年版。

34.【清】章學誠著、葉瑛校注，《文史通義校注》，中華書局 1994 年版。

35.【清】何文煥輯，《歷代詩話》，中華書局 1981 年版。

36.【清】董誥等編，《全唐文》，中華書局 1983 版。

37.【清】彭定求等編：《全唐詩》，中華書局 1996 年版。

38.【清】徐松著、孟二冬補正，《登科記考補正》，北京燕山出版社 2003 年版。

39.【清】劉熙載著，《劉熙載集》，江蘇古籍出版社 2001 年版。

40.【近代】丁福保輯，《歷代詩話續編》，中華書局 1983 年版。

41. 傅璇琮主編，《唐才子傳校箋》，中華書局 1987 年版。

42. 逯欽立輯校，《先秦漢魏晉南北朝詩》，中華書局 1984 年版。

43. 詹鍈義證，《文心雕龍義證》，上海古籍出版社 1989 年版。

44. 范文瀾注，《文心雕龍注》，人民文學出版社 1958 年版。

45. 錢穆著，《中國學術思想史論叢》（卷三），安徽教育出版社 2004 年版。

46. 錢穆著，《中國學術思想史論叢》（卷四），安徽教育出版社 2004 年版。

47. 錢穆著，《中國歷代政治得失》，三聯書店 2991 年版。

48. 錢穆著，《國史大綱》，商務印書館 1996 年版。

49. 錢穆著，《國史新論》，三聯書店 2005 年版。

50. 錢穆著，《兩漢經學今古文平議》，商務印書館 2001 年版。

51. 黃侃著，《文心雕龍札記》，上海古籍出版社 2000 年版。

52. 陳寅恪著，《隋唐制度淵源略論稿》，三聯書店 2001 年版。

53. 陳寅恪著，《唐代政治史述論稿》，三聯書店 2001 年版。

54. 陳寅恪著，《金明館叢稿初編》，三聯書店 2001 年版。

55. 陳寅恪著，《金明館叢稿二編》，三聯書店 2001 年版。

56. 陳寅恪著、萬繩楠整理，《魏晉南北朝史講演錄》，黃山書社 1987 年版。

57. 聞一多著，《唐詩雜論》，上海古籍出版社 1998 年版。

58. 郭紹虞著，《照隅室古典文學論集》（上下），上海古籍出版社 1983 年版。

59. 郭紹虞著，《杜甫戲爲六絕句集解》，人民文學出版社 1978 年版。

60. 郭紹虞編，《清詩話》，上海古籍出版社 1999 年版。

61. 郭紹虞編，《清詩話續編》，上海古籍出版社 1983 年版。

62. 郭紹虞編，《中國歷代文論選》，上海古籍出版社 2001 年版。

63. 劉師培著，《中古文學論著三種》，遼寧教育出版社 1997 年版。

64. 劉師培著，《中國中古文學史・論文雜記》，人民文學出版社 1962 年版。

65. 汪籛著，《汪籛隋唐史論稿》，中國社會科學出版社 1981 年版。

66. 傅璇琮著，《唐代科舉與文學》，陝西人民出版社 1986 年版。

67. 傅璇琮主編，《唐五代文學編年史》，遼海出版社 1998 年版。

68. 吳宗國著，《唐代科舉制度研究》，遼寧大學出版社 1992 年版。

69. 唐長孺著，《魏晉南北朝隋唐史三論》，武漢大學出版社 1992 年版。

70. 吳庚舜、董乃斌主編，《唐代文學史》，人民文學出版社 1995 年版。

71. 毛漢光著，《中國中古政治史論》，上海書店出版社 2002 年版。

72. 毛漢光著，《中國中古社會史論》，上海書店出版社 2002 年版。

73. 曹道衡，《南朝文學與北朝文學研究》，江蘇古籍出版社 1999 年版。

74. 曹道衡，《中古文史叢稿》，河北大學出版社 2003 年版。

75. 曹道衡，《中古文學史論文集》，中華書局 2002 年版。

76. 曹道衡、劉躍進著，《南北朝文學編年史》，人民文學出版社 2000 年版。

77. 曹道衡、沈玉成著，《南北朝文學史》，人民文學出版社 1991 年版。

78. 王運熙、楊明著，《魏晉南北朝文學批評史》，上海古籍出版社 1989 年版。

79. 王運熙、楊明著，《隋唐五代文學批評史》，上海古籍出版社 1994 年版。

80. 王運熙著，《中古文論要義十講》，復旦大學出版社 2004 年版。

81. 王運熙著，《文心雕龍研究》，上海古籍出版社 2005 年版。

82. 田余慶著，《東晉門閥政治》，北京大學出版社 1989 年版。

83. 羅宗強著，《魏晉南北朝文學思想史》，中華書局 1996 年版。

84. 羅宗強著，《隋唐五代文學思想史》，上海古籍出版社 1986 年版。

85. 陳尚君，《唐代文學叢考》，中國社會科學出版社 1997 年版。

86. 鄧小軍著，《唐代文學的文化精神》，臺北文津出版社 1993 年版。

87. 尚定著，《走向盛唐》，中國社會科學出版社 1994 年版。

88. 葛曉音著，《詩國高潮與盛唐文化》，北京大學出版社 1998 年版。

89. 葛曉音著，《漢唐文學的嬗變》，北京大學出版社 1996 年版。

90. 杜曉勤著，《初盛唐詩歌的文化闡釋》，東方出版社 1997 年版。

91. 杜曉勤著，《隋唐五代文學研究》，北京出版社 2001 年版。

92. 吳先寧著，《北朝文化特質與文學進程》，東方出版社 1997 年版。

93. 鍾濤著，《六朝駢文形式及其文化意蘊》，東方出版社 1997 年版。

94. 傅剛，《魏晉南北朝詩歌史論》，吉林教育出版社 1995 年版。

95. 王永平著，《中古士人遷移與文化交流》，社會科學文獻出版社 2005 年版。

96. 林繼中著，《文化建構文學史綱》，北京大學出版社 2005 年版。

97. 尹協理、魏明著，《王通論》，中國社會科學出版社 1984 年版。

98. 李浩著，《唐代三大地域文學士族研究》，中華書局 2002 年版。

99. 閻步克著，《士大夫政治演生史稿》，北京大學出版社 1996 年版。

100. 于迎春著，《秦漢士史》，北京大學出版社 2000 年版。

101. 吳功正著，《唐代美學史》，陝西師範大學出版社 1999 年版。

102. 聶永華著，《初唐宮廷詩風流變考論》，中國社會科學出版社 2002 年版。

103. 蕭占鵬主編，《隋唐五代文藝理論彙編評注》，南開大學出版社 2002 年版。

104. 吳雲、冀宇編輯校注，《唐太宗集》，陝西人民出版社 1986 年版。

105. 池萬興、劉師懷榮著，《唐代文人心態史》，河北教育出版社 2001 年版。

106. 陳良運著，《中國詩歌體系論》，中國社會科學出版社 1992 年版。

107. 杜維明著，《杜維明文集》（三），武漢出版社 2002 年版。

108. 陳伯海、蔣哲倫主編，《中國詩學史》（隋唐五代卷）鷺江出版社 2002 年版。

109. 周一良著，《魏晉南北朝史論文集》，北京大學出版社 1997 年版。

110. 傅師紹良著，《唐代諫議制度與文人》，中國社會科學出版社 2003 年版。

111. 曹勝高著，《漢賦與漢代制度》，北京大學出版社 2006 年版。

112. 黃永年著，《文史探微》，中華書局 2000 年版。

113. 查屏球著，《從遊士到儒士》，復旦大學出版社 2005 年版。

114. 《唐代文學研究》（第十輯），廣西師範大學出版社 2004 年版。

115. 余英時著，《士與中國文化》，上海人民出版社 2003 年版。

116. 余英時著，《論士衡史》，上海文藝出版社 1999 年版。

117. 何啓民著，《中古門第論集》，臺灣學生書局 1982 年版。

118. 許倬雲著，《歷史分光鏡》，上海文藝出版社 1998 年版。

119.【美】包弼德著、劉寧譯《斯文：唐宋思想的轉型》江蘇人民出版社 2001 年版。

120.【美】宇文所安著、賈晉華譯，《初唐詩》，三聯書店 2004 年版。

121. 葛曉音，《盛唐文儒的形成和復古思潮的濫觴》，《文學遺產》1998（6）。

122. 臧清，《唐代文儒的文學及其歷史承擔》，鄭州大學學報 2004（4）。

123. 張漢中，《王通與貞觀詩風》，河南大學研究生學位論文，2005 年完成

124. 蕭統編，李善注，《文選》，上海古籍出版社排印本 1986 年版。

125. 蕭統編，李善注，《文選》，中華書局影印本 1977 年版。

126. 梁章鉅著，穆克宏點校，《文選旁證》，福建人民出版社 2000 年版。

127. 班固著，顏師古注，《漢書》，中華書局點校本。

128. 俞紹初、許逸民主編，《中外學者文選學論集》，中華書局 1998 年版。

129. 李建國著，《漢語訓詁學史》，上海辭書出版社 2002 年版。

130. 劉勰著，范文瀾注，《文心雕龍注》，人民文學出版社 1958 年版。

131. 劉義慶著，劉孝標注，余嘉錫疏，《世說新語箋疏》，上海古籍出版社 1993 年版。

132. 洪興祖撰，《楚辭補注》，中華書局 1983 年版。

133. 魏徵等修，《隋書》，中華書局點校本。

134. 駱鴻凱著，《文選學》，中華書局 1941 年版。

135. 盧照鄰著，祝尚書箋注，《盧照鄰集箋注》，上海古籍出版社 1994 年版。

136. 劉知幾著，浦起龍注，《史通通釋》，上海古籍出版社 1994 年版。

137. 劉永濟著，《十四朝文學要略》，黑龍江人民出版社 1984 年版。

138. 高步瀛著，曹道衡、沈玉成點校，《文選李注義疏》，中華書局 1985 年版。

138. 《詩經》，中華書局影印《十三經注疏》本。

139. 逯欽立編，《先秦漢魏晉南北朝詩》，中華書局 1983 年版。

140. 袁行霈撰，《陶淵明集箋注》，中華書局 2003 年版。

141. 李運富編注，《謝靈運集》，嶽麓書社 1999 年版。

142. 曹融南校注集說，《謝宣城集校注》，上海古籍出版社 1991 年版。

143. 李伯齊校注，《何遜集校注》，齊魯書社 1989 年版。

144. 蕭統編，《文選》，中華書局 1977 年版。

145. 房玄齡等著，《晉書》，中華書局點校本。

146. 王夫之，《薑齋詩話》，《清詩話》本，上海古籍出版社 1999 年版。

147. 方東樹，《昭昧詹言》，人民文學出版社 1961 年版。

148. 葛曉音著，《山水田園詩派研究》，遼寧大學出版社 1993 年版。

149. 王國瓔著，《中國山水詩研究》，中華書局 2007 年版。